產土

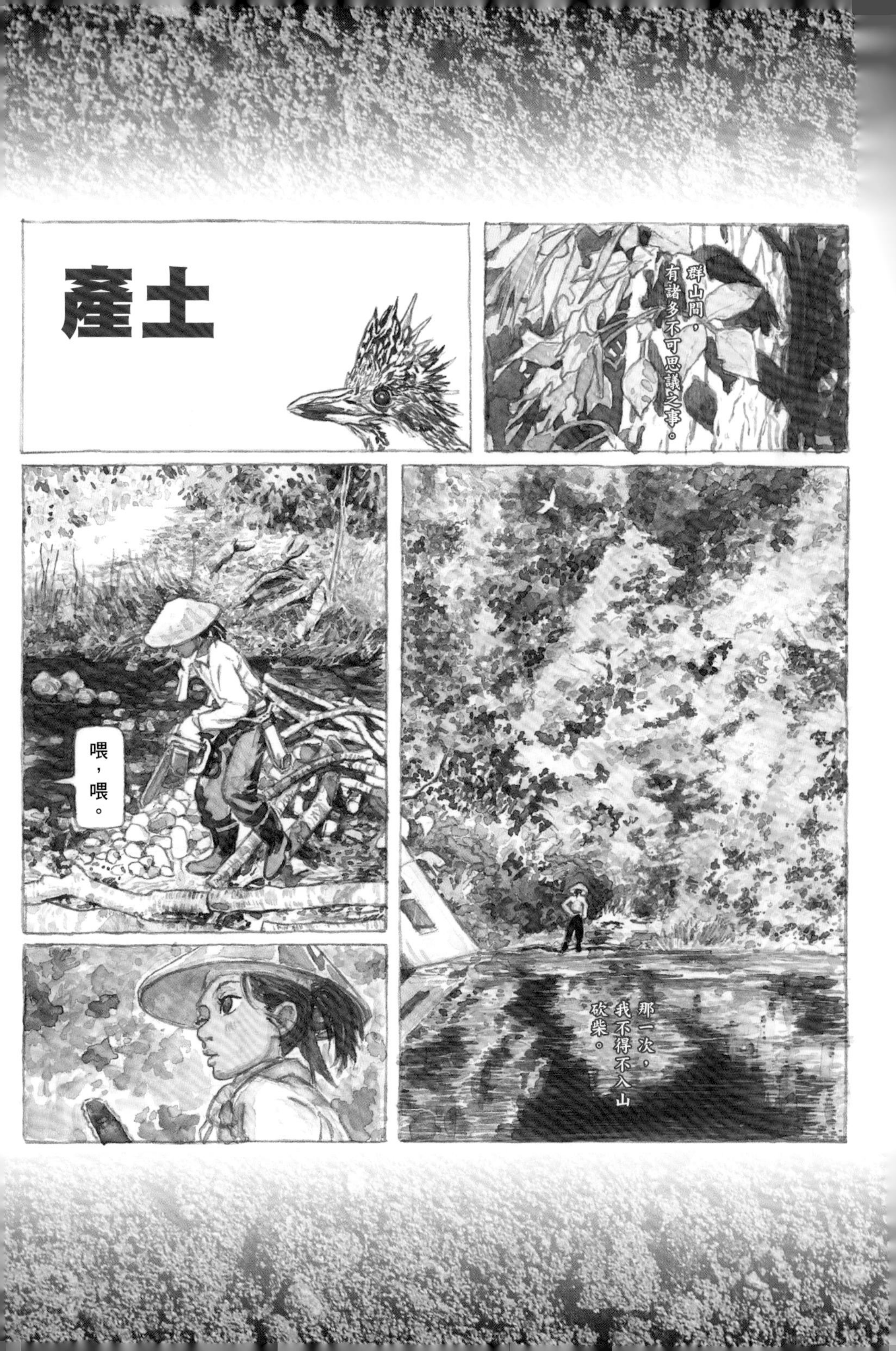
群山間，有諸多不可思議之事。
那一次，我不得不入山砍柴。
喂，喂。

喂，我要借走…
妳的木柴、水、土囉。
這天，我把工作做到一個段落，便早早逃下山了。

很快地，兩個月去了。
喀恰哩
喂，喂。
我先還妳囉。

（喀啦 喀啦 喀啦）
カラカラカラ
陶器散落一地
人們得知此山之土 適合捏陶
後來開設了好幾個窯場

完

產土

首度刊載於週刊《Morning》1998年2・3月合併號

五十嵐大介作品集

凌空之魂

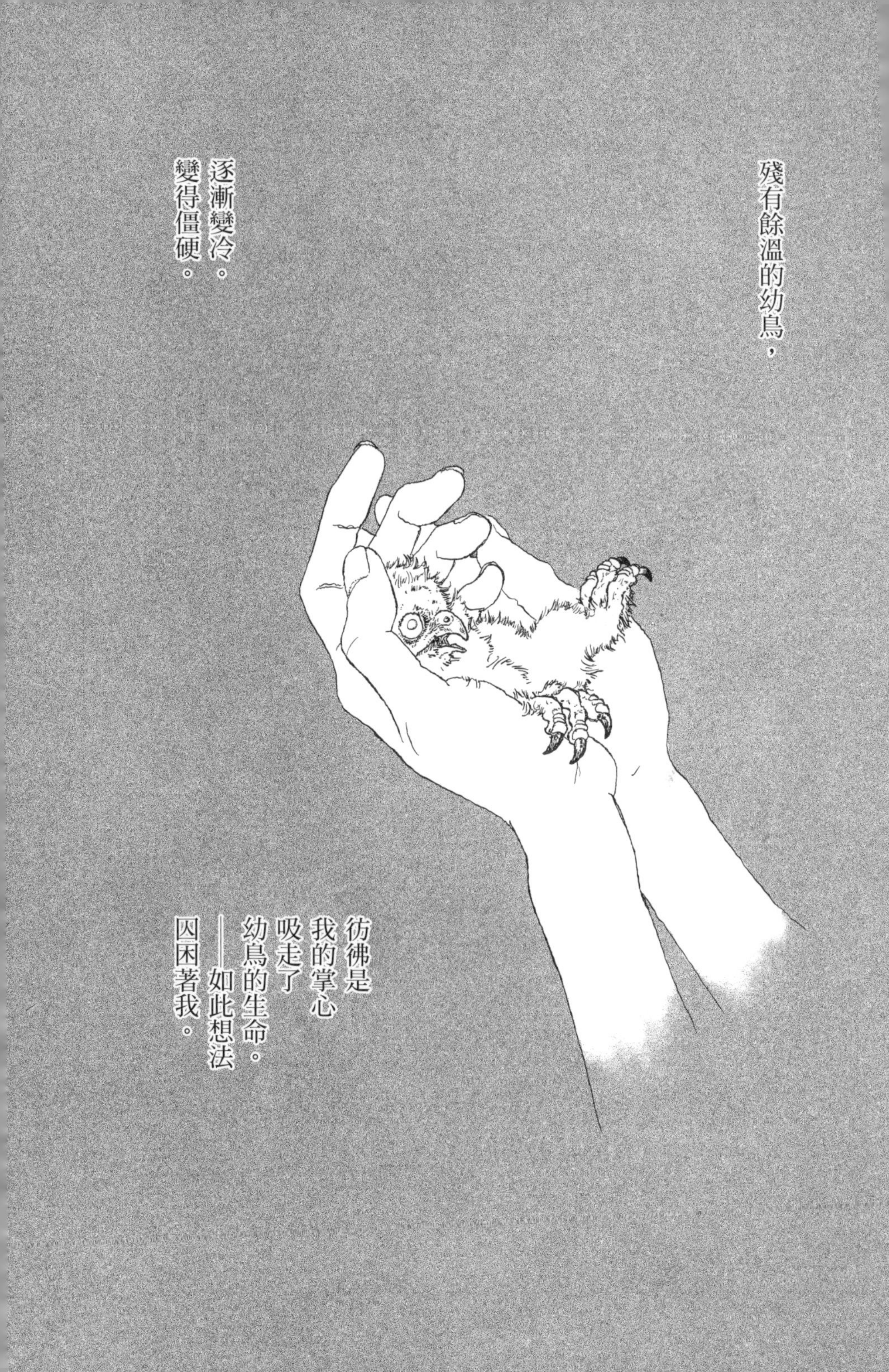
殘有餘溫的幼鳥，
逐漸變冷。
變得僵硬。
彷彿是
我的掌心
吸走了
幼鳥的生命。
——如此想法
囚困著我。

凌空之魂

爸，
◀廚戶　真貴
今天的早餐是…
豆豉炒青菜和荷包蛋，
綠茶，
加蕎麥粉的饅頭，
撒入蔥花的海帶湯。
小黃瓜開花了。
院子裡的番茄結果了。

那，
我要開動了。

這一天，貓頭鷹尋找著小貓頭鷹，盤旋、徘徊於日光照射下的城鎮。

第一個星期一
感覺好像
踩到橡膠球，
但我知道
牠細細的骨頭一口氣
錯位了十根左右。

唧唧
我踩爛了貓頭鷹的幼鳥。

邊發呆邊走路，一個沒注意就踩爛了掉到地面的幼鳥。
大稻埕碼頭
不知為何，當時⋯⋯
把這隻幼鳥和父親埋在一起吧。
我產生了如此想法。

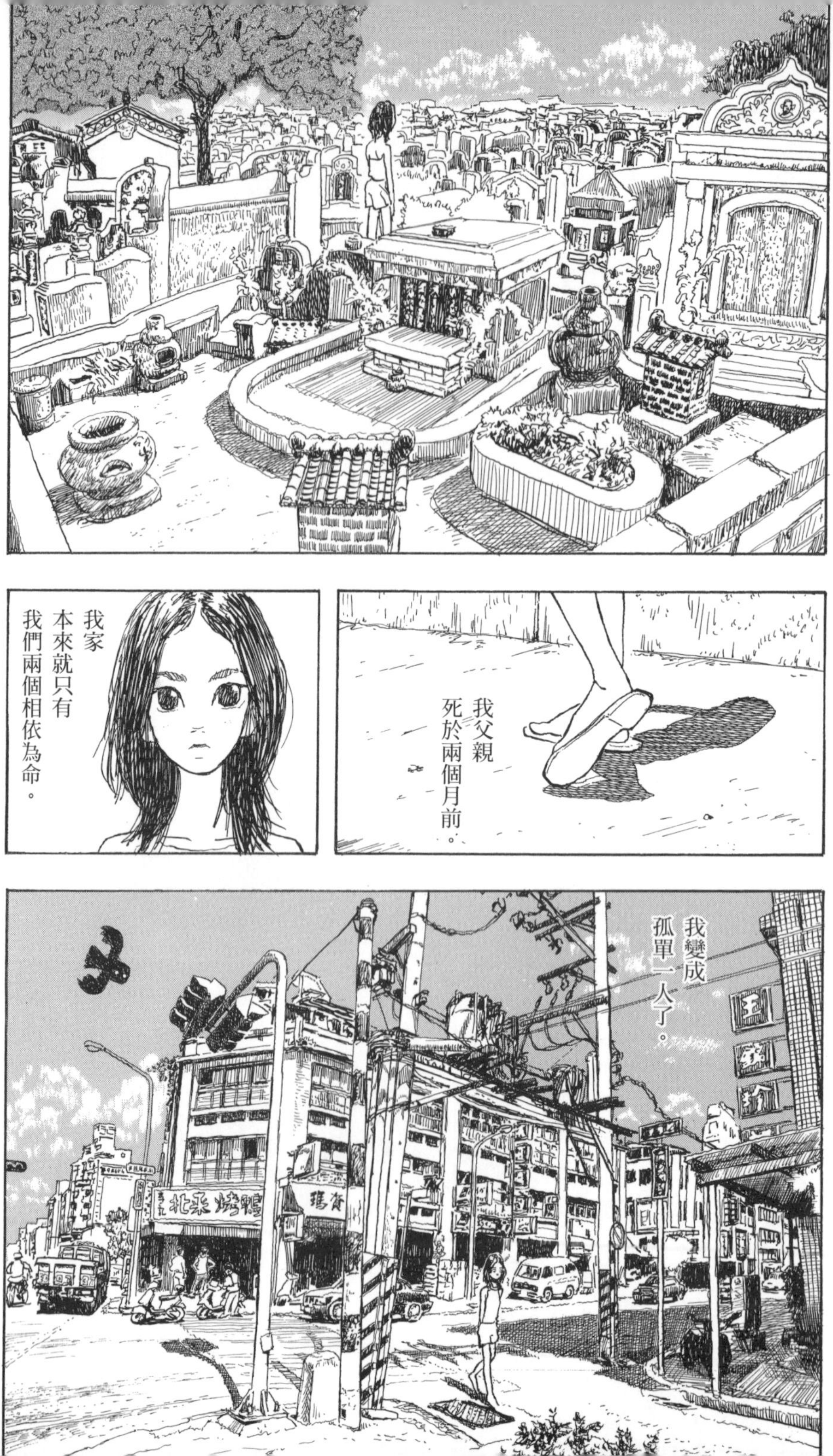
我父親
死於兩個月前。
我家
本來就只有
我們兩個相依為命。
我變成
孤單一人了。

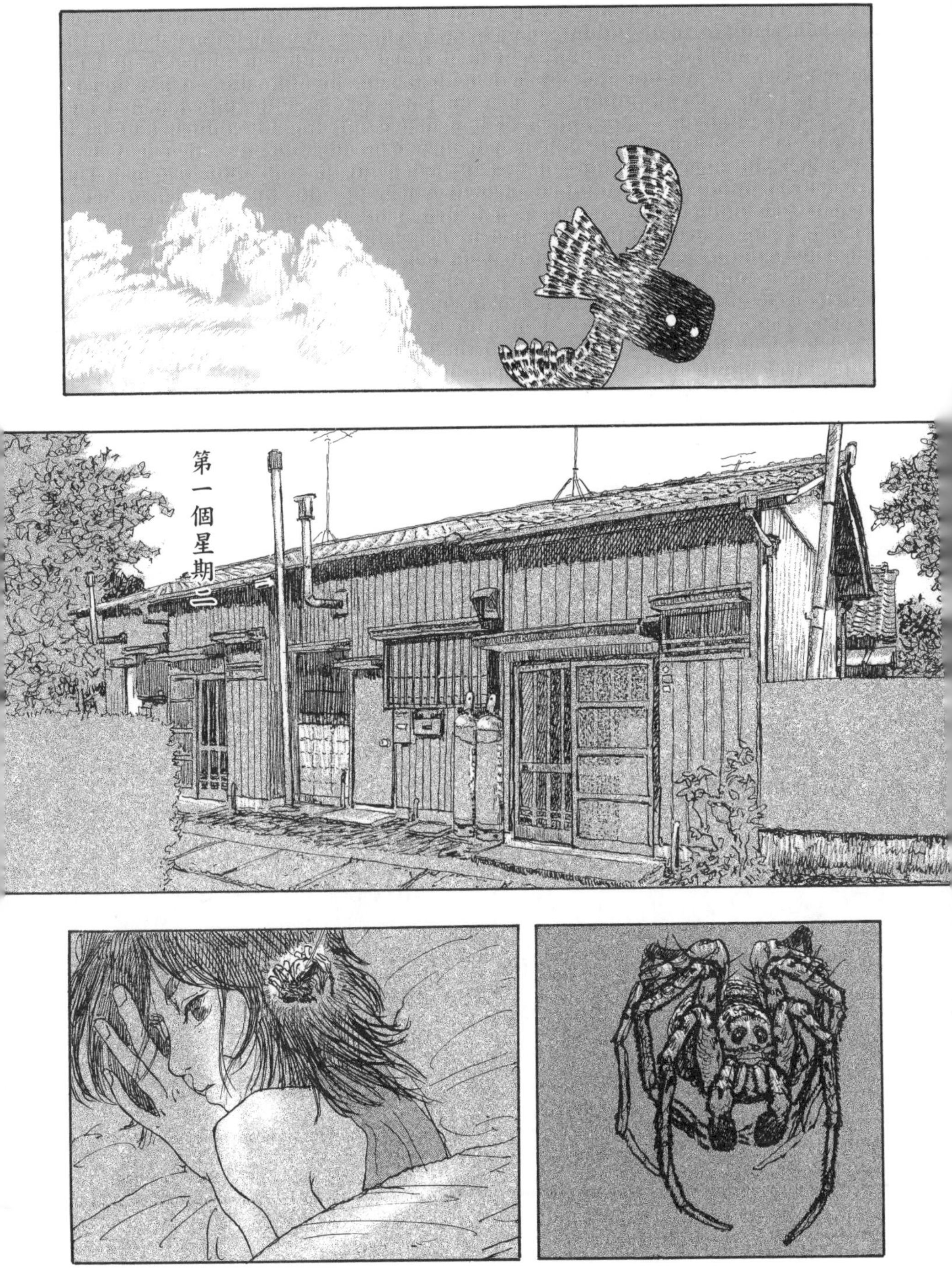
第一個星期二

我感覺
頭癢癢、悶悶的，
醒了過來。
嗯？
髮線上有羽毛。

（螯蝦料理大全）

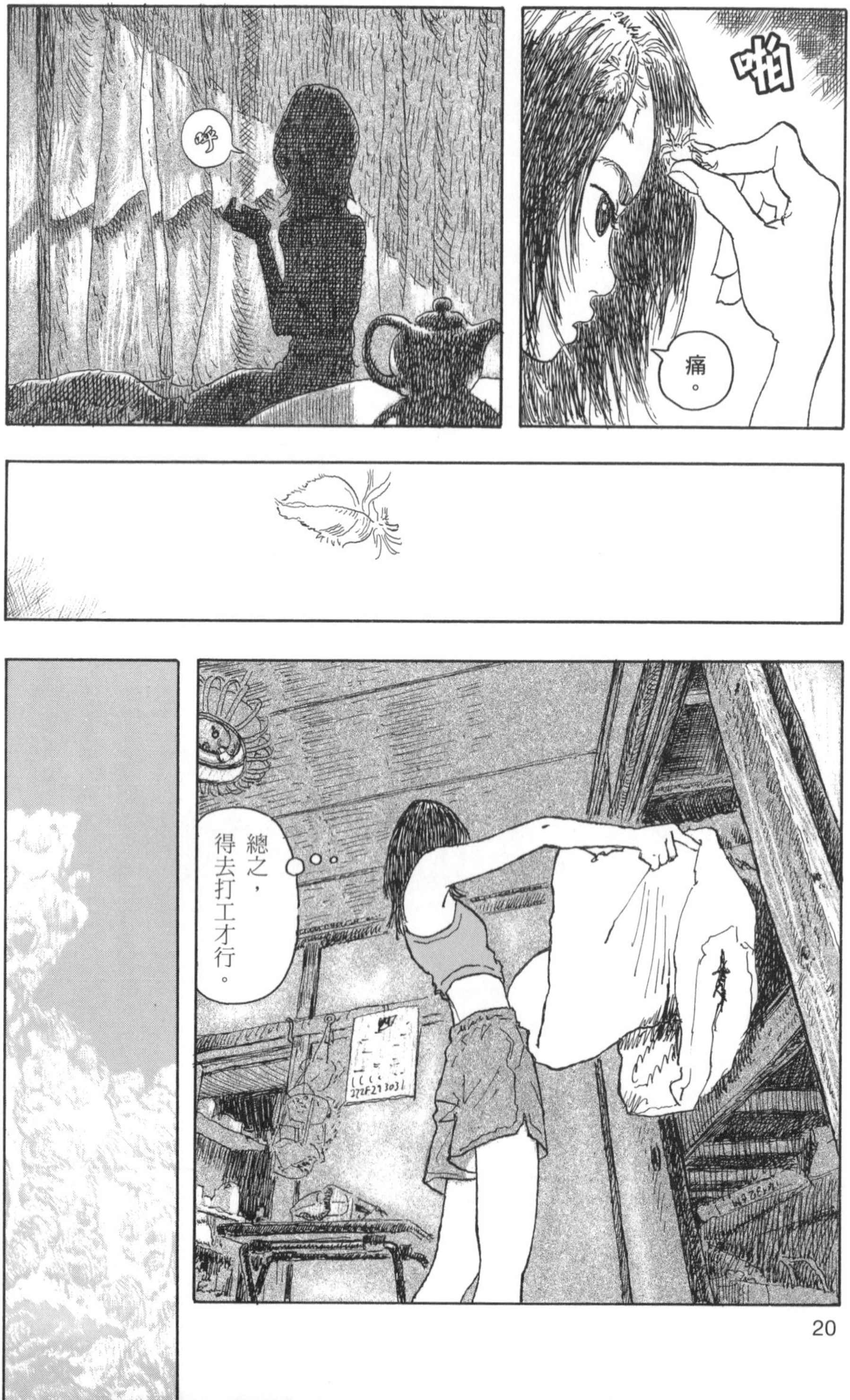
啪
痛。
呼
總之，得去打工才行。

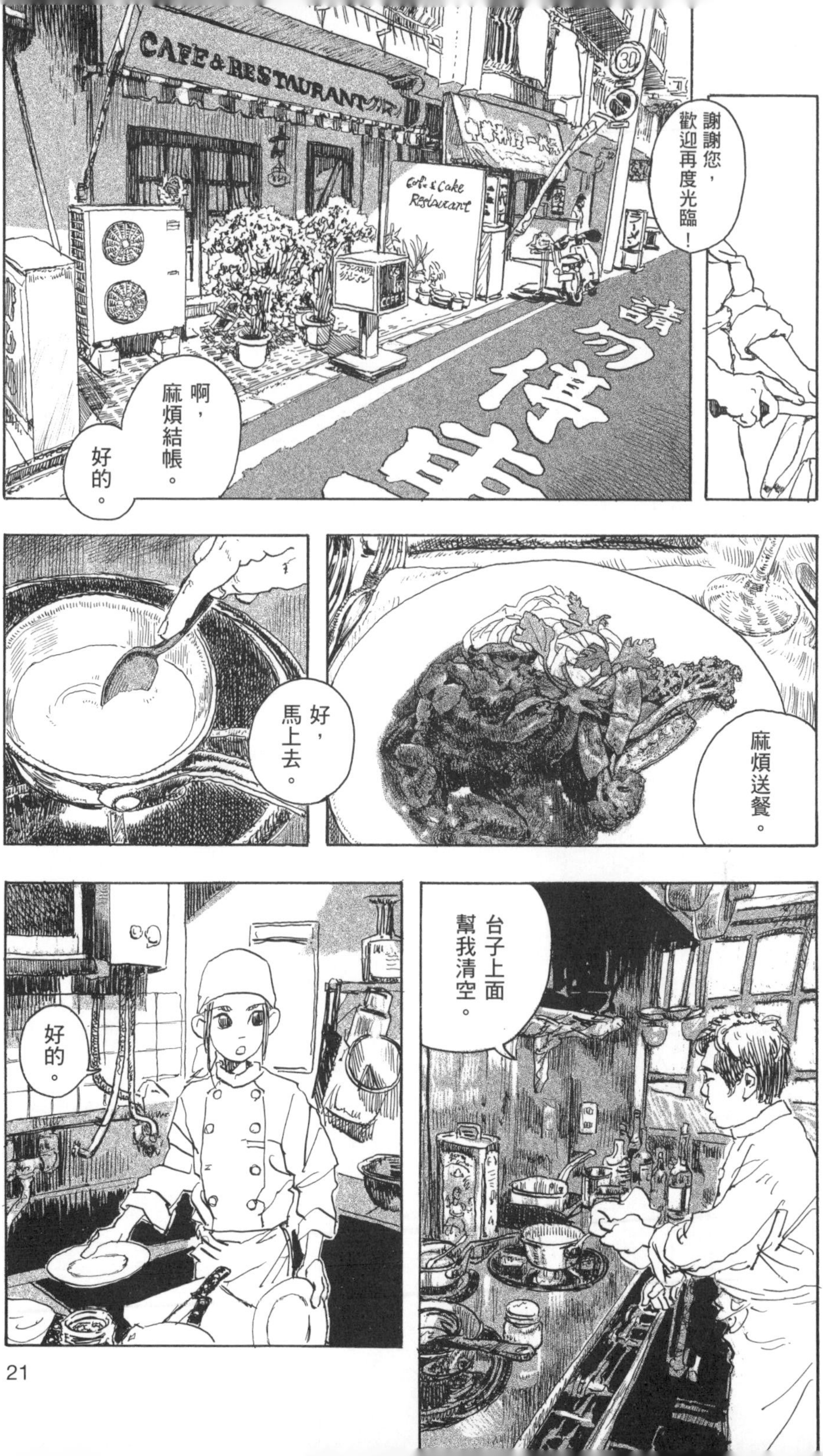
CAFE & RESTAURANT
Café & Cake Restaurant
謝謝您，歡迎再度光臨！
啊，麻煩結帳。
好的。
請勿停
麻煩送餐。
好，馬上去。
台子上面幫我清空。
好的。

妳是不是不太舒服啊？
是，有一點……
好像發燒了呢……
妳今天可以回去囉，不要勉強。
我已經在做最後的甜點了。
喀啦喀啦喀啦…

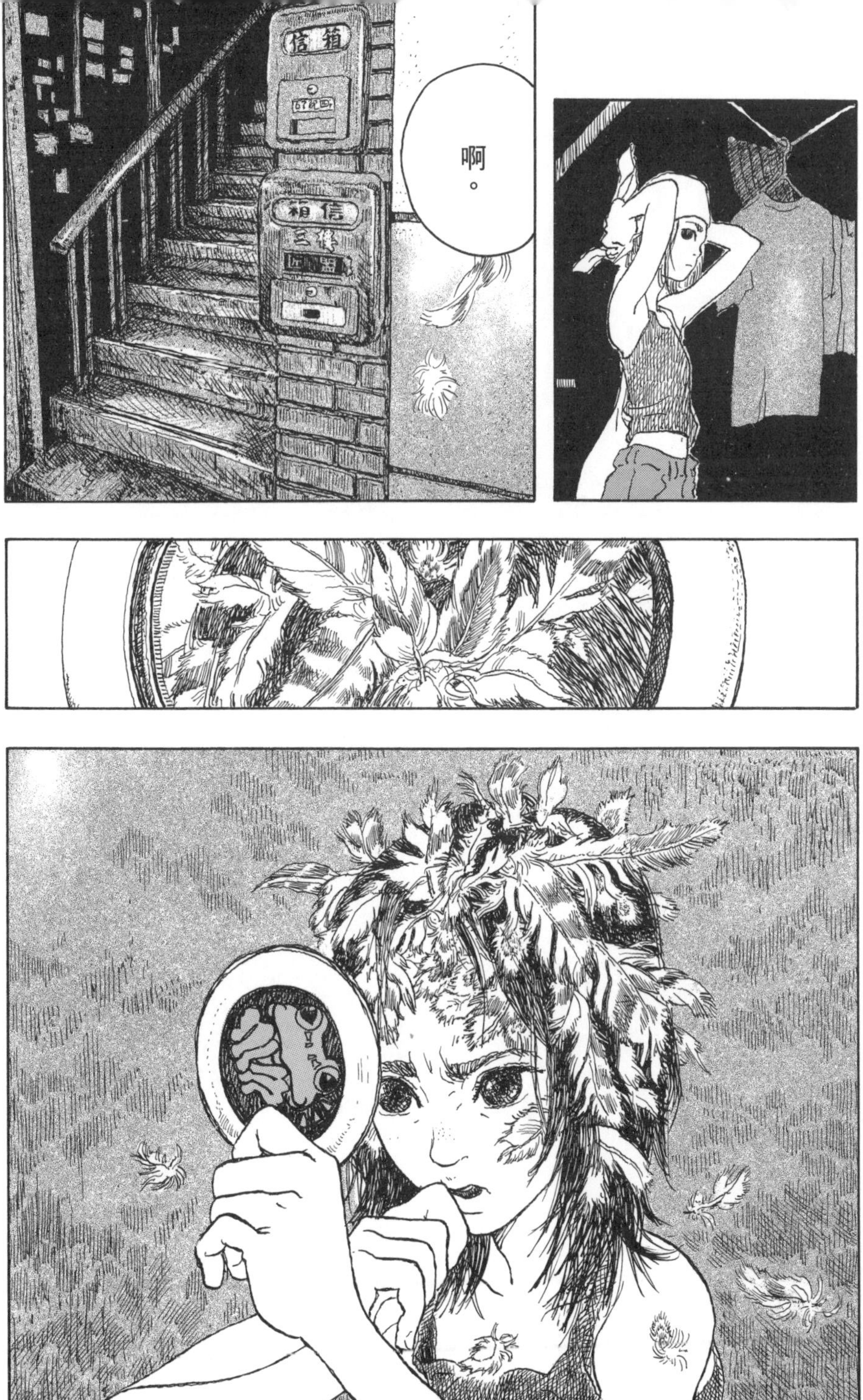
信箱
箱信
三樓
啊。

啪
啪
啪
啪

呼……
這大概是……
那隻貓頭鷹的詛咒吧。
因為……

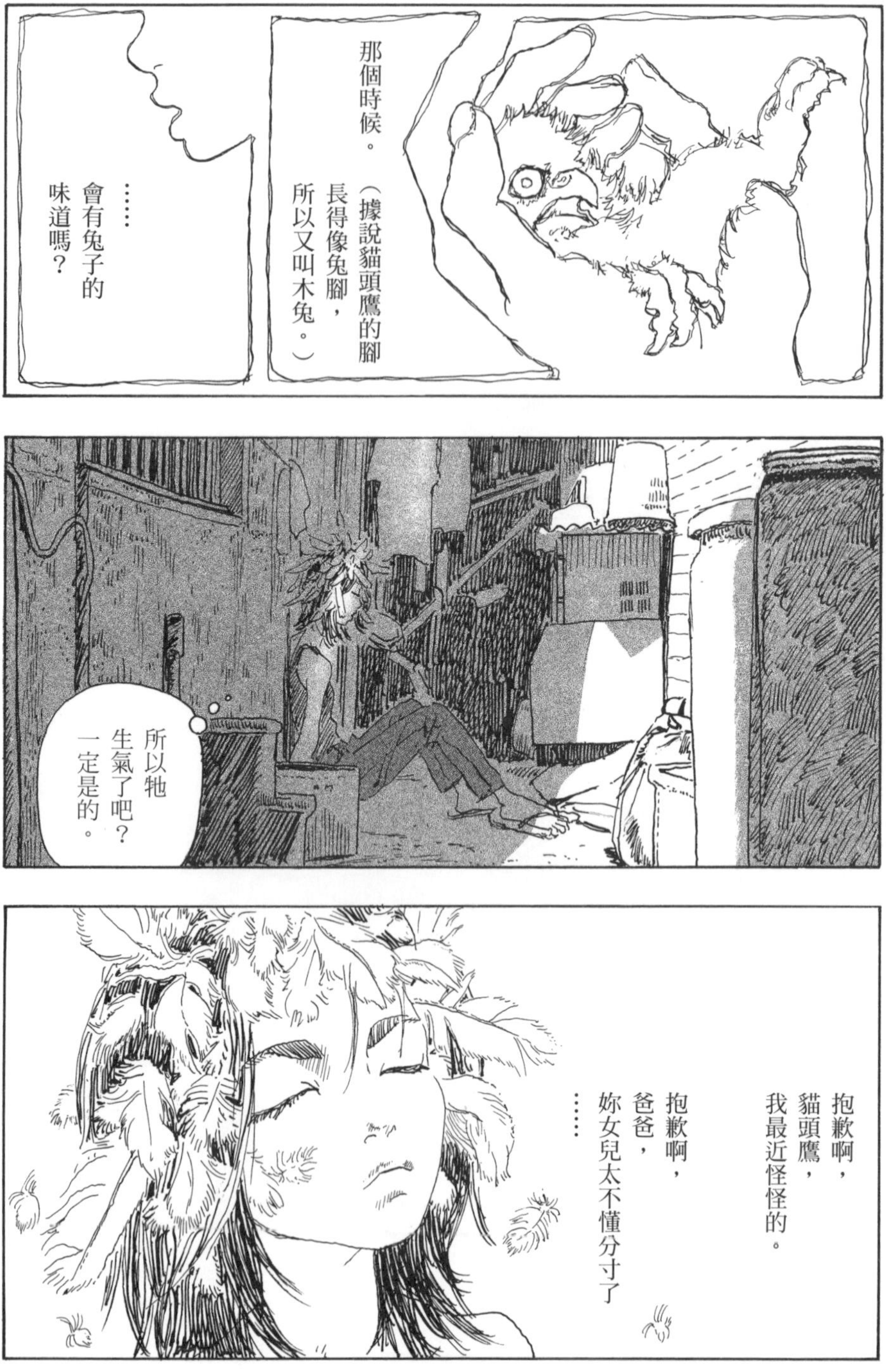
那個時候。
（據說貓頭鷹的腳長得像兔腳，所以又叫木兔。）
……會有兔子的味道嗎？
所以牠生氣了吧？一定是的。
抱歉啊，貓頭鷹，我最近怪怪的。
抱歉啊，爸爸，妳女兒太不懂分寸了……

怎麼辦……
（匡匡啷匡匡啷啷匡）
匡啷
カンカラン
カンラ
カン
カン
（匡匡啷匡啷匡）
カンカラン
カンカラン
叩

（匡匡啷 匡啷 匡）

啊，總算找到妳了呀。
這孩子呢，昨天…
碰巧發現了妳。
聲音……
好像從遠方
傳來的。
是牠告訴我的喔，牠說有人即將非自願地，
陷入跟我們相同的處境。
カラン
（匡啷）

カン カラン カンラ カン
(匡 匡啷 匡啷 匡)
カン カラン カンラ カン
カンカラーン
(匡 匡啷 匡啷 匡匡 匡啷)
カン
(匡)
⋯⋯?
爸以前是賣路邊攤小吃的。
(嘰嘰)
(嘰嘰)

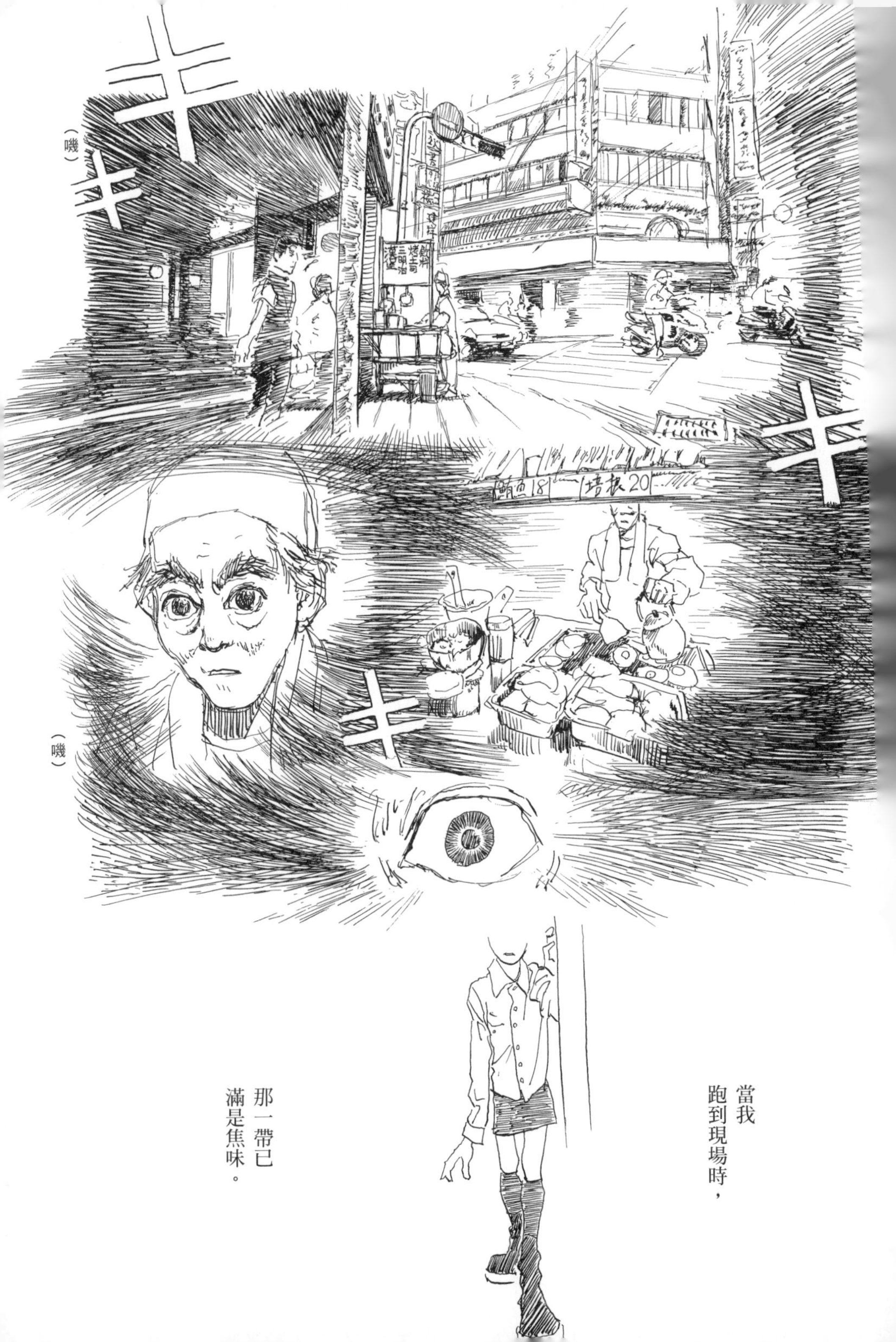

（嘰）
鮪魚18
培根20
（嘰）
當我跑到現場時，
那一帶已滿是焦味。

父親和小吃攤一同葬身在火焰中了。
那時我卻覺得，
調味料、青菜和肉
烤出來的味道好香好香，
我的……
我的肚子就叫了。
抱歉啊，爸爸，妳女兒太不懂分寸了。
從那時開始，我看到屍骸便會聯想到進食。

我會一邊想像
路旁腐敗屍骸的味道，
一邊走路。
死在我手中的貓頭鷹
也不例外……
……
カラン
（匡啷）
我？
カン
カラン
（匡匡啷）
你是？
你是誰？
我是
……

（匡匡啷 匡啷匡）
カンカラン
カンラ カン
（匡）
カン
カン
（匡）

（匡匡啷　匡啷匡）

（匡匡啷　匡啷匡）

カン
（匡）
有個甜味……
第一個星期三
ガサ
（啪沙）
肚子餓了呢。
這裡是哪裡啊。
打不開。
嘰
啊。

公寓？
來這裡吧。
我未經許可窺看了妳的夢。
真是抱歉。

呼。
不好意思，我身體不太舒服，才用這面貌見妳…
（啪噠）
我是美代子。
同時也是…路奇。

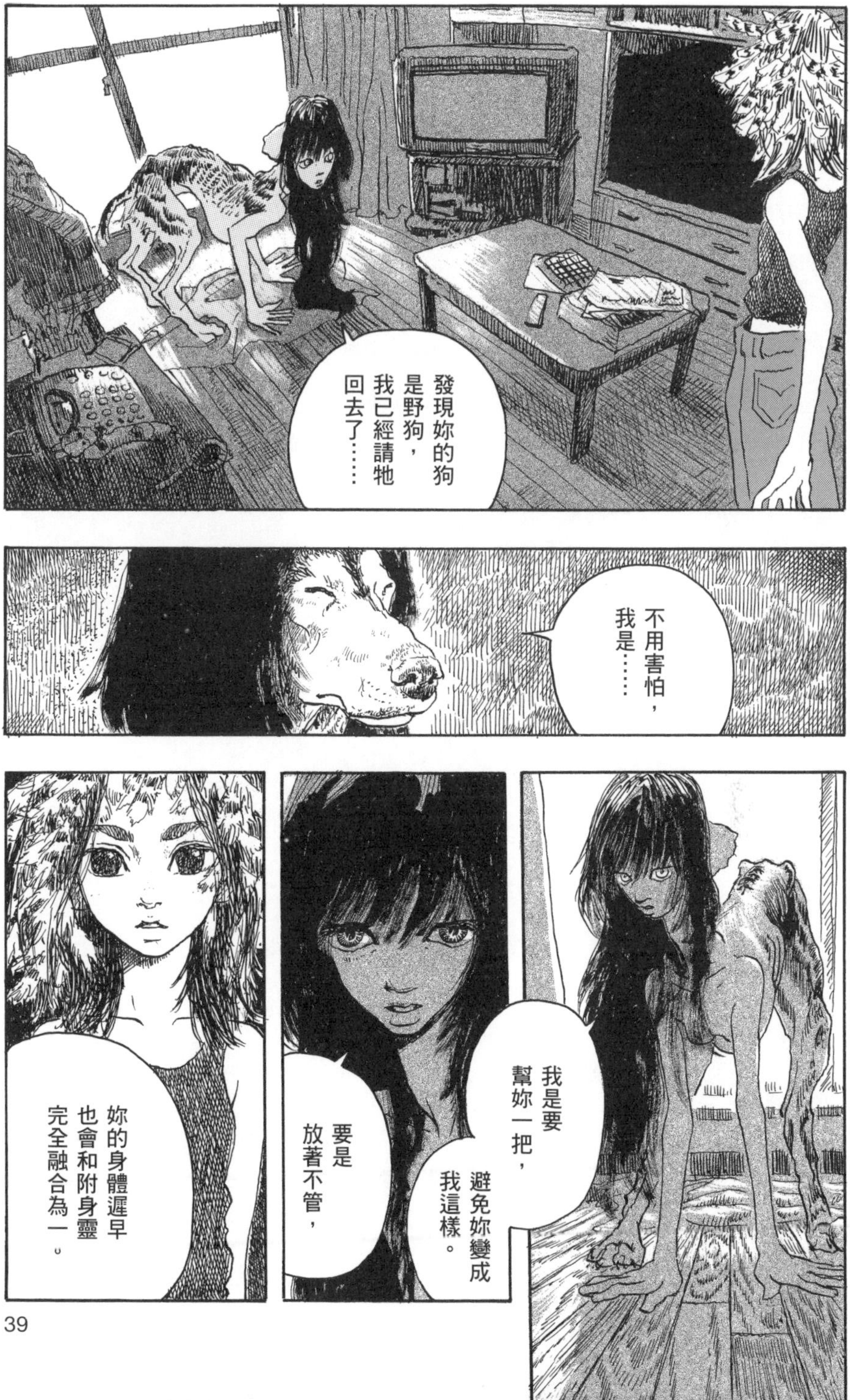
發現妳的狗是野狗，我已經請牠回去了……
不用害怕，我是……
我是要幫妳一把，
避免妳變成我這樣。
要是放著不管，
妳的身體遲早也會和附身靈完全融合為一。

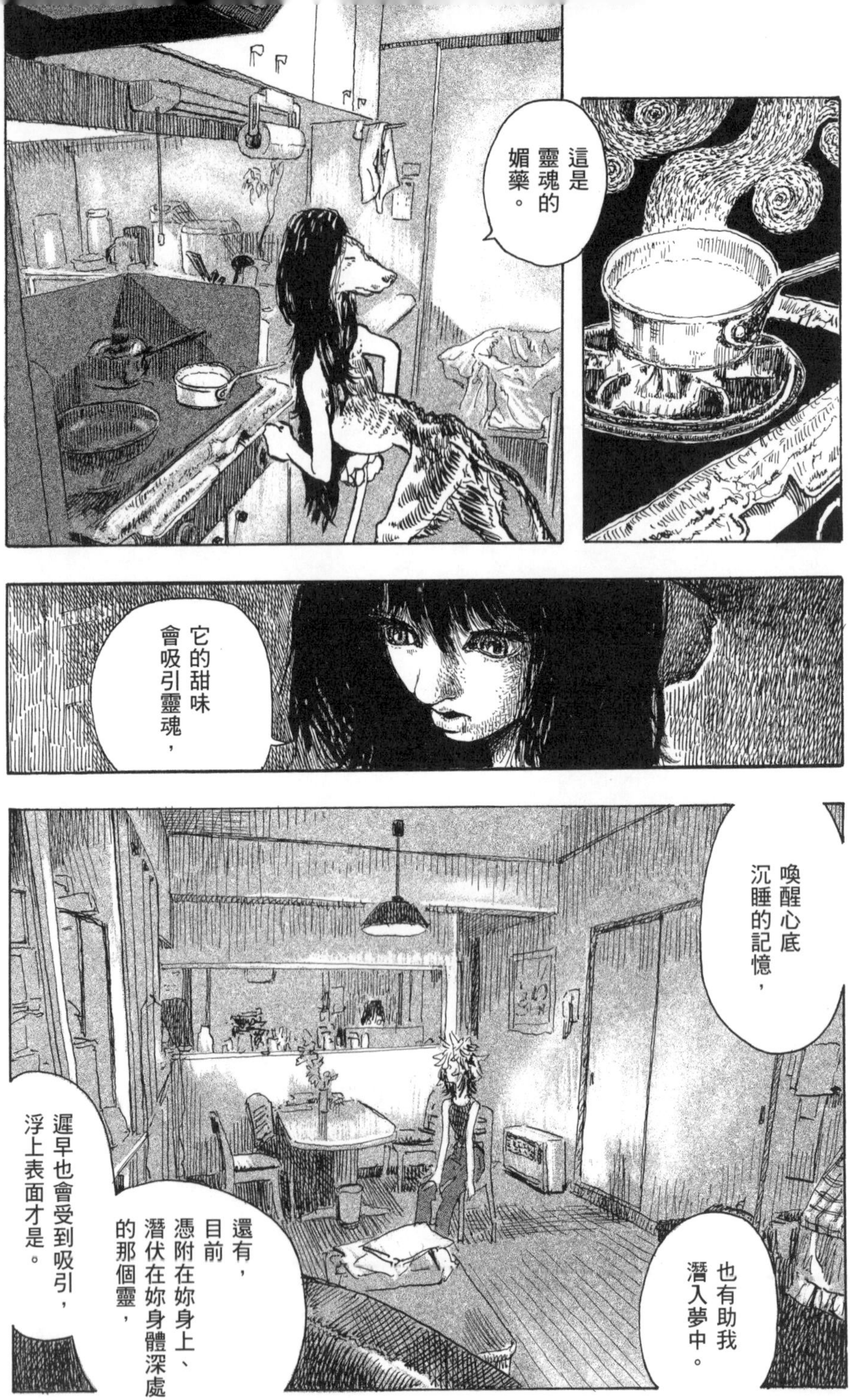
這是靈魂的媚藥。
它的甜味會吸引靈魂，
喚醒心底沉睡的記憶，
也有助我潛入夢中。
還有，目前憑附在妳身上、潛伏在妳身體深處的那個靈，
遲早也會受到吸引，浮上表面才是。

路奇是我出生時，別人送給我們家的狗。
他完全不會吠叫，
也是體弱多病的我唯一的朋友。
我六歲的時候，父母都死了，然後…

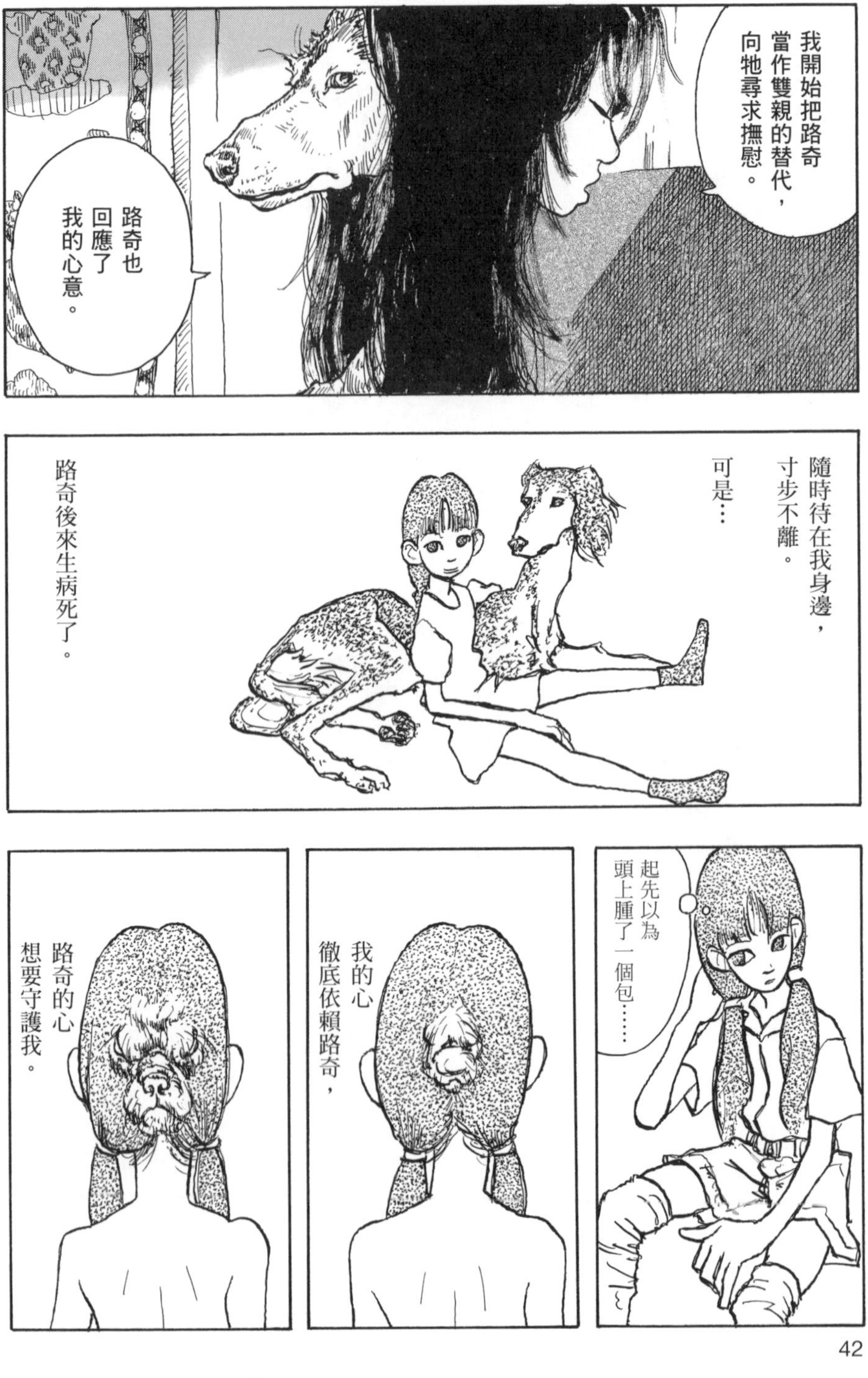
我開始把路奇當作雙親的替代，向牠尋求撫慰。
路奇也回應了我的心意。
隨時待在我身邊，寸步不離。
可是……
路奇後來生病死了。
起先以為頭上腫了一個包……
我的心徹底依賴路奇，
路奇的心想要守護我。

兩個靈魂呼喚彼此，
路奇便憑附到我身上了。
受憑附者，
最終都會變成我現在的樣子。
這樣的身體似乎對我自己造成了過大的負擔，果然呢。
我再活也沒多久了吧……

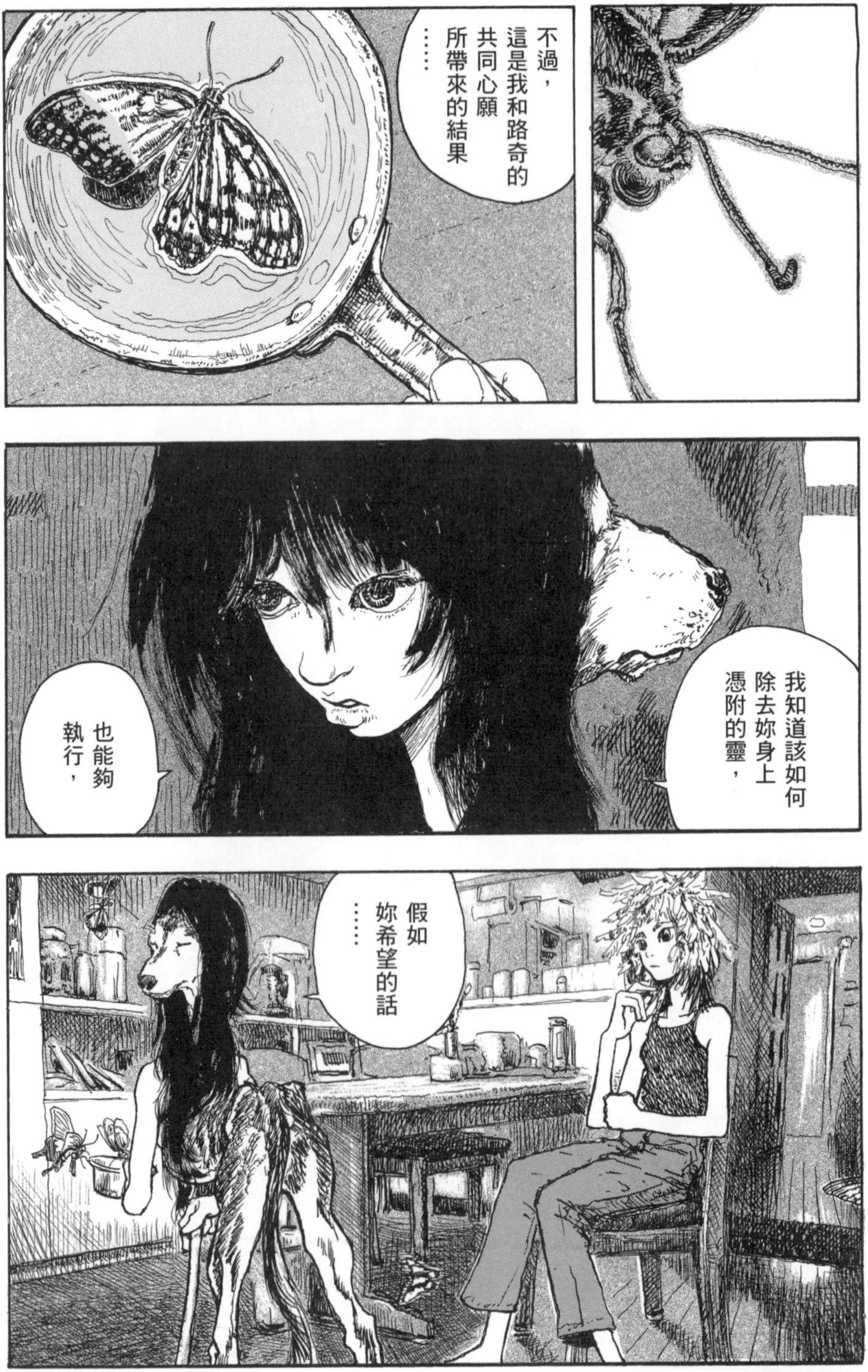
不過，
這是我和路奇的
共同心願
所帶來的結果
……
我知道該如何
除去妳身上
憑附的靈，
也能夠
執行，
假如
妳希望的話
……

……
如果妳動手的話，
下禮拜前我能回去嗎？
呃…
？
嗯，應該行。
太好了，我打工的地方，
下禮拜午餐時間要招待我們吃淡水龍蝦※呢。

※ 螯蝦的一種

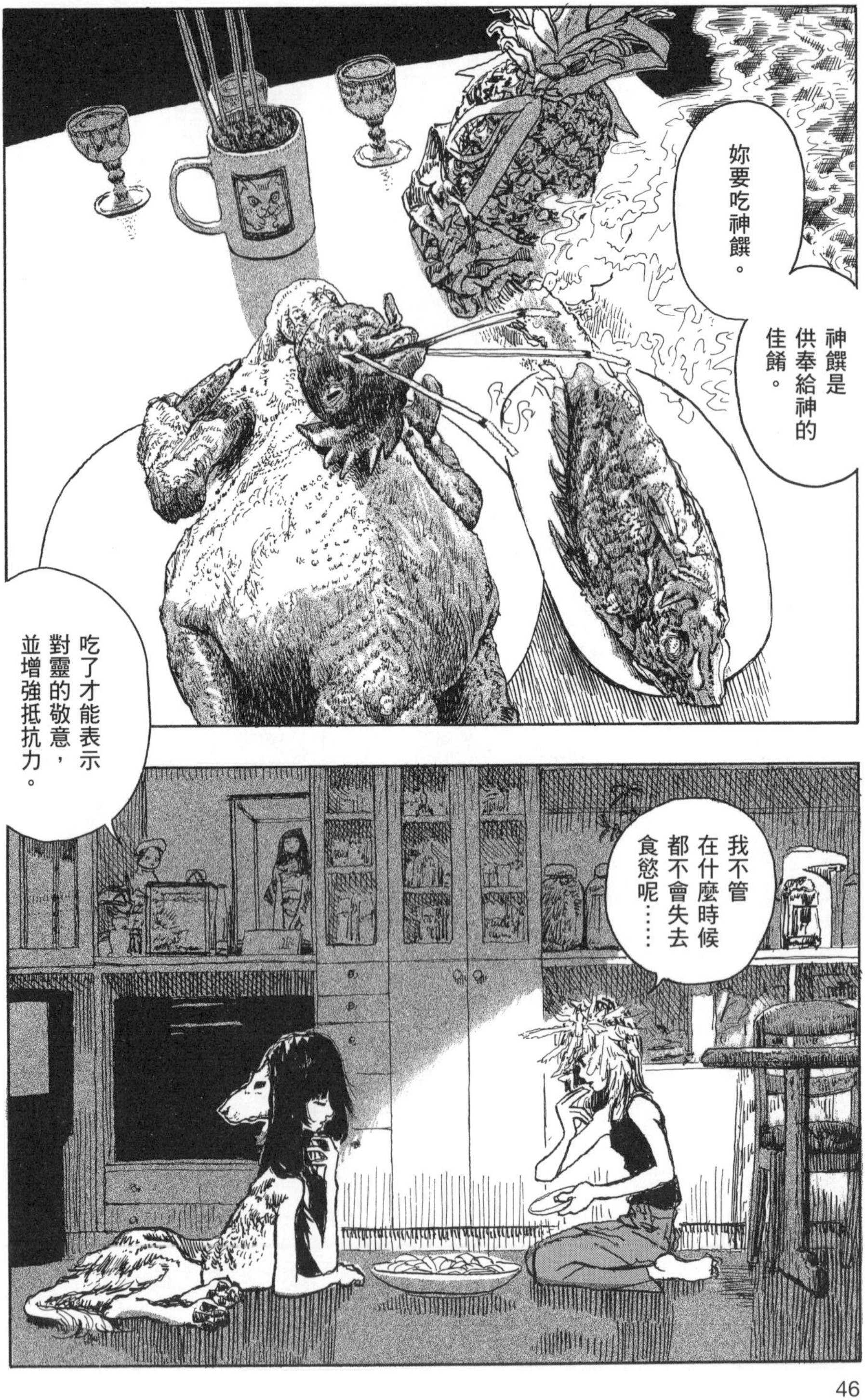
妳要吃神饌。
神饌是供奉給神的佳餚。
吃了才能表示對靈的敬意，並增強抵抗力。
我不管在什麼時候都不會失去食慾呢……

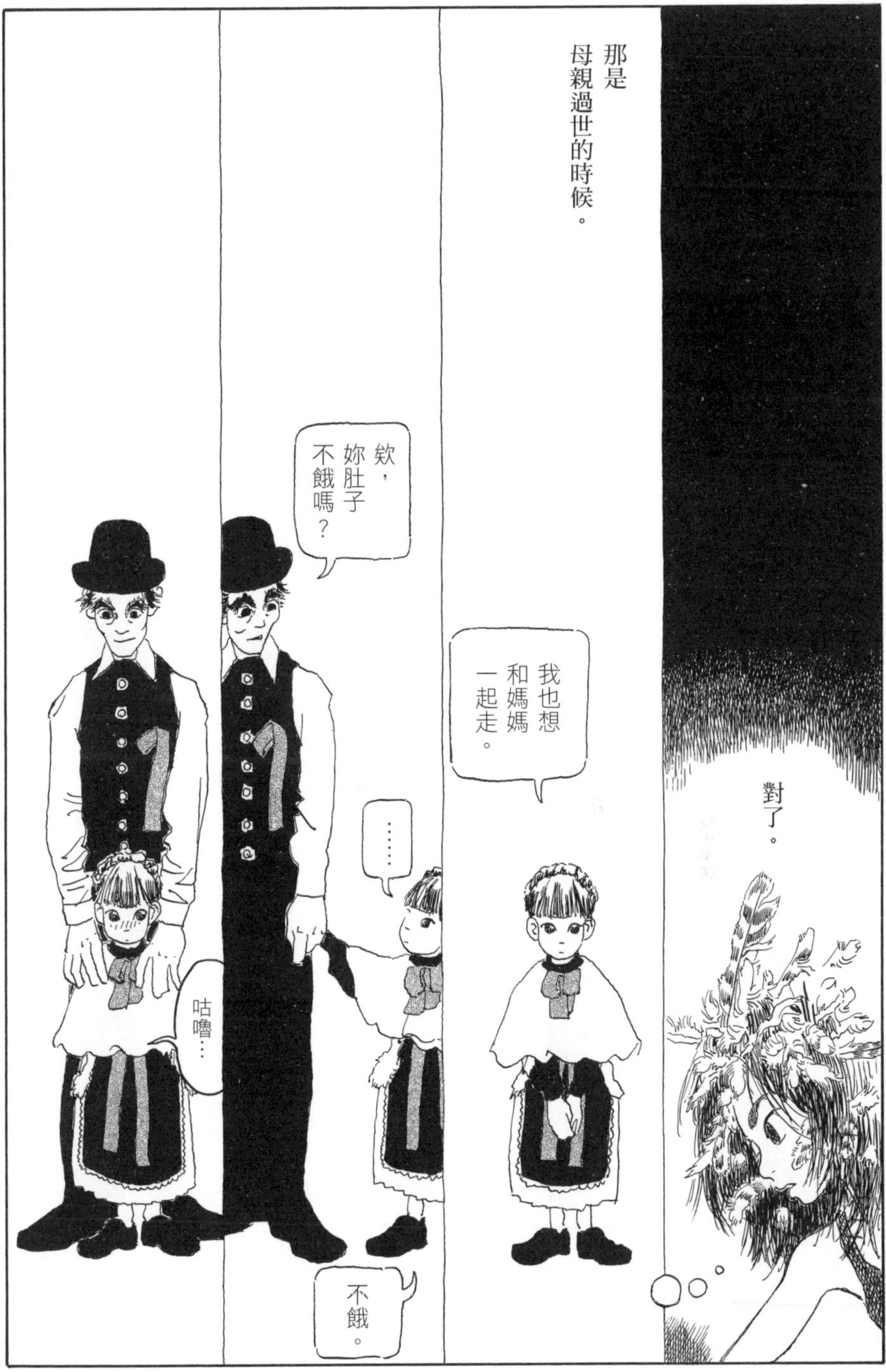
對了。
那是
母親過世的時候。
我也想
和媽媽
一起走。
欸，
妳肚子
不餓嗎？
……
不餓。
咕嚕……

真貴呀，
身體希望存活下去，
也還有活下去的力量，所以才會肚子餓喔。
不管碰到什麼事，只要還吃得下飯就沒問題。
那，我和爸爸不管碰到什麼事都不會有問題呢。
因為我們兩個是無可救藥的愛吃鬼呀。
嗯。
充滿生命的力量呢。

呵呵。
不過，
就算剝除了靈，也可能留下一點後遺症。
不過只要靈離開身體，性命應該就不會受威脅了。
第一個星期四
咦，
眼睛…

媚藥似乎產生效用了呢。
啾
（嘰哩 嘰哩）
メキメキ
メキ
潛伏在身體深處的附身靈，
開始浮上表面了。

含住這個。
自古以來，
蝴蝶便是所謂靈魂的化身。
現在我要剝下妳的附身靈了。
為了避免剝除附身靈時連帶抽出妳的靈魂，
妳要用蝴蝶封口才行。

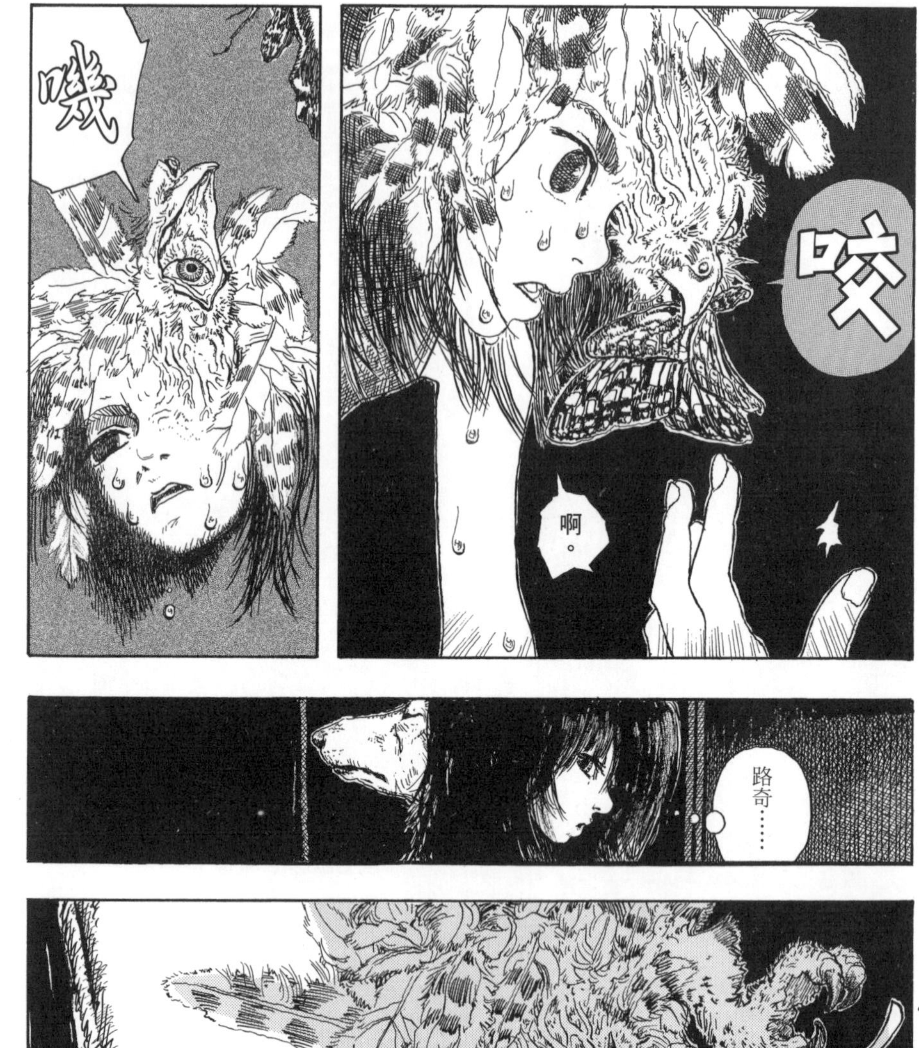
咬
啊。
嘰
路奇……
（啪嘰 啪沙）
（啪嘰）

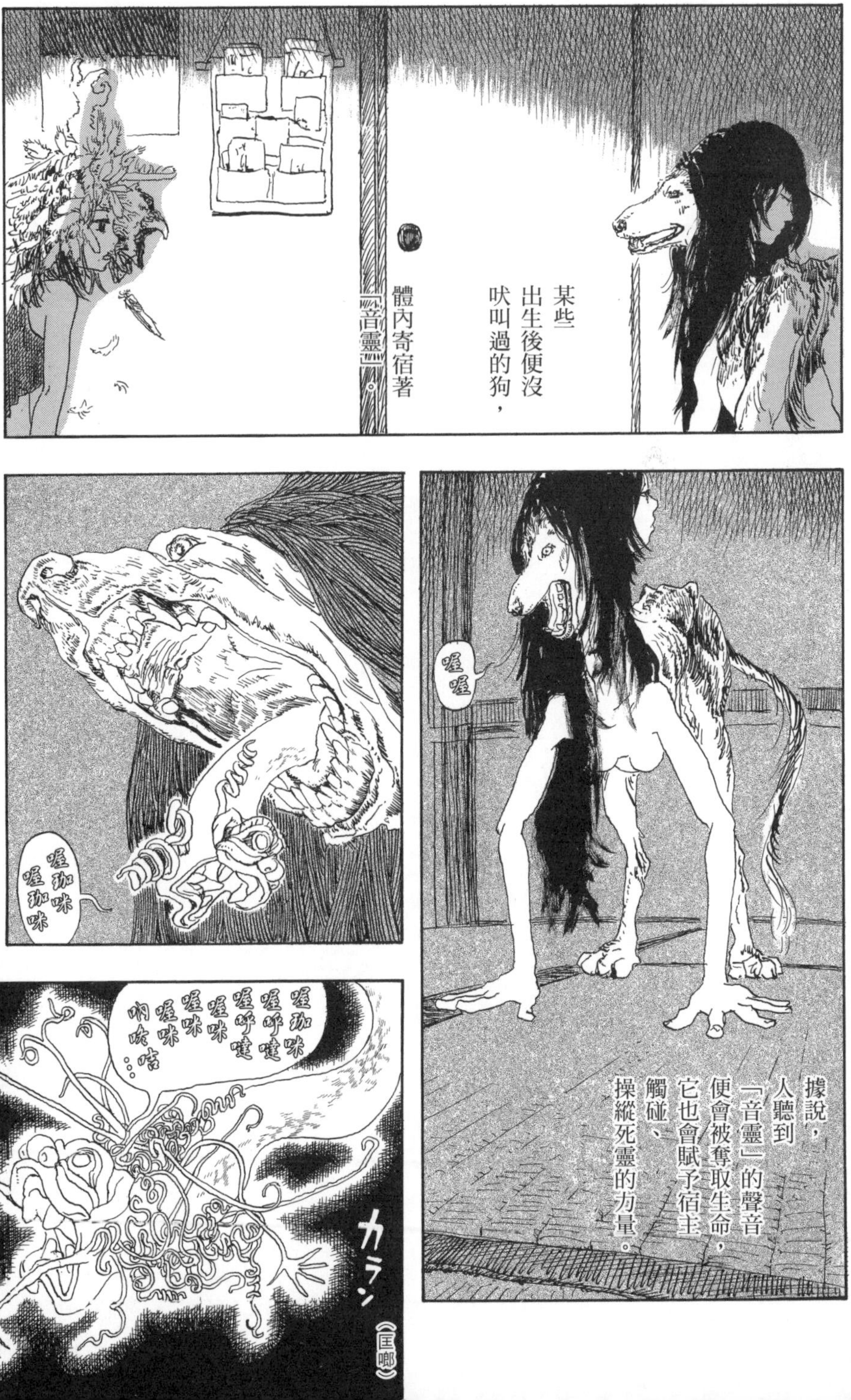
某些
出生後便沒
吠叫過的狗，
體內寄宿著
「音靈」。
喔喔
據說，
人聽到
「音靈」的聲音
便會被奪取生命，
它也會賦予宿主
觸碰、
操縱死靈的力量。
喔珈咪
喔珈咪
喔珈咪
喔呼嗟
喔呼嗟
喔咪
喔咪
吶咬咕…
カラン
（匡啷）

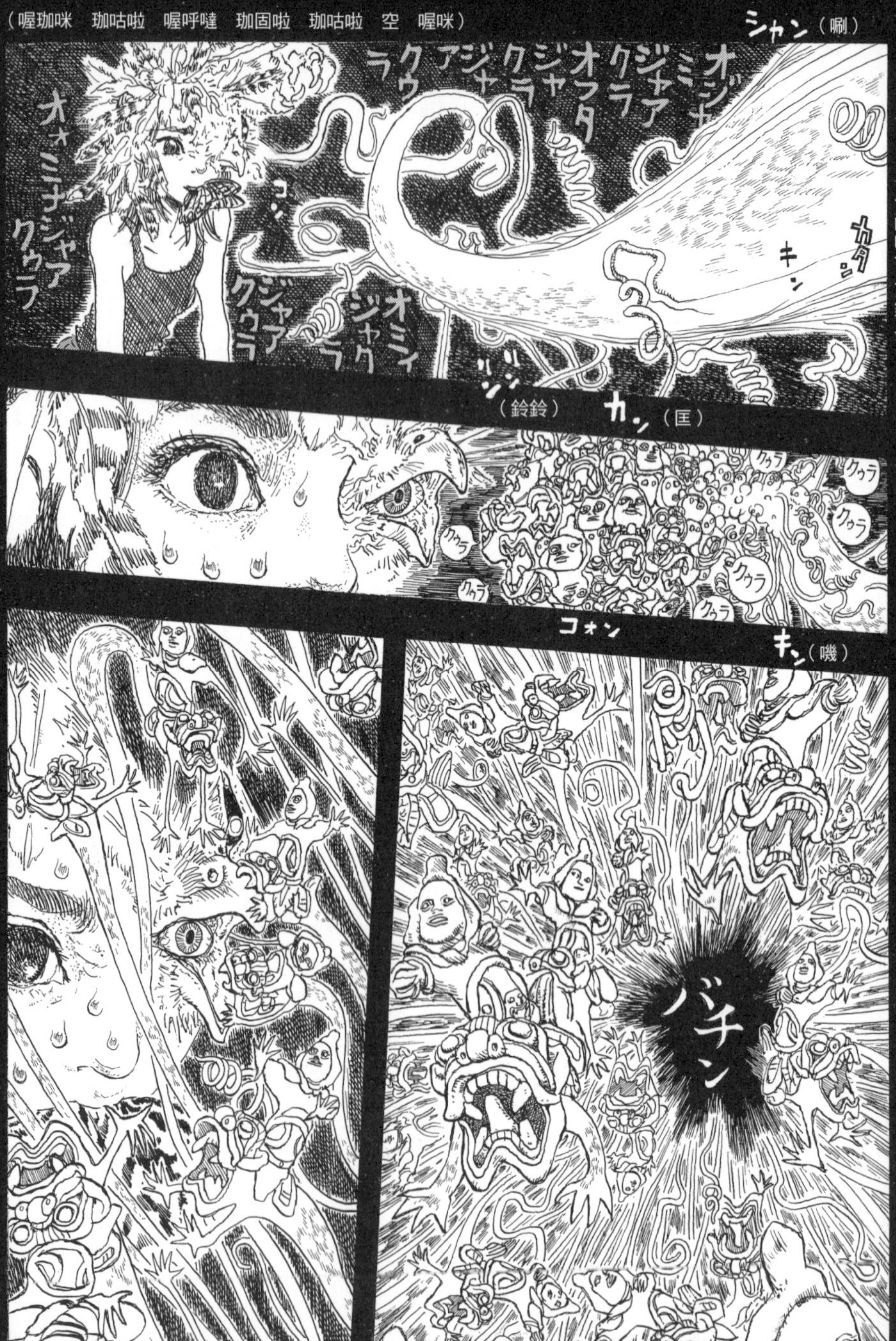
（喔珈咪　珈咕啦　喔呼噠　珈固啦　珈咕啦　空　喔咪）
シャン（唰）
カタン（喀噠）
キン（鏘）
オォミナジャア
クゥウラ
コン
ジジ（鈴鈴）
カン（匡）
クゥラ（咕啦）
コォン
キン（嘰）
バチン（喀嚓）

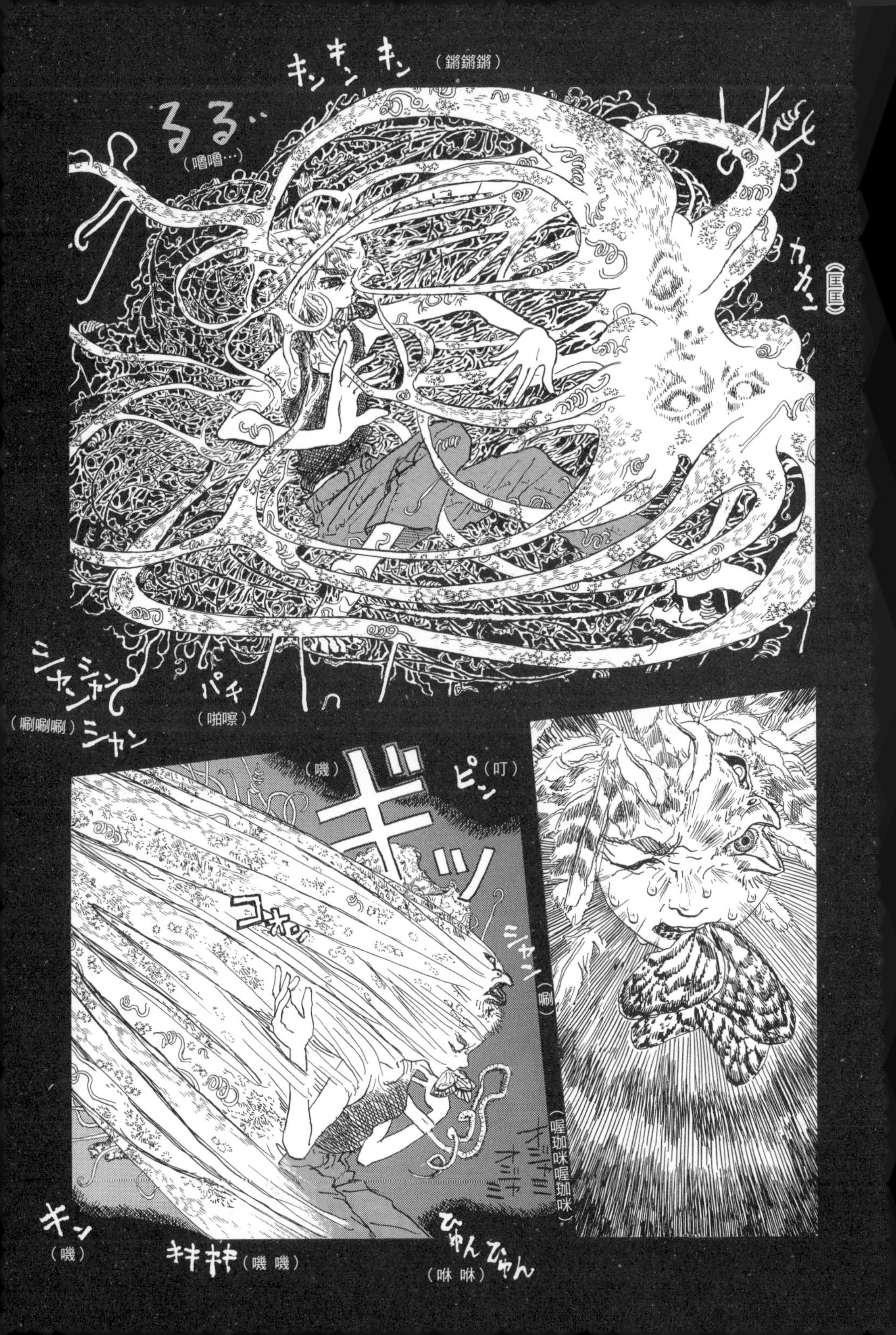キンキンキン
（鏘鏘鏘）
るる…
（嚕嚕…）
カカン
（匡匡）
シャンシャンシャン
（唰唰唰）
パチ
（啪嚓）
ピン
（叮）
ギッ
（嘰）
コォ
シャン
（唰）
オジャミオジャミ
（喔珈咪喔珈咪）
ひゅんひゅん
（咻咻）
キン
（嘰）
キキ
（嘰嘰）

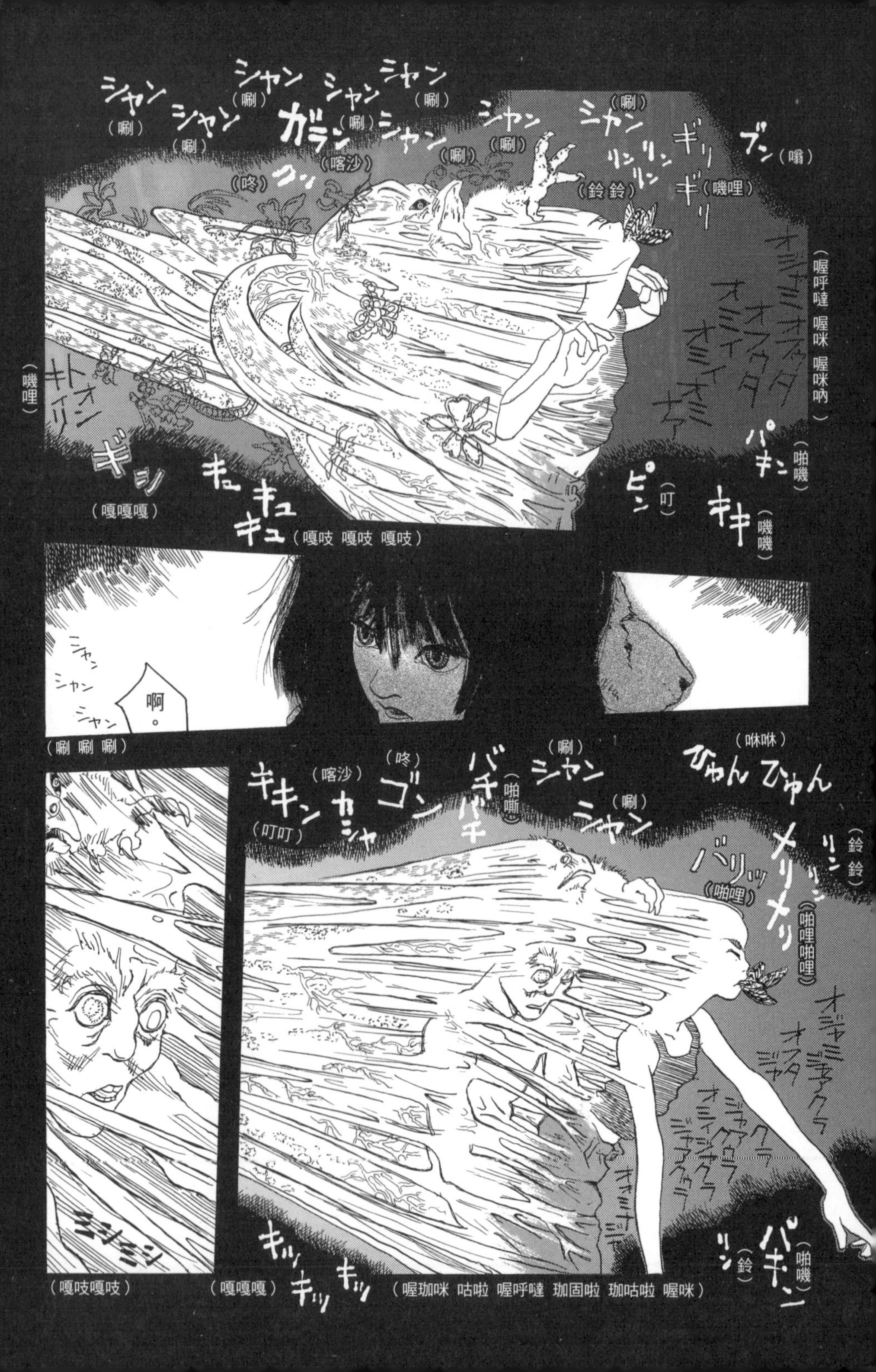
ブン（嗡）
ギリギリ（嘰哩）
シャン（唰）
リンリンリン（鈴鈴）
シャン（唰）
シャン（唰）
シャン（唰）
シャン（唰）
ガラン（喀沙）
コツ（咚）
シャン（唰）
シャン（唰）
（喔呼噠 喔咪 喔咪吶）
パキン（啪嘰）
キキ（嘰嘰）
ピン（叮）
キュキュキュ（嘎吱 嘎吱 嘎吱）
ギシ（嘎嘎嘎）
（嘰哩）
シャン シャン シャン（唰 唰 唰）
啊。
ひゅん ひゅん（咻咻）
シャン（唰）
シャン（唰）
バチバチ（啪嘶）
ゴン（咚）
カシャ（喀沙）
キキン（叮叮）
リン（鈴鈴）
メリメリ（啪哩啪哩）
バリッ（啪哩）
パキン（啪嘰）
リン（鈴）
キッキッキッ（嘎嘎嘎）
（喔珈咪 咕啦 喔呼噠 珈固啦 珈咕啦 喔咪）
ミシミシ（嘎吱嘎吱）

不只鳥……
好幾個意念和靈魂纏在一塊，無法解開。
キンキン
（鏘鏘）
真貴……
魂魄和靈相互拉扯，無法分離。
再這樣下去，連這孩子的魂魄都會被帶走。
爸？
起碼現出一個破綻吧，多小都好……
ガシャ
（喀沙）
這是……又是夢嗎……
真貴……
真貴……
抱歉啊，放妳孤單一人。
爸！
我很擔心
真貴喔。
我不要緊的。
我很不安呀。
真貴…
真貴…
真貴…
真貴
爸？

真貴……我不能放妳一個人。
我擔心妳啊，真貴。
真貴。
真貴……
跟我一起走吧，真貴。
真貴
真貴
真貴
真貴
我要帶妳上路。
真貴
真貴
真貴
真貴
我……
我不會跟爸一起去的。
啪嚓
解開了。

（沙沙沙沙沙）

（窣窣窣窣窣窣）

ザザザザ
（沙沙沙沙）
ザザザ
（沙沙沙）
那是……爸媽？

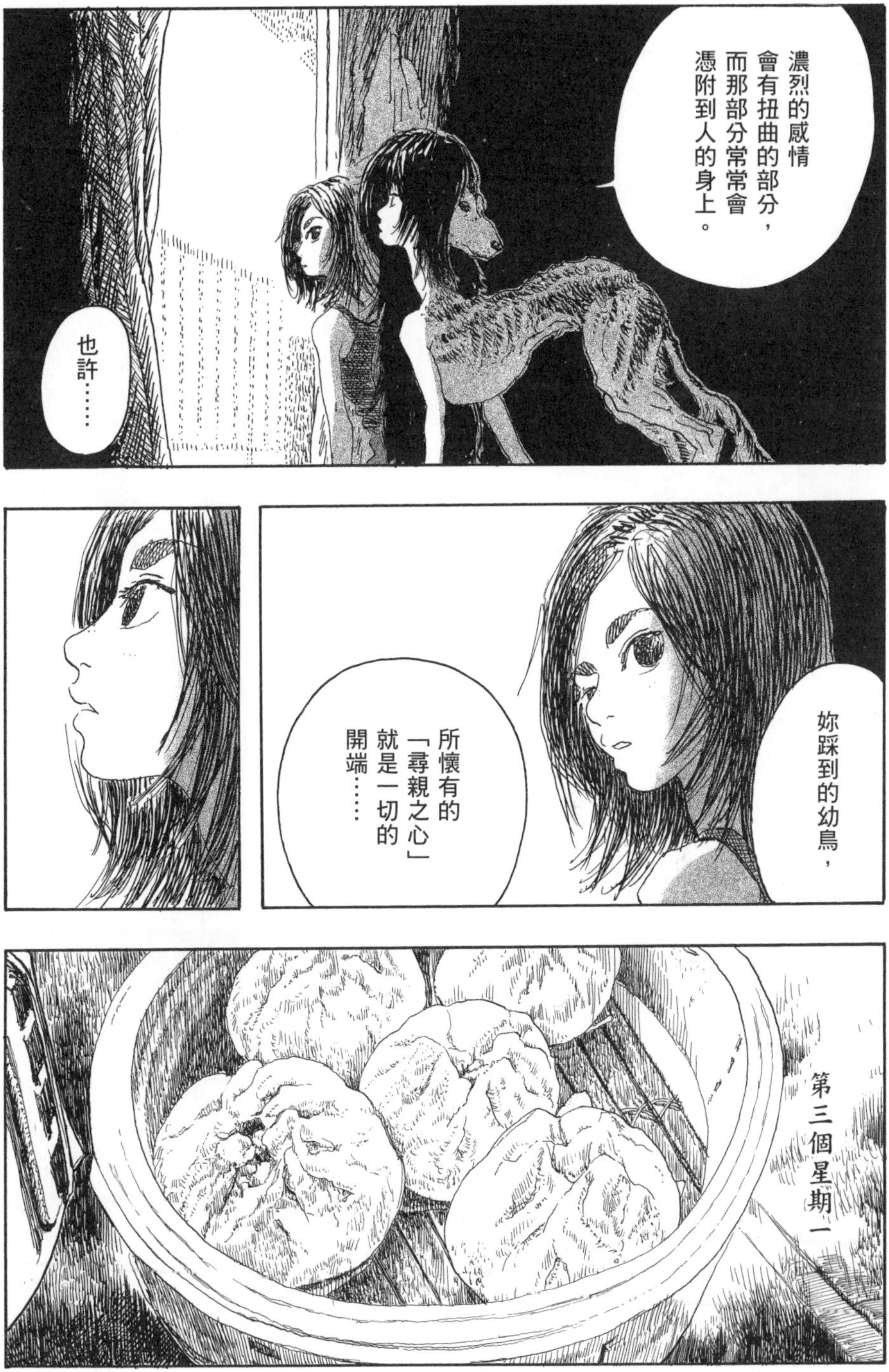

濃烈的感情會有扭曲的部分，而那部分常常會憑附到人的身上。
也許……
妳踩到的幼鳥，
所懷有的「尋親之心」就是一切的開端……
第三個星期一

爸，
我今天的早餐是加蛋菜包、甜蕗蕎、綠茶。
我要開動了～
我身上出現了兩個後遺症。

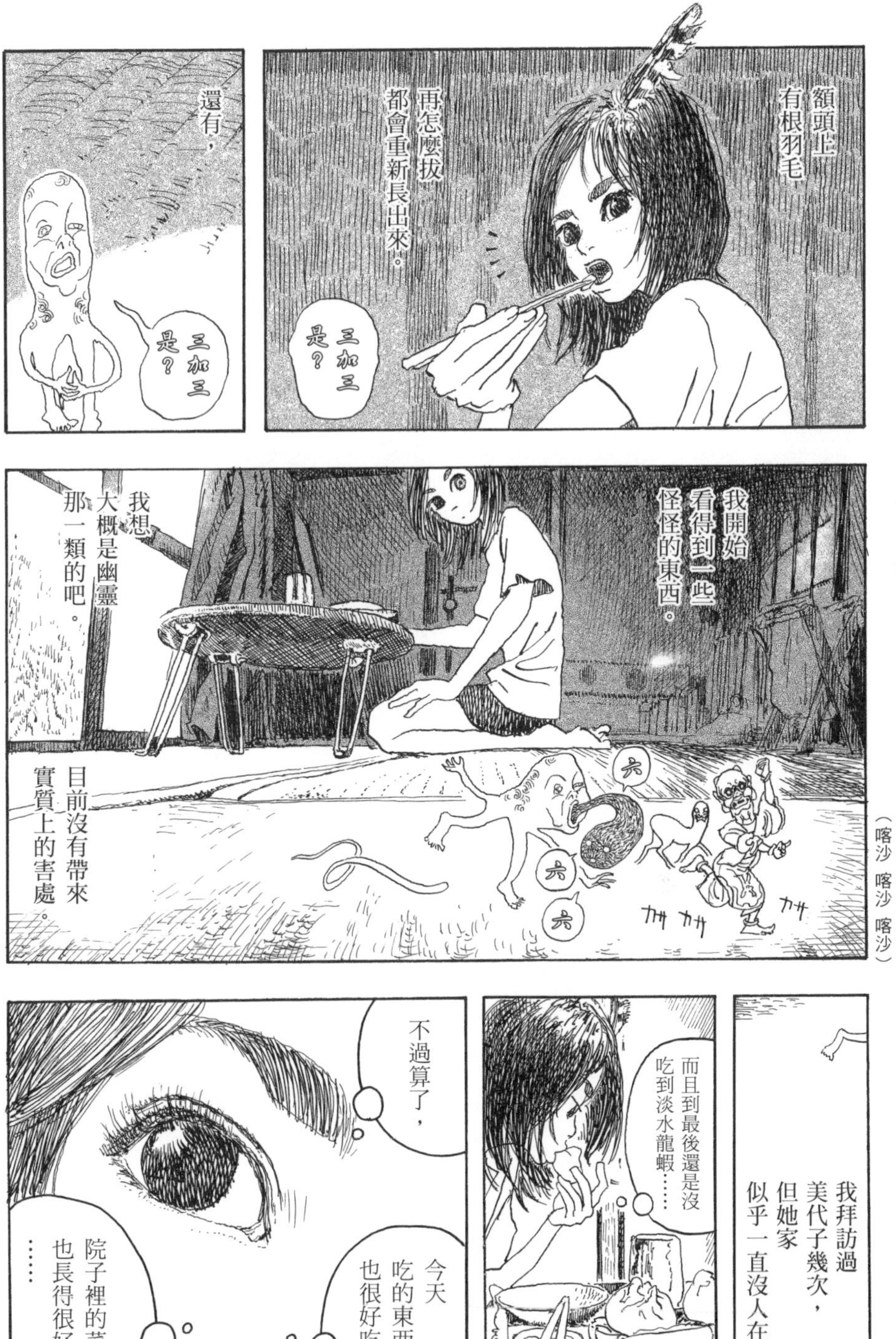
額頭上有根羽毛
再怎麼拔都會重新長出來。
三加三是？
還有，
三加三是？
我開始看得到一些怪怪的東西。
我想大概是幽靈那一類的吧。
目前沒有帶來實質上的害處。
六
六
六
カサ カサ カサ
（喀沙 喀沙 喀沙 喀沙）
我拜訪過美代子幾次，但她家似乎一直沒人在。
而且到最後還是沒吃到淡水龍蝦……
不過算了，
今天吃的東西也很好吃，
院子裡的菜也長得很好……

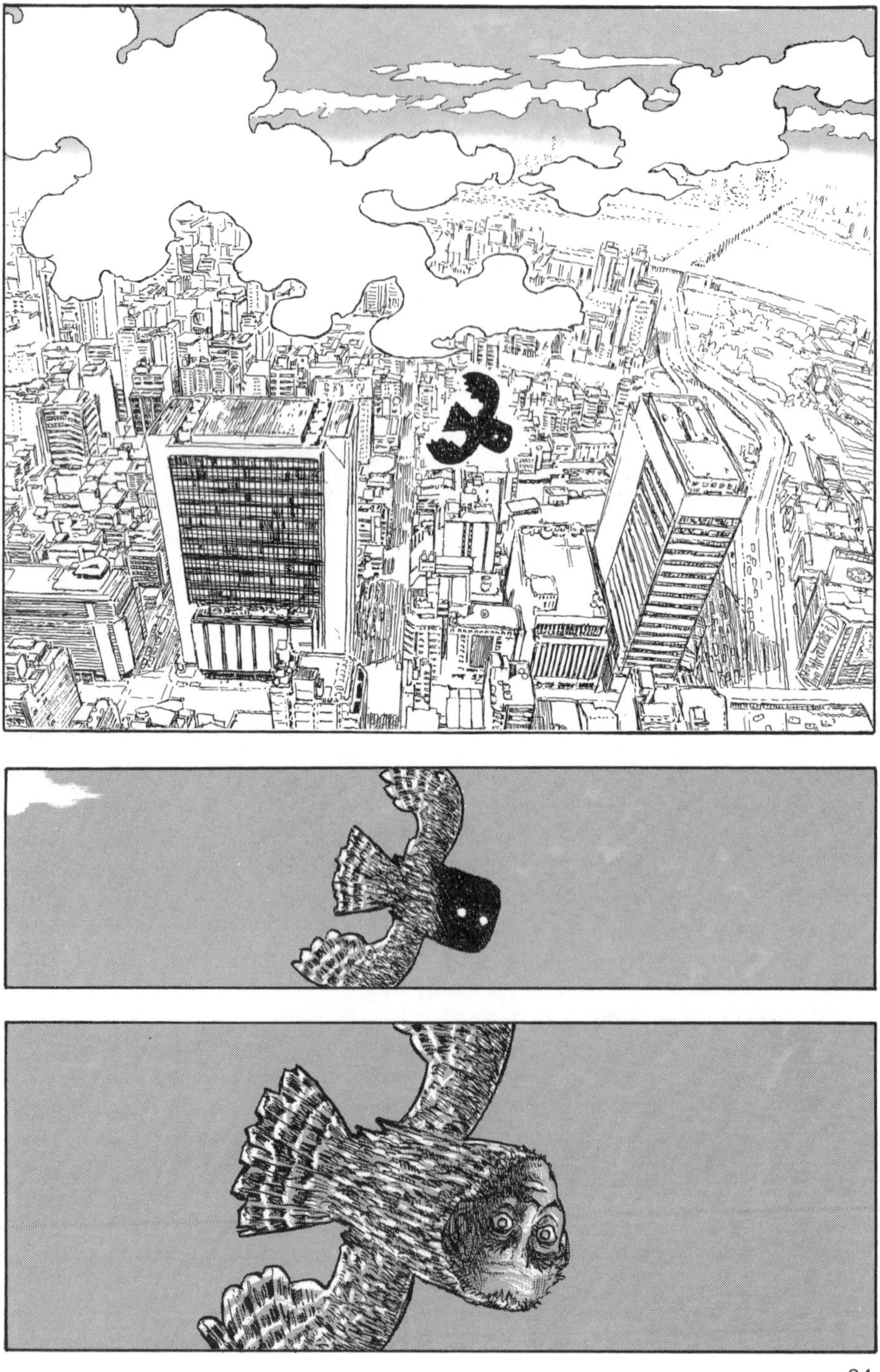

完

凌空之魂

首度刊載於月刊《Afternoon》1998年5月號

產生

凌空之魂

屠熊盜神者太郎的眼淚

撒沙

le pain et le chat 麵包與貓

冬來了

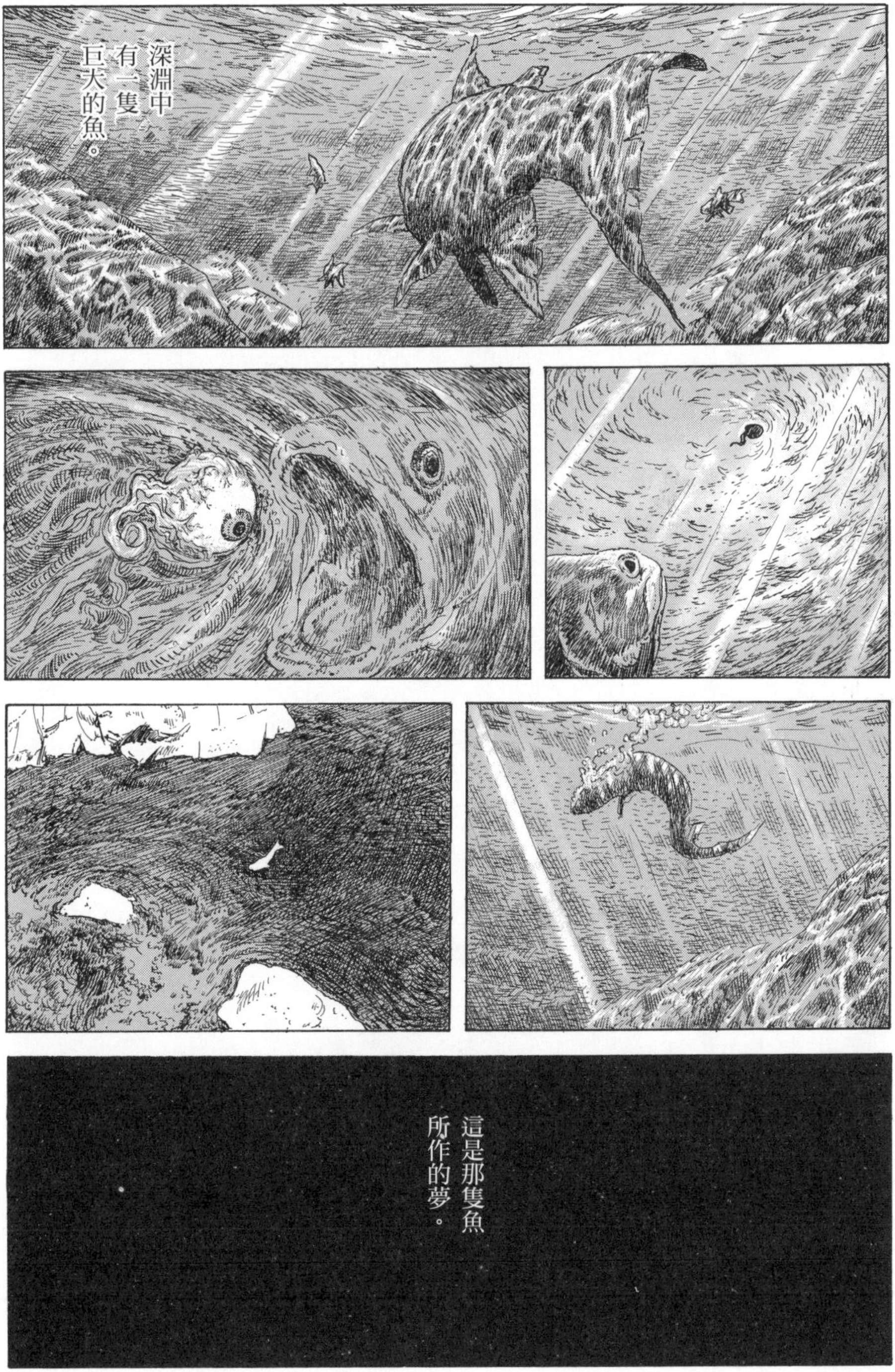
深淵中有一隻巨大的魚。
這是那隻魚所作的夢。

屠熊盗神者太郎的眼淚

那是一隻發狂的巨熊。
少年回到家中時，所有家人都已遇害了。
少年擁有旁人口中「神靈附體」似的巨力，出手扭斷了熊的頸骨。
聽聞此事的富裕農家，
收容了無親可依的少年。
你可千萬不能忘了這恩情喔。
少年名叫太郎。
然而，

農家的長男也叫太郎，因此……
我們以後就叫你「殺熊的」吧。
喂，殺熊的。
殺熊的。
殺熊的。
殺熊的。
殺熊的！
（嘩啦嘩啦嘩啦）
真蹺。

不過是個孤兒。
不過是個矮子！
（隆隆隆）
真的嗎？
真的說好了喔？
沒騙你。打贏的人就可以自稱太郎。
我會幫你去跟我爸商量。
不可能贏太郎的啦。
什麼殺熊啊，只是唬人的啦。
（嘩啦嘩啦嘩啦）
（轟）
太郎，幹掉他！
唔……
（隆隆隆）
（隆隆隆）
太郎！
太郎！
太郎！
（隆隆隆）
太郎！

(隆隆隆隆隆隆)
殺人了！
「殺熊的」殺死…
太郎了！
殺人了！
(隆隆隆)

（隆隆）
太郎無法繼續待在村子裡了。
（隆隆）
唉，
我的神力只會製造殺戮……
嗶嗶嗶—嗶嗶嗶—
從此之後，
（喀沙）
他利用神力殺生，吃那些東西活了下來。
（沙沙）

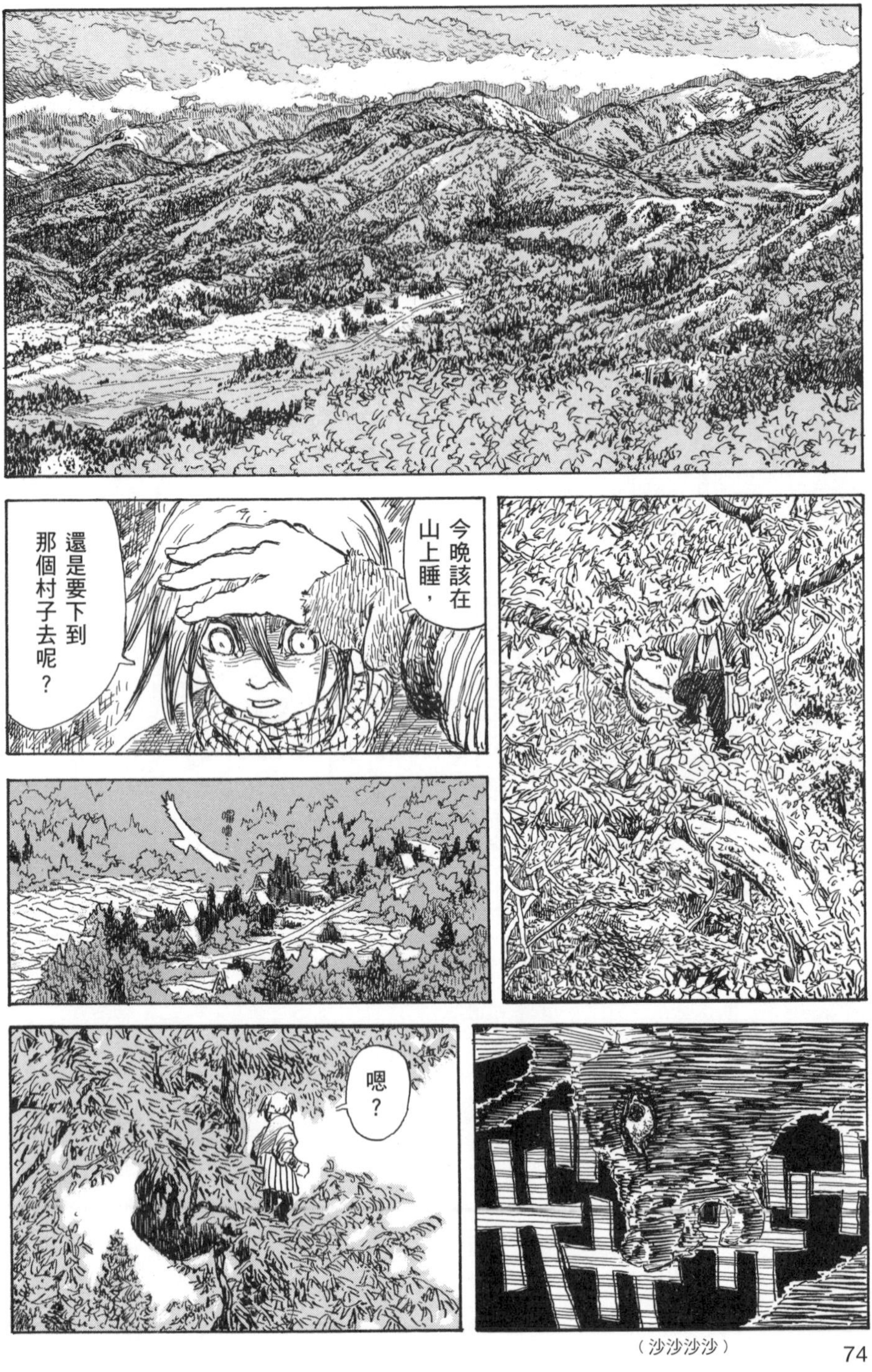
今晚該在山上睡，
還是要下到那個村子去呢？
嗯？

（沙沙沙沙）

（喀沙）
嚇！
（碰）
（沙）
（沙沙沙沙）
（吼）

嗶嚕…
ハッハッハッハッ
（哈哈哈哈）
…喀沙
……
枯葉……
ガサ
（喀沙）
啊，有人……有人在拖我……
ガサリ
ガサリ
（喀沙 喀沙）

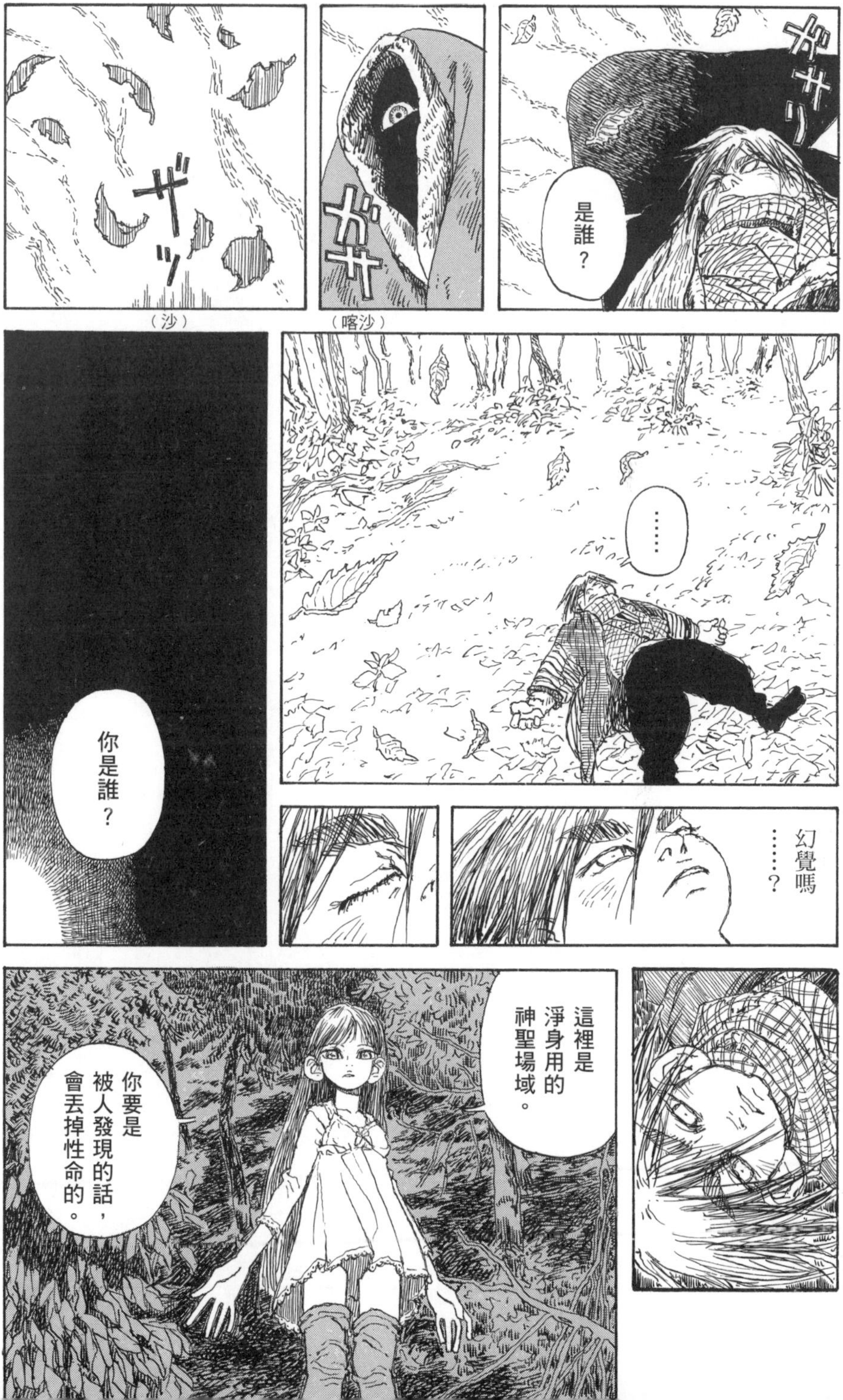
ガサリ
（喀沙）
是誰？
ガサ
（喀沙）
ザッ
（沙）
……
幻覺嗎……？
你是誰？
這裡是淨身用的神聖場域。
你要是被人發現的話，會丟掉性命的。

因為今天對聖山而言，是特別的日子。
我要用這裡的湧泉洗滌身體……
……也對。
要受死的不是你，
是我。
我會在今天被殺死。
死了之後成為村子的…
成為聖山的守護神。
是喔，妳要變成神了啊。
是喔，
妳要被殺死了啊。
婆婆說我「只是會獲得不老的身體」。
但我都看到了。

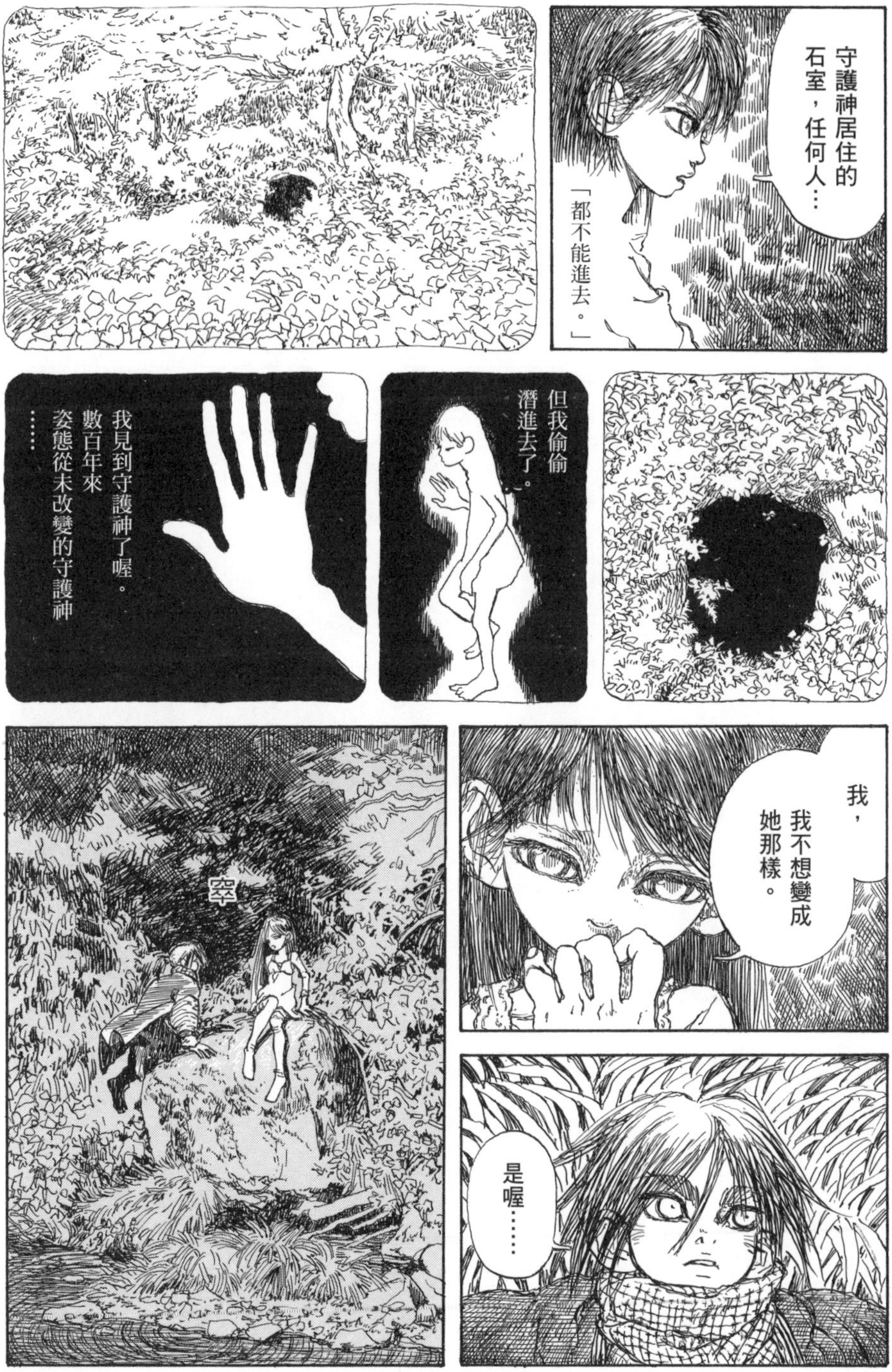
守護神居住的石室，任何人……
「都不能進去。」
但我偷偷潛進去了。
我見到守護神了喔。
數百年來姿態從未改變的守護神……
我，我不想變成她那樣。
窣
是喔……

那妳逃吧，我來幫妳。
喳
可是，守護村子的力量會斷絕的。
可是，我爸媽的下場會很淒慘。
可是，你要是被抓到的話，會丟掉性命的。
可是……

（沙沙）

（沙沙）

茲
……看啊！
如何啊！
我的神力不只能殺人，
也可以用來救人！
茲
茲
茲
茲
茲
茲
是男孩子呢。
十二、三歲左右，
看來力大無窮。
腳印穿過芒草叢，進入野獸通行的小路了。

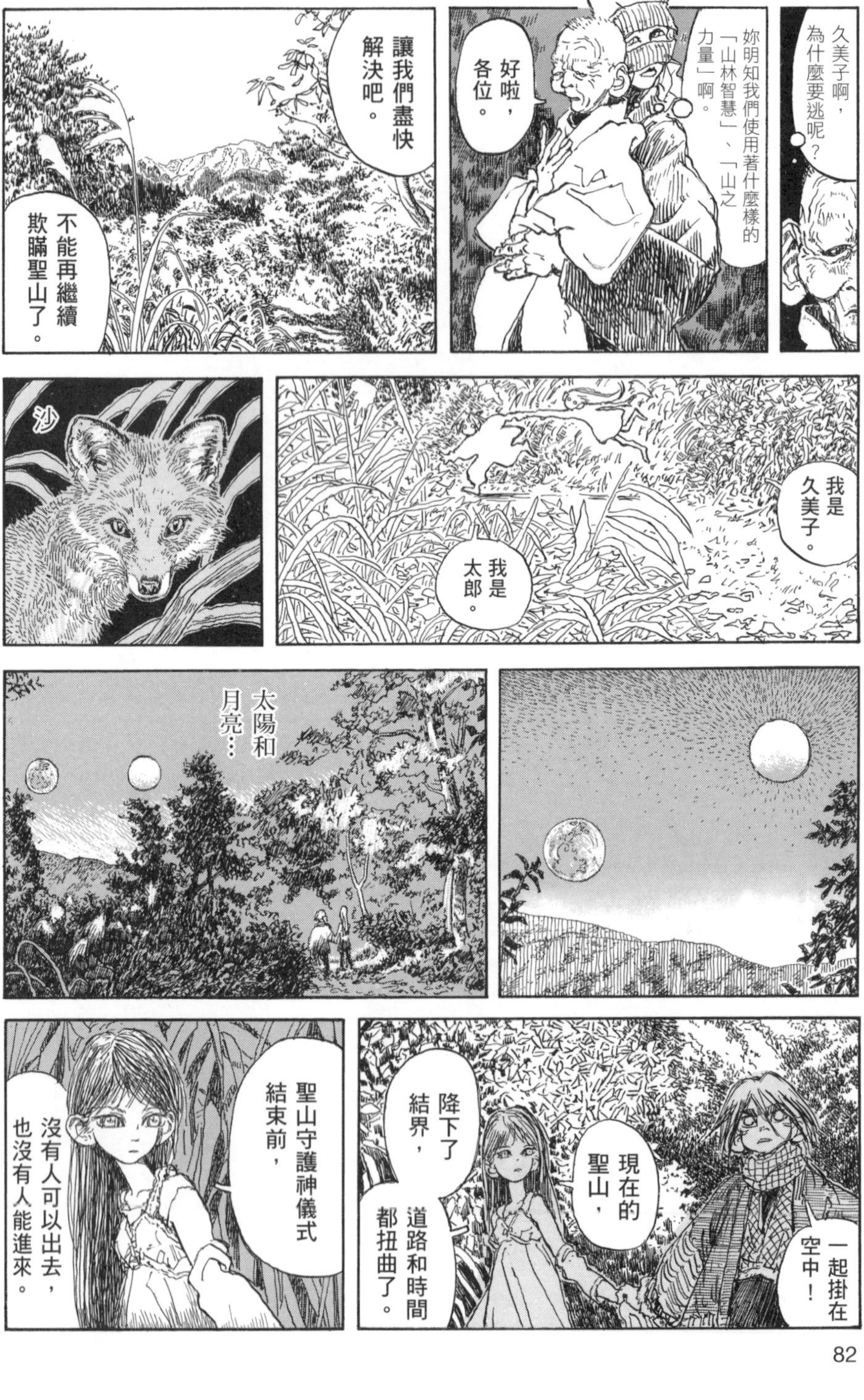
久美子啊，為什麼要逃呢？
妳明知我們使用著什麼樣的「山林智慧」、「山之力量」啊。
好啦，各位。
讓我們盡快解決吧。
不能再繼續欺瞞聖山了。
我是久美子。
我是太郎。
沙
太陽和月亮…
一起掛在空中！
現在的聖山，
降下了結界，
道路和時間都扭曲了。
聖山守護神儀式結束前，
沒有人可以出去，也沒有人能進來。

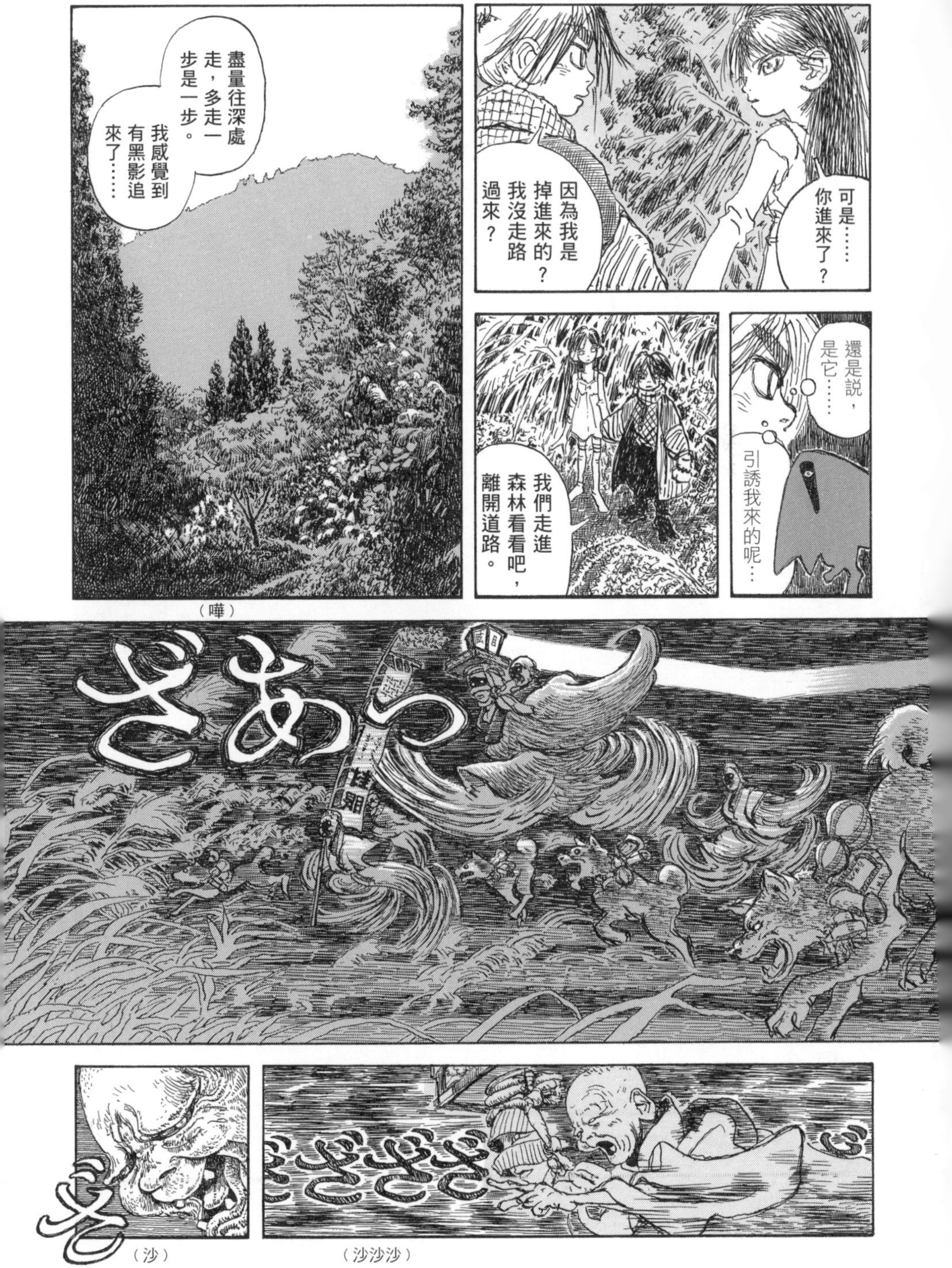
可是……你進來了？
因為我是掉進來的？我沒走路過來？
盡量往深處走，多走一步是一步。
我感覺到有黑影追來了……
還是說，是它……
引誘我來的呢……
我們走進森林看看吧，離開道路。
（嘩）
ざあっ
ざざざざ
（沙沙沙）
ざ
（沙）

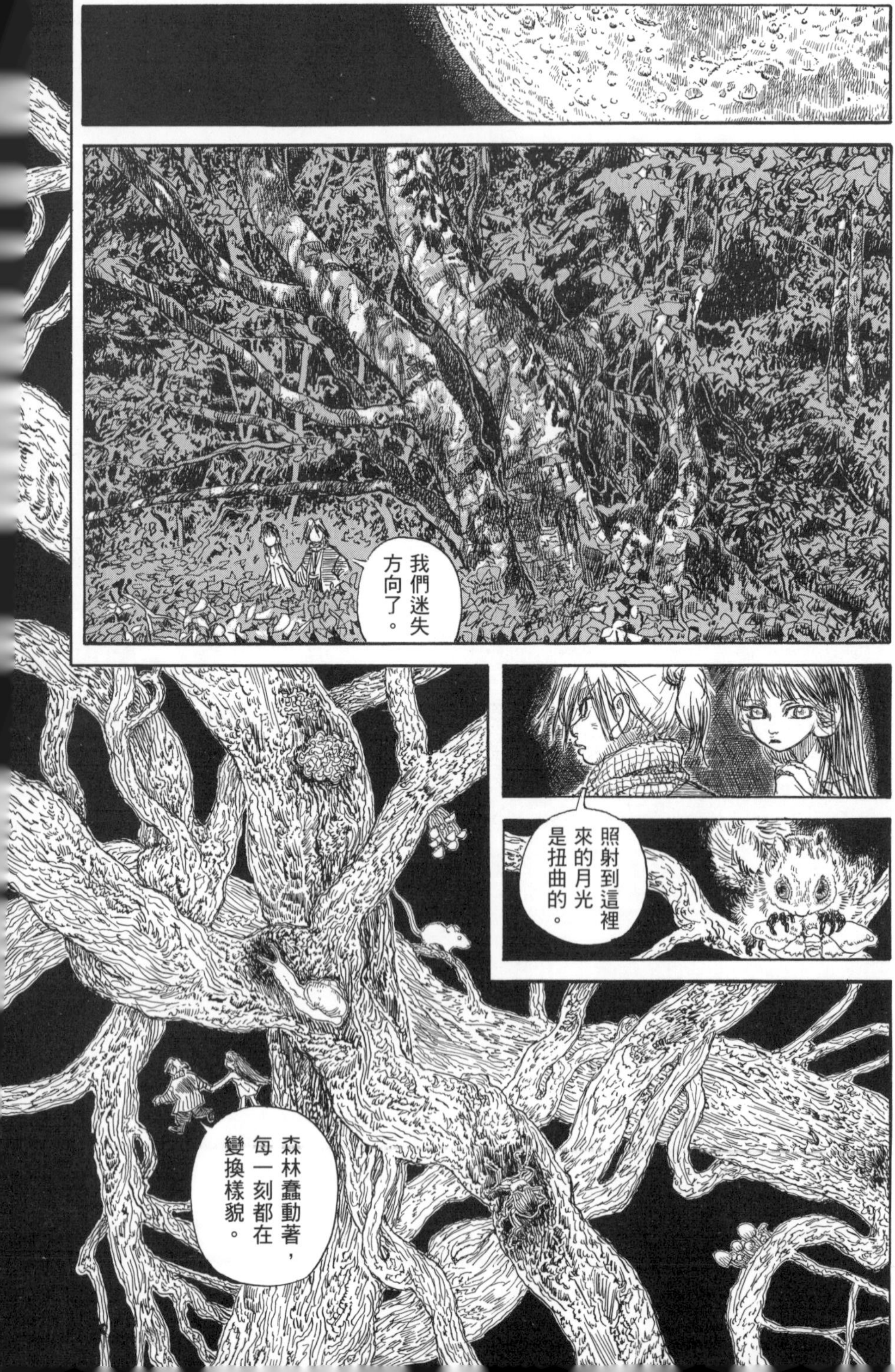
我們迷失方向了。
照射到這裡來的月光是扭曲的。
森林蠢動著，每一刻都在變換樣貌。

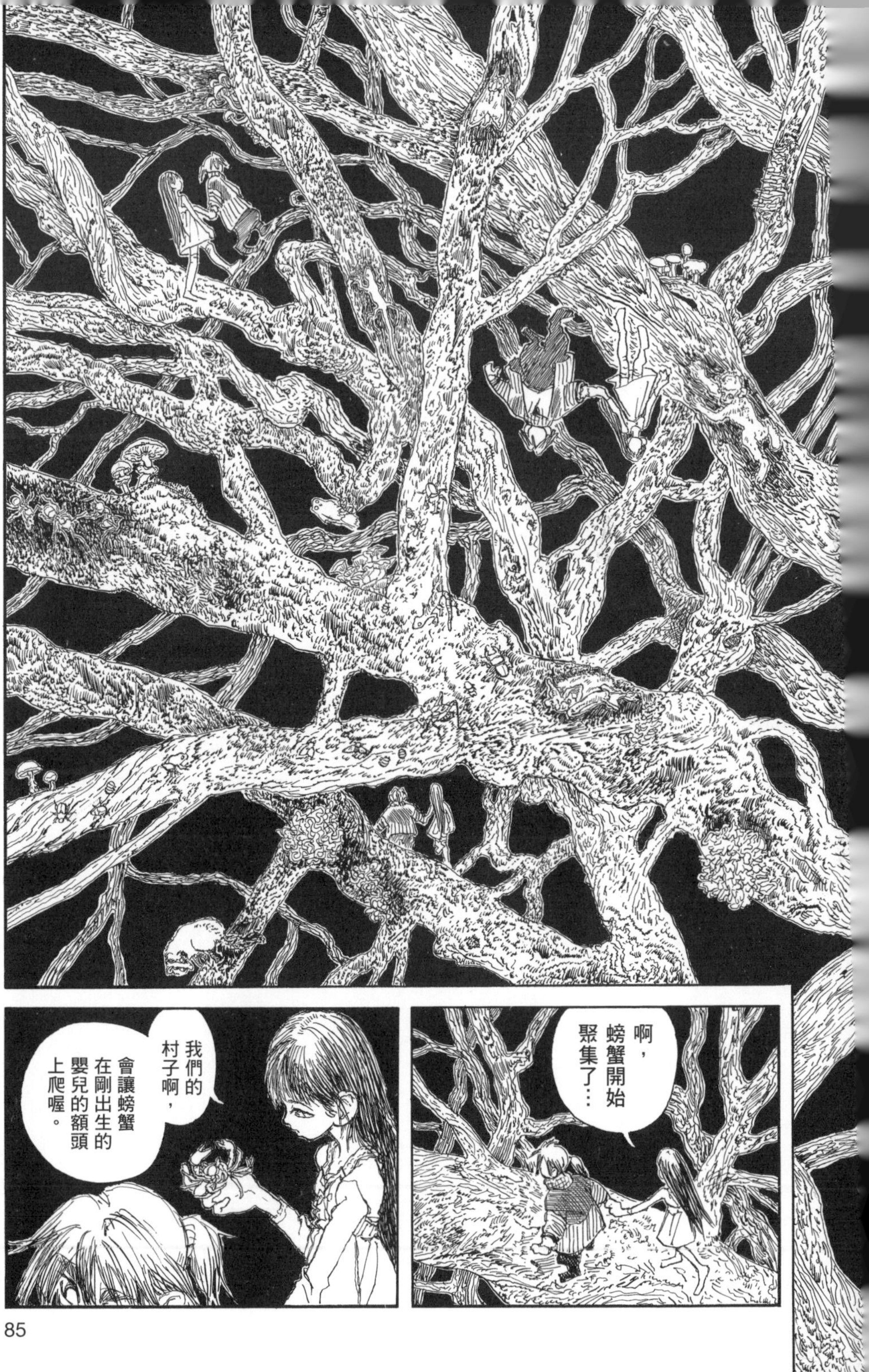
啊，螃蟹開始聚集了…
我們的村子啊，
會讓螃蟹在剛出生的嬰兒的額頭上爬喔。

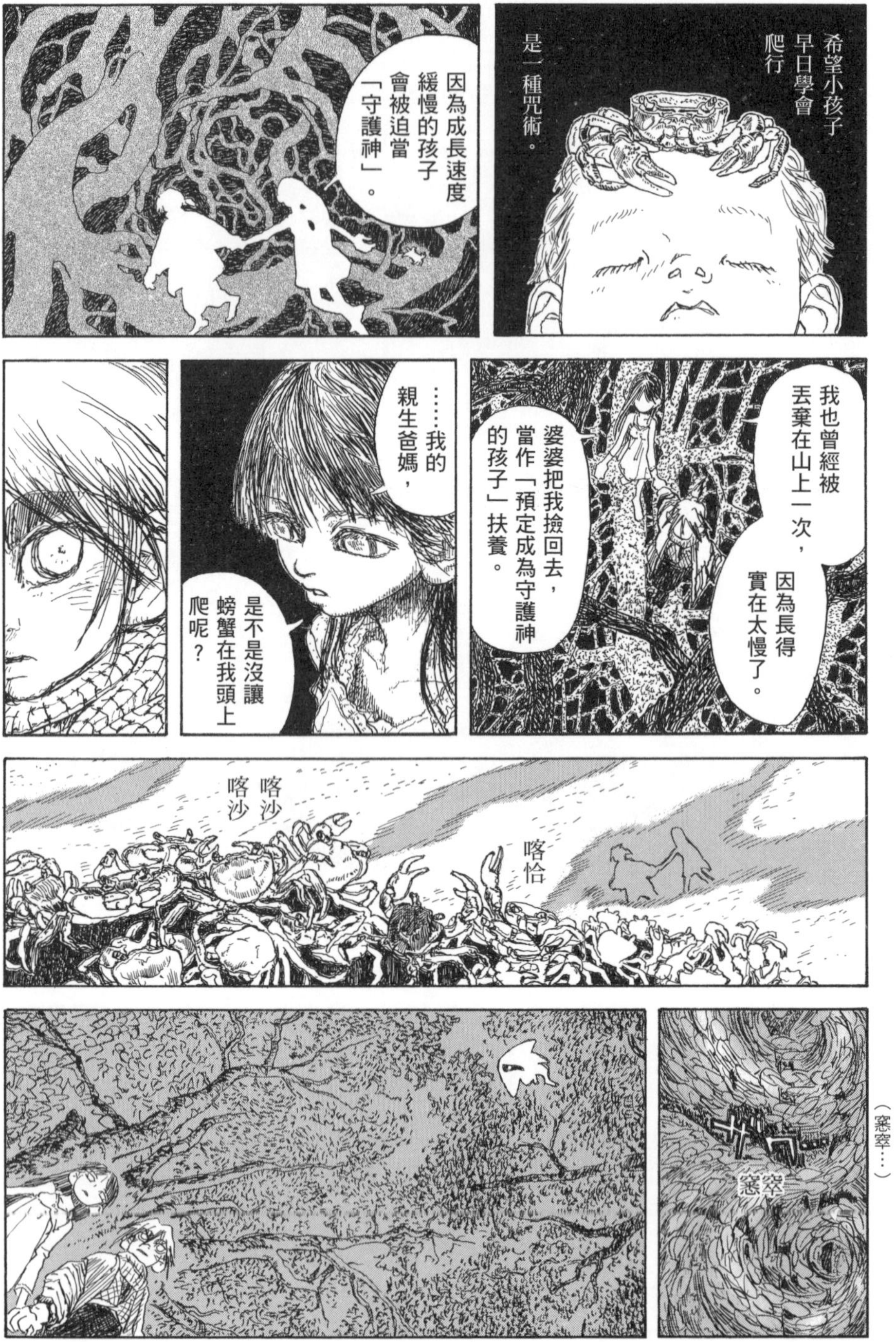
希望小孩子早日學會爬行
是一種咒術。
因為成長速度緩慢的孩子會被迫當「守護神」。
我也曾經被丟棄在山上一次，
因為長得實在太慢了。
婆婆把我撿回去，當作「預定成為守護神的孩子」扶養。
……我的親生爸媽，
是不是沒讓螃蟹在我頭上爬呢？
喀沙
喀沙
喀恰
窸窣
（窸窣……）

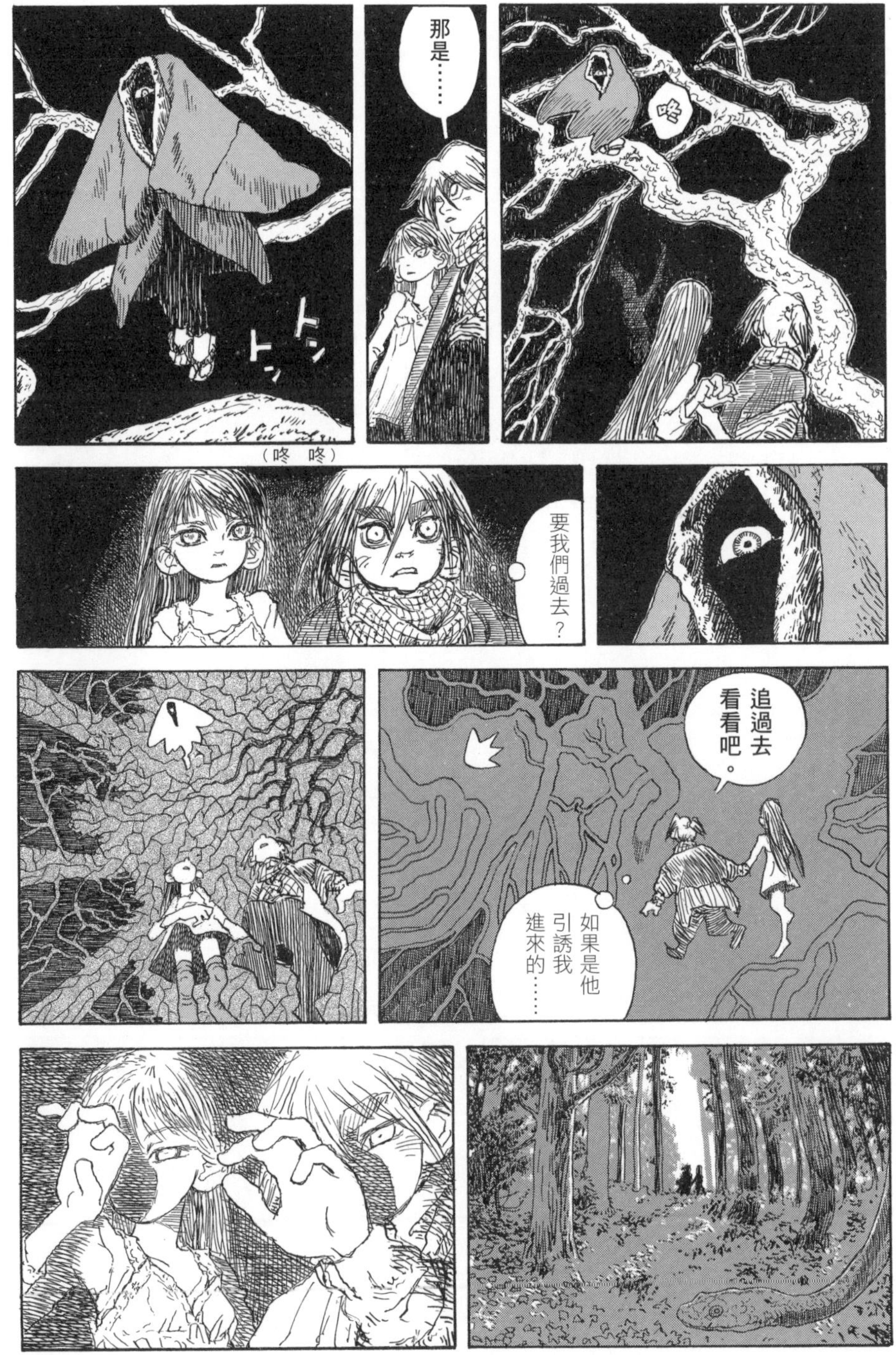
トンットンッ
那是……
咚
（咚 咚）
要我們過去？
追過去看看吧。
如果是他引誘我進來的……

脫離森林了。
不知不覺間來到山脊了。
下面這個地方叫做「神棄淵」喔。
據說深到連神都無法爬上來。
搞不好沿著河走就能穿出結界。
前提是，他不是試圖迷惑我的魔物……
？
（喀沙）

追上你囉，「不死人偶」。
啪
追上了。
追上了。
！
追上了。
（嘎）
ガシ
人偶大人。
我還以為，我製作的是更為聰穎的人偶呢……
你是不可能從我們手中逃走的，你不知道嗎？
植入的眼珠會痛嗎？
婆婆……
久美子啊，我告訴過妳了吧。
守護神每一百年進行一次交接，這關頭一定會有人試圖拐走預定成為守護神的女子。
一定會有男人受到這不死人偶的欺瞞，為聖山帶來風波。
不遵守村內規矩的母親們，每一百年都在重蹈覆轍，愚蠢至極。我聊往事時提過吧……應該告訴過妳啊。

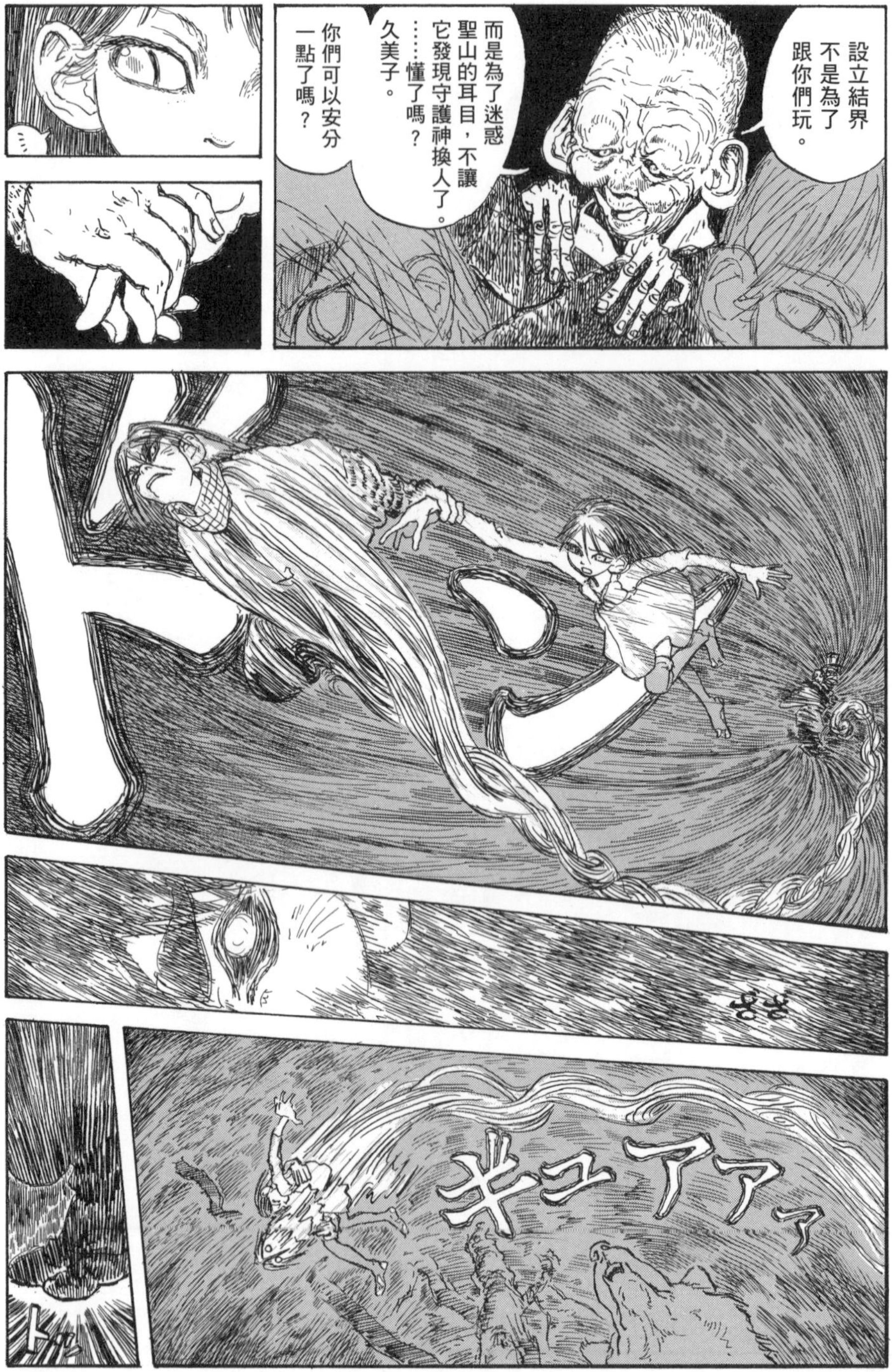
設立結界不是為了跟你們玩。
而是為了迷惑聖山的耳目，不讓它發現守護神換人了。
……懂了嗎？久美子。
你們可以安分一點了嗎？
（咚）
ざざ
（沙沙）
キュアアァァ
（嘰）
トッ
（噠）

我們順流，往下游去。
バッ
（啪）
ゴオッ
（轟）
嘎
!
ガガガッ
（嘎嘎嘎嘎嘎）
ガ

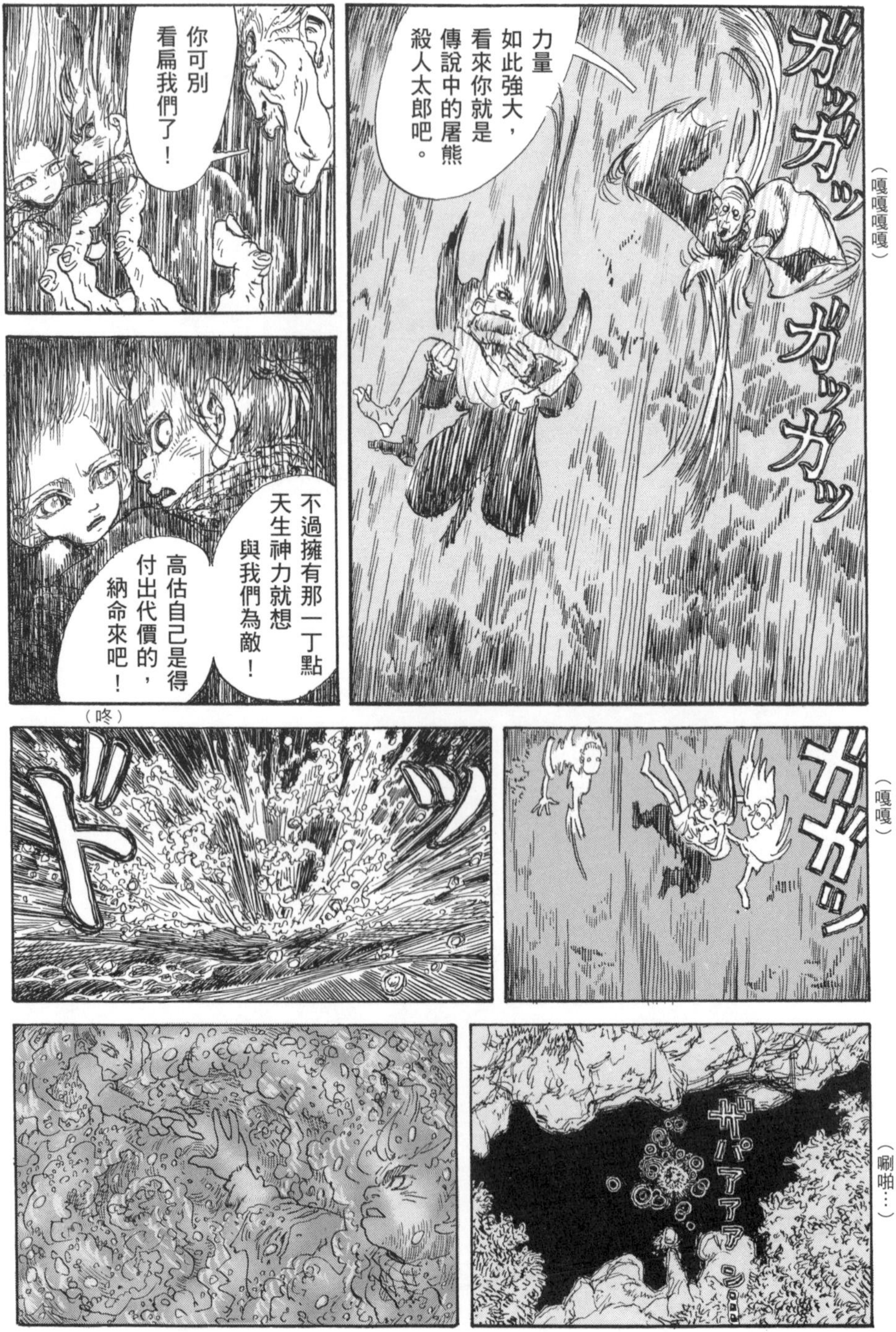
（嘎嘎嘎嘎）
力量如此強大，看來你就是傳說中的屠熊殺人太郎吧。
你可別看扁我們了！
不過擁有那一丁點天生神力就想與我們為敵！
高估自己是得付出代價的，納命來吧！
（嘎嘎）
（咚）
（唰啪……）

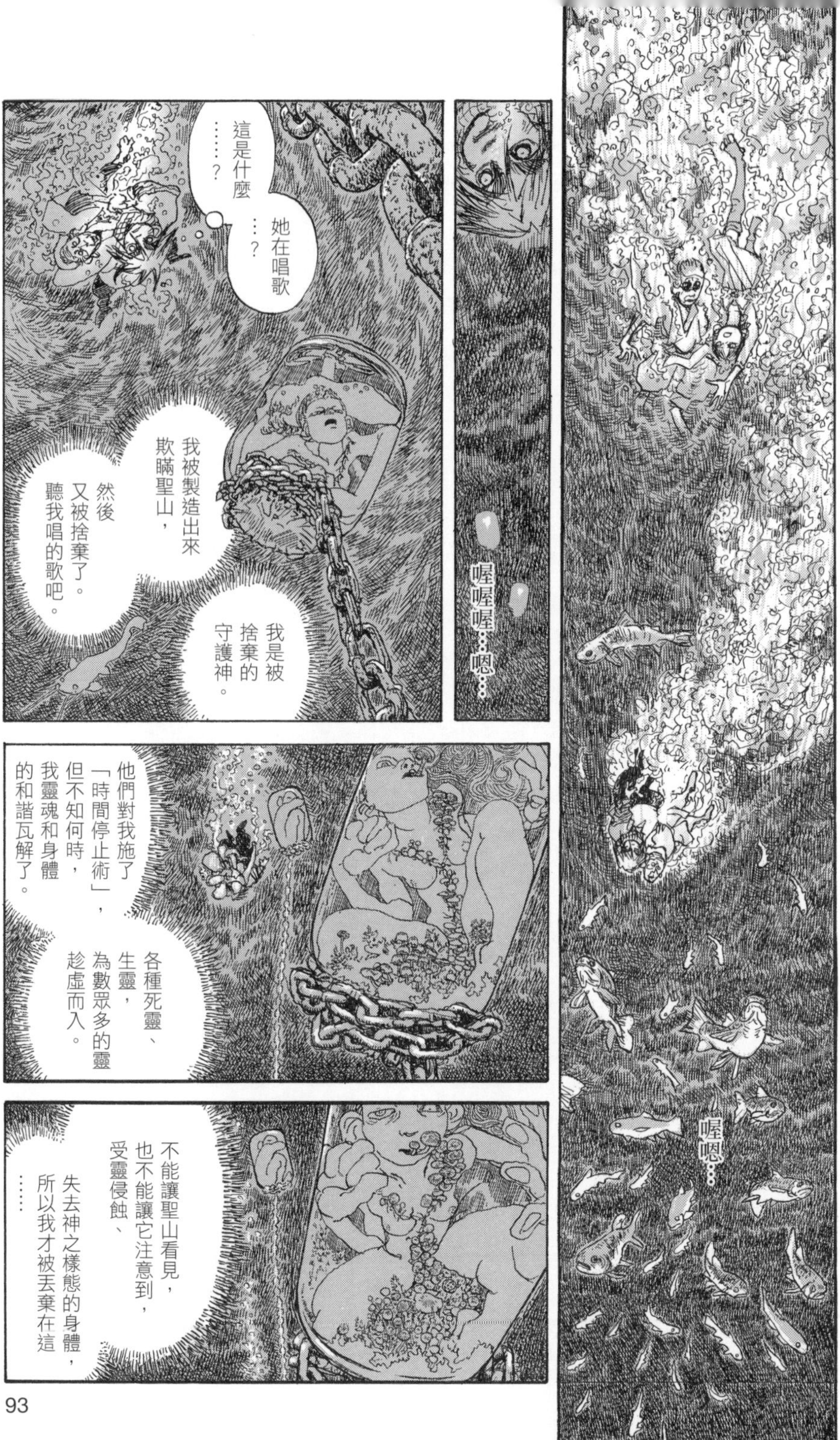
喔嗯……
喔喔喔……嗯……
這是什麼……？
她在唱歌…？
我是被捨棄的守護神。
我被製造出來欺瞞聖山，
然後又被捨棄了。聽我唱的歌吧。
他們對我施了「時間停止術」，但不知何時，我靈魂和身體的和諧瓦解了。

各種死靈、生靈，為數眾多的靈趁虛而入。
不能讓聖山看見，也不能讓它注意到，受靈侵蝕、
失去神之樣態的身體，所以我才被丟棄在這……

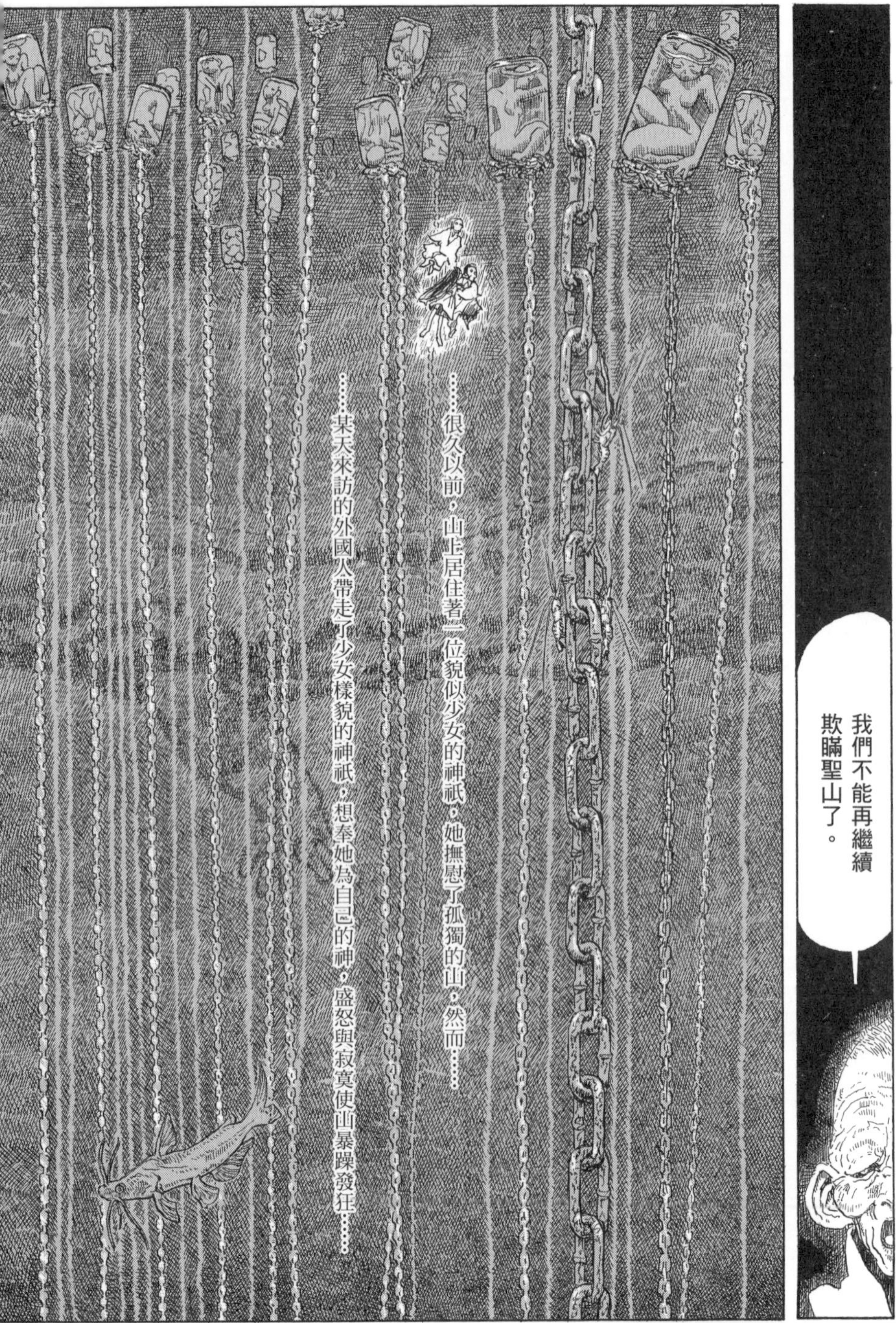
我們不能再繼續欺瞞聖山了。
……很久以前，山上居住著一位貌似少女的神祇，她撫慰了孤獨的山，然而……
……某天來訪的外國人帶走了少女樣貌的神祇，想奉她為自己的神，盛怒與寂寞使山暴躁發狂……

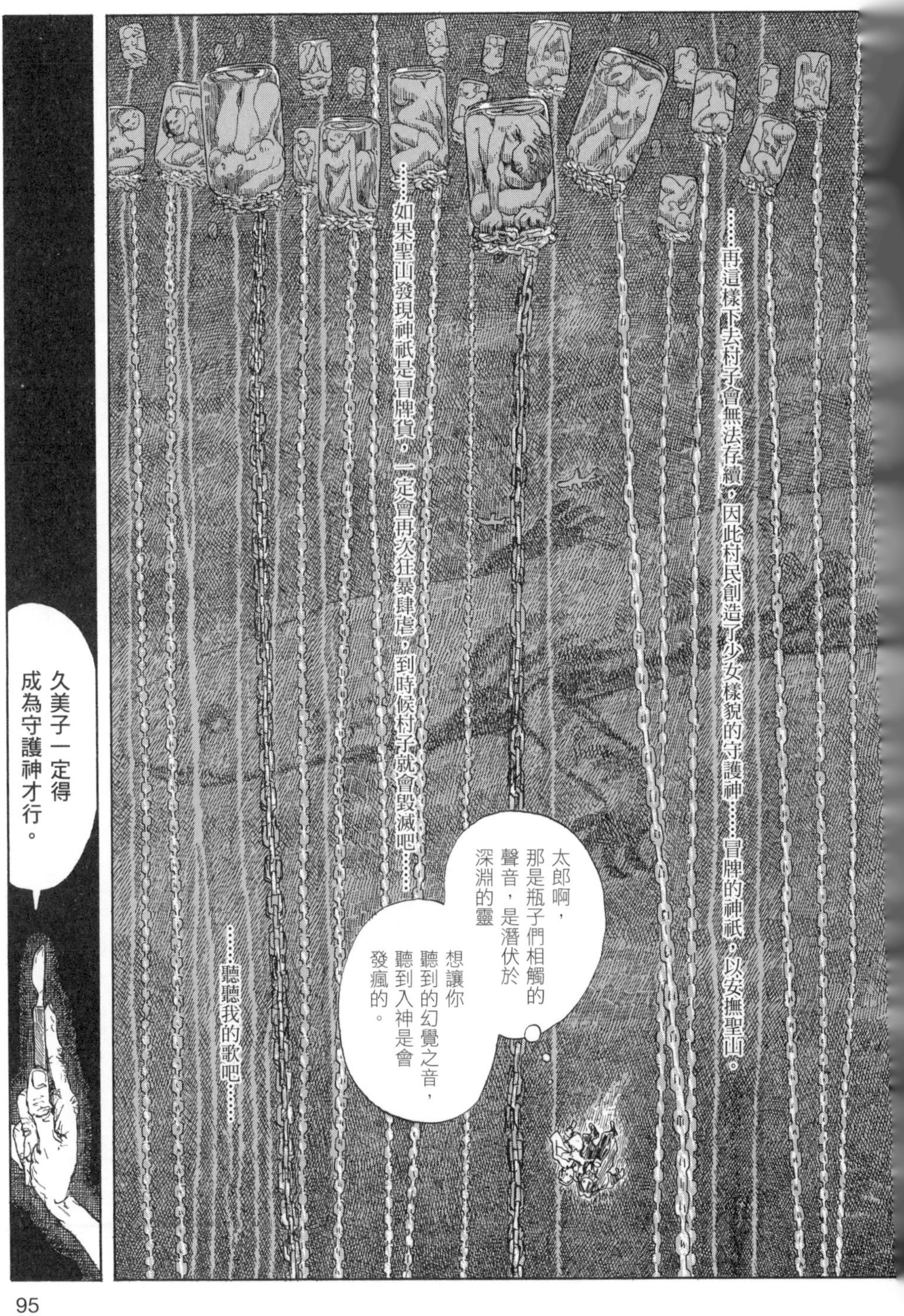
……再這樣下去村子會無法存續，因此村民創造了少女樣貌的守護神……冒牌的神祇，以安撫聖山。
……如果聖山發現神祇是冒牌貨，一定會再次狂暴肆虐，到時候村子就會毀滅吧……
太郎啊，那是瓶子們相觸的聲音，是潛伏於深淵的靈
想讓你聽到的幻覺之音，聽到入神是會發瘋的。
……聽聽我的歌吧……
久美子一定得成為守護神才行。

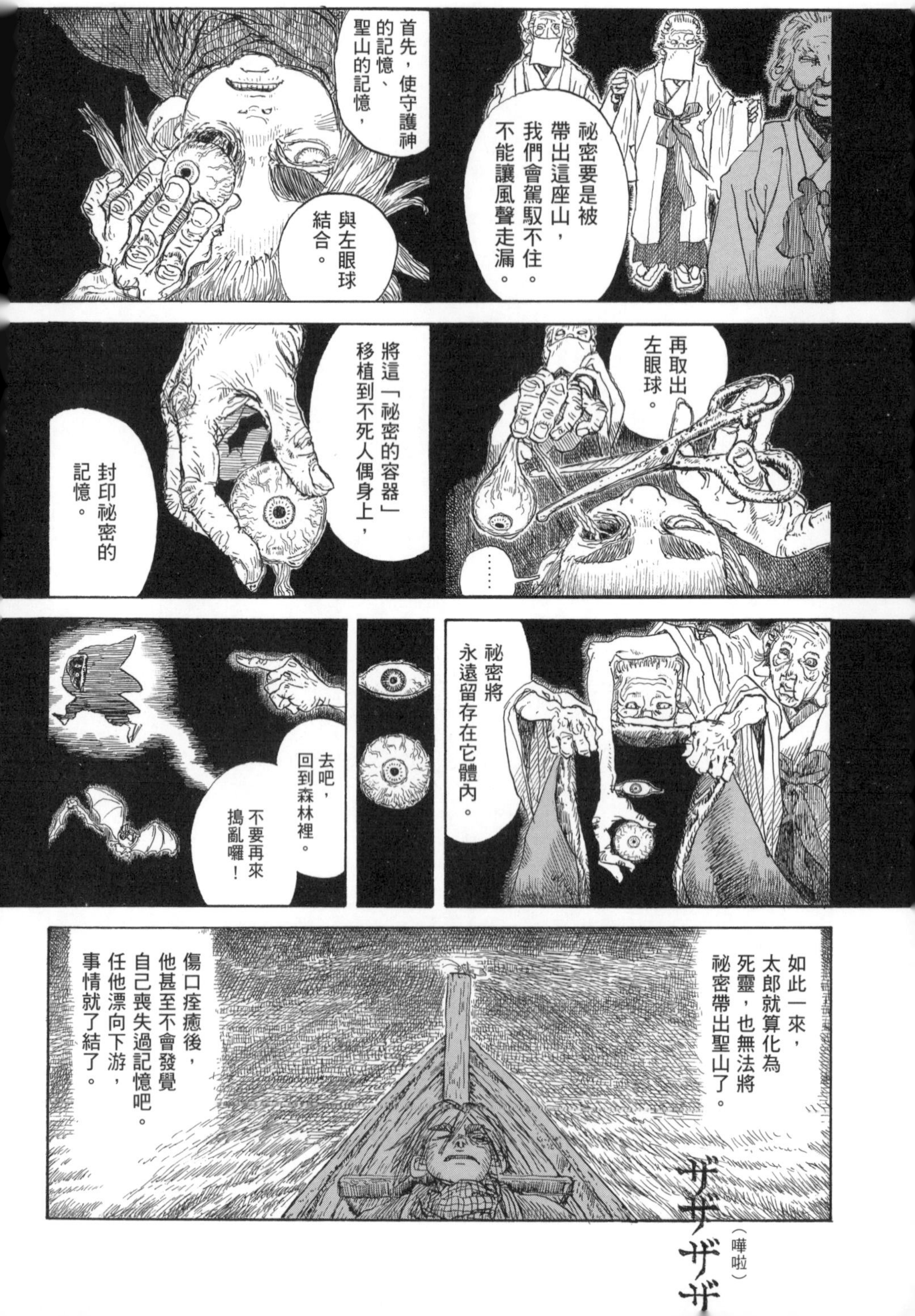

祕密要是被帶出這座山，我們會駕馭不住。不能讓風聲走漏。
首先，使守護神的記憶、聖山的記憶，
與左眼球結合。
再取出左眼球。
……
將這「祕密的容器」移植到不死人偶身上，
封印祕密的記憶。
祕密將永遠留存在它體內。
去吧，回到森林裡。
不要再來搗亂囉！
如此一來，太郎就算化為死靈，也無法將祕密帶出聖山了。
傷口痊癒後，他甚至不會發覺自己喪失過記憶吧。任他漂向下游，事情就了結了。
ザザザ（嘩啦）

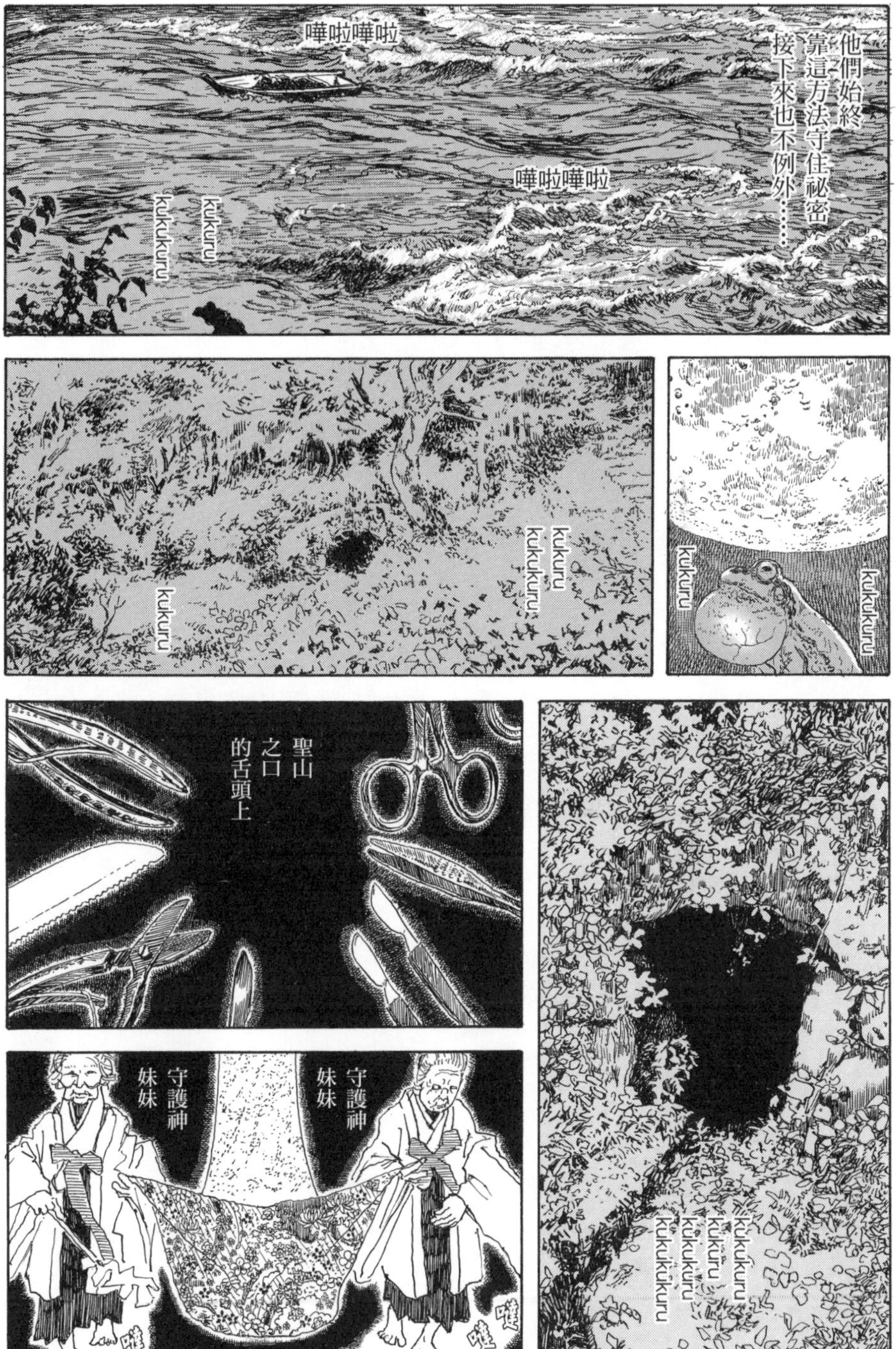
他們始終
靠這方法守住祕密
接下來也不例外……
嘩啦嘩啦
嘩啦嘩啦
kukuru
kukukuru
kukukuru
kukuru
kukuru
kukukuru
聖山之口的舌頭上
守護神妹妹
守護神妹妹
噠
噠
kukukuru
kukuru
kukukuru
kukukukuru

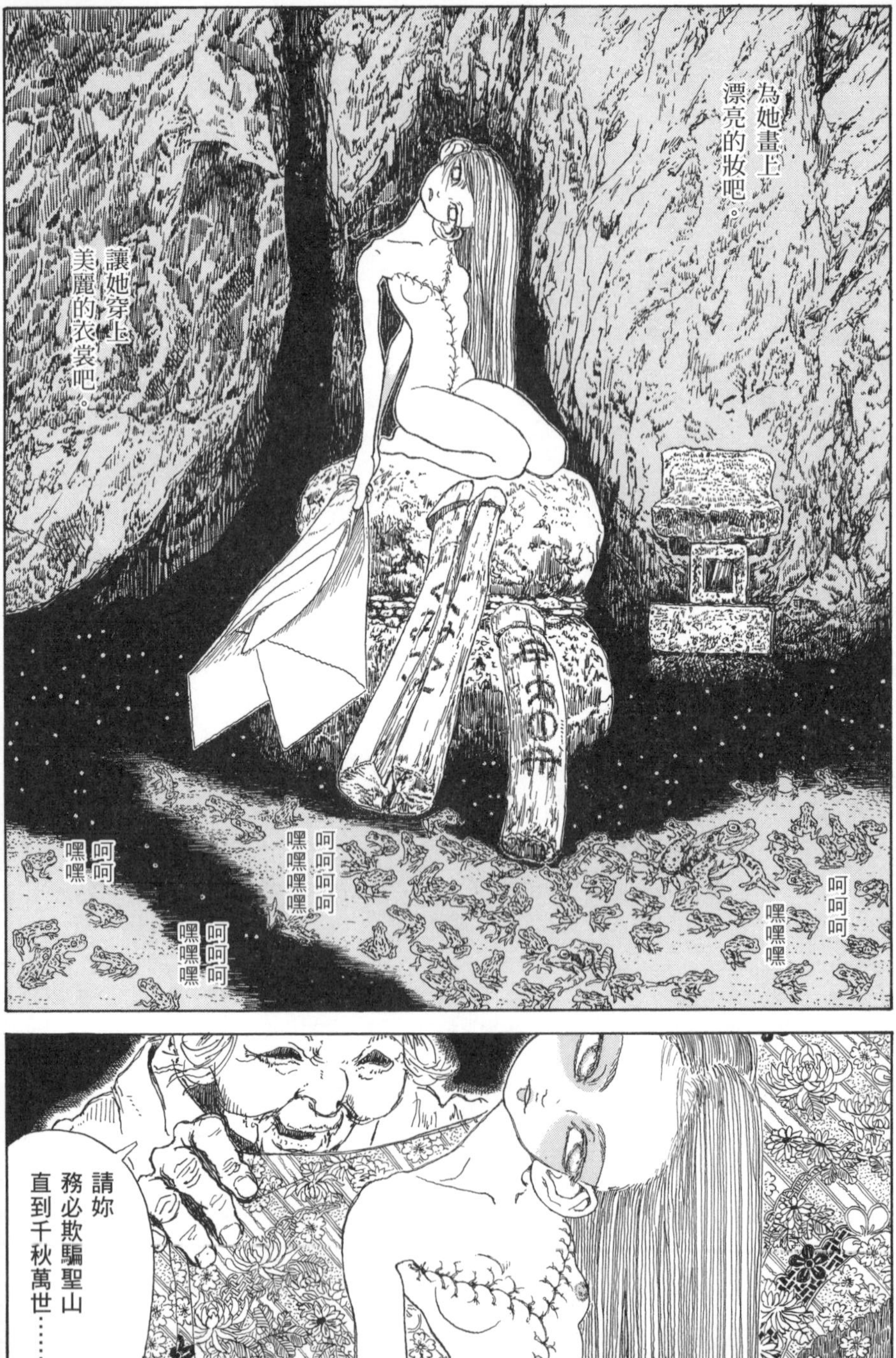
為她畫上漂亮的妝吧。
讓她穿上美麗的衣裳吧。
呵呵呵嘿嘿嘿
呵呵呵呵嘿嘿嘿嘿
呵呵呵嘿嘿嘿
呵呵嘿嘿
請妳務必欺騙聖山直到千秋萬世……

ザザザザ
（嘩啦）
ガサッ
（喀沙）
ストン
（嘶咚）
ビュ
（咻）

（啪）
バッ
（唰）
サ
（茲噗）
ブブ
咕啾
好痛
（嘰嘰）
キュ キュ
好痛
好痛

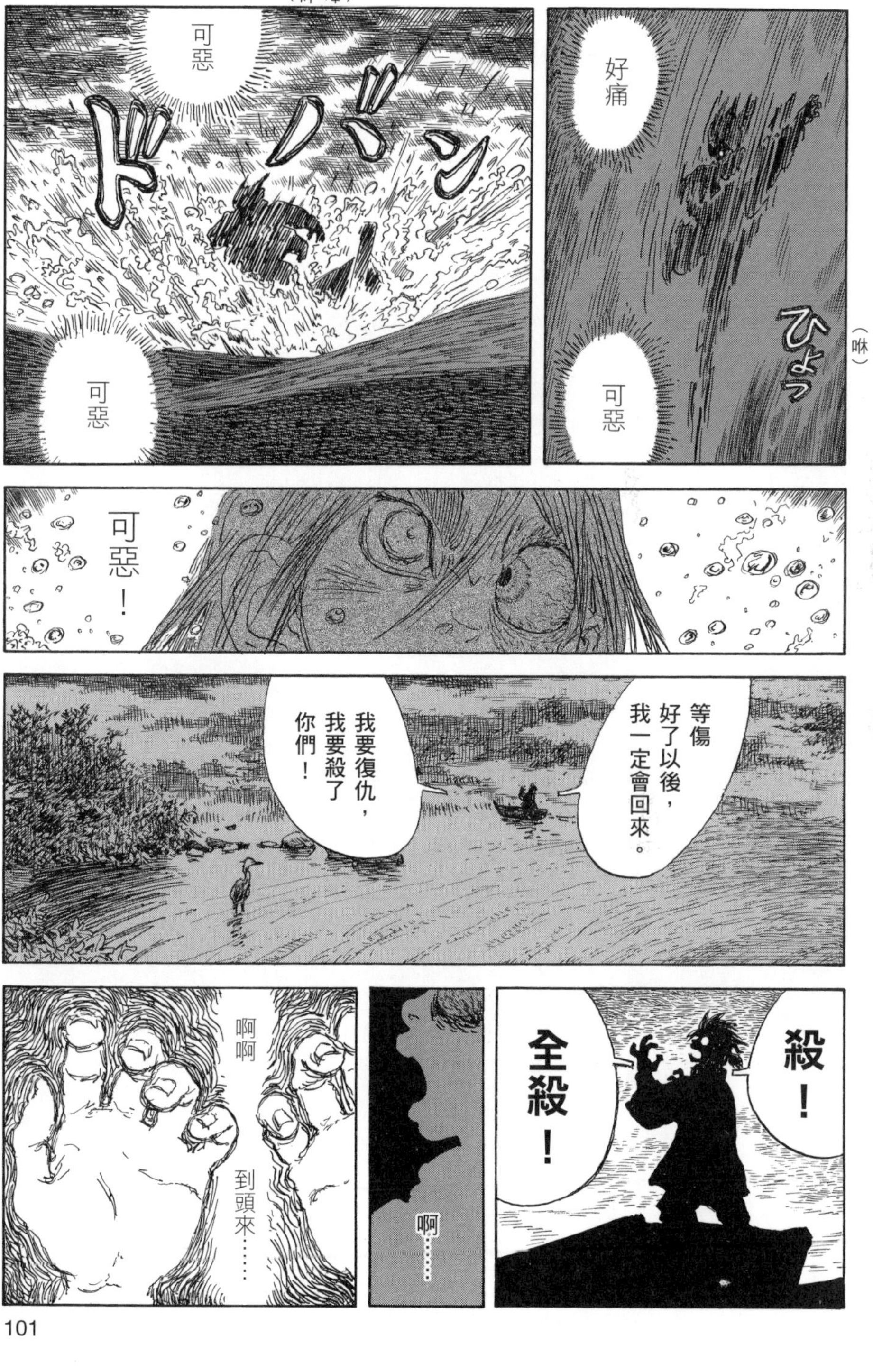
好痛
ひょっ
（咻）
可惡
（砰嘩）
ドバン
可惡
可惡
可惡！
等傷好了以後，我一定會回來。
我要復仇，我要殺了你們！
殺！
全殺！
啊……
啊啊
到頭來……

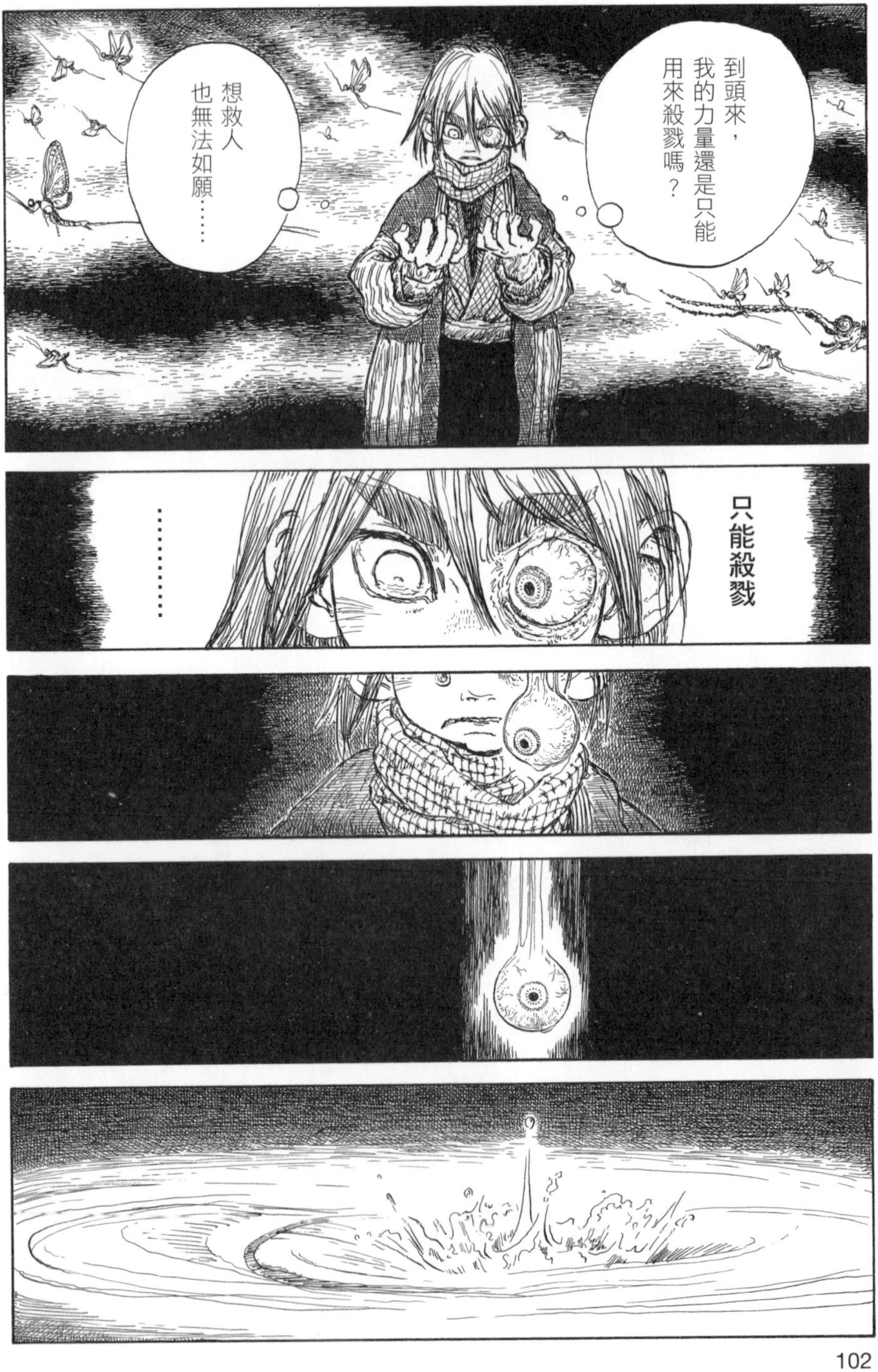
到頭來，我的力量還是只能用來殺戮嗎？
想救人也無法如願……
只能殺戮
……

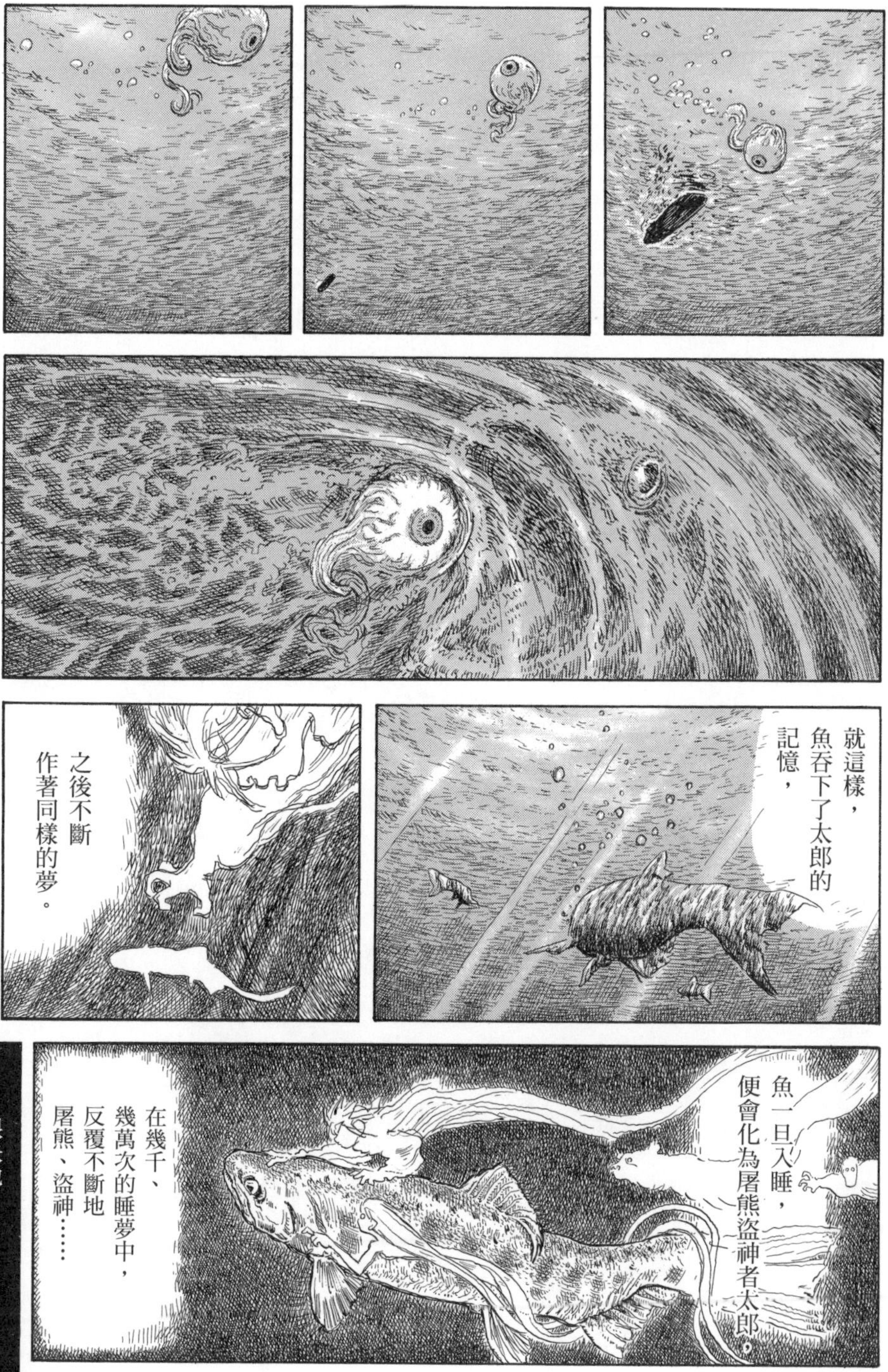
就這樣，魚吞下了太郎的記憶，
之後不斷作著同樣的夢。
魚一旦入睡，便會化為屠熊盜神者太郎。
在幾千、幾萬次的睡夢中，反覆不斷地屠熊、盜神……

……很快地，

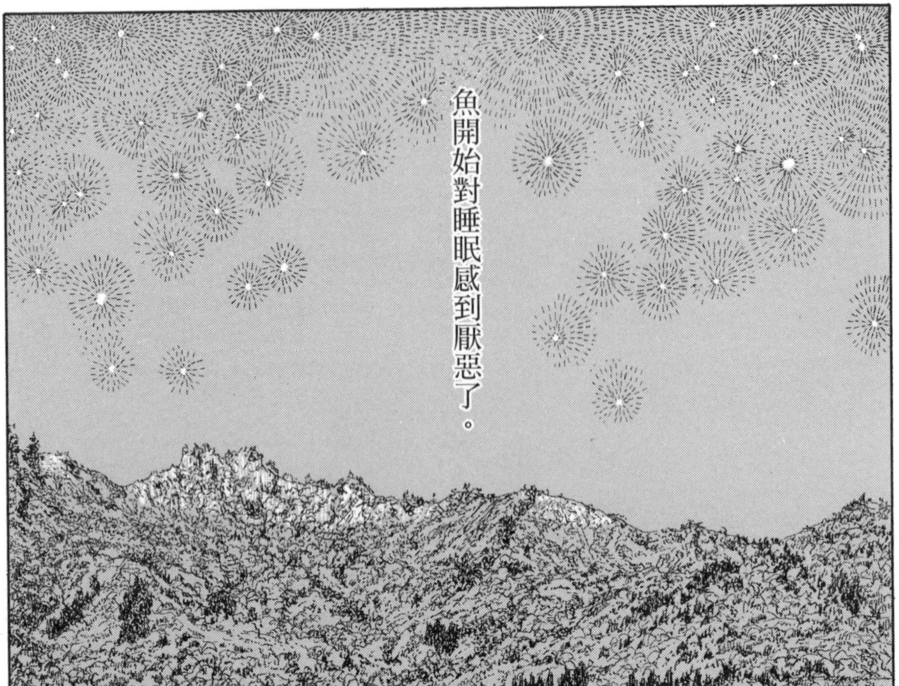

（完）

完

屠熊盜神者太郎的眼淚
首度刊載於月刊《Afternoon》1999 年 6 月號

塵土

凌空之魂

屠熊盜神者太郎的眼淚

撒沙

le pain et le chat 麵包與貓

冬來了

撒沙
一
鎌澤ひとみ
（鎌澤瞳）

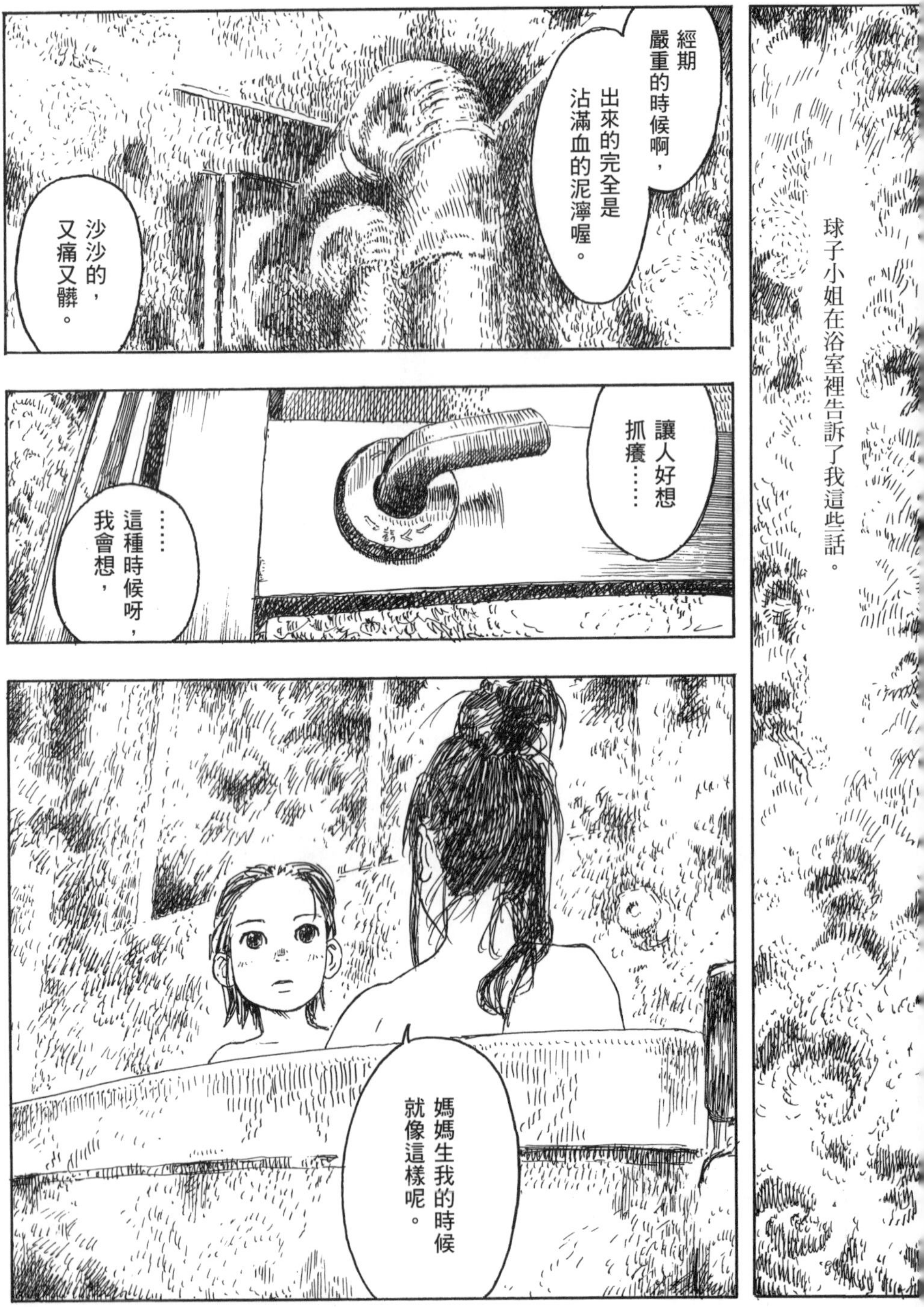
經期嚴重的時候啊，
出來的完全是沾滿血的泥濘喔。
沙沙的，又痛又髒。
讓人好想抓癢……
……這種時候呀，我會想，
媽媽生我的時候就像這樣呢。
球子小姐在浴室裡告訴了我這些話。

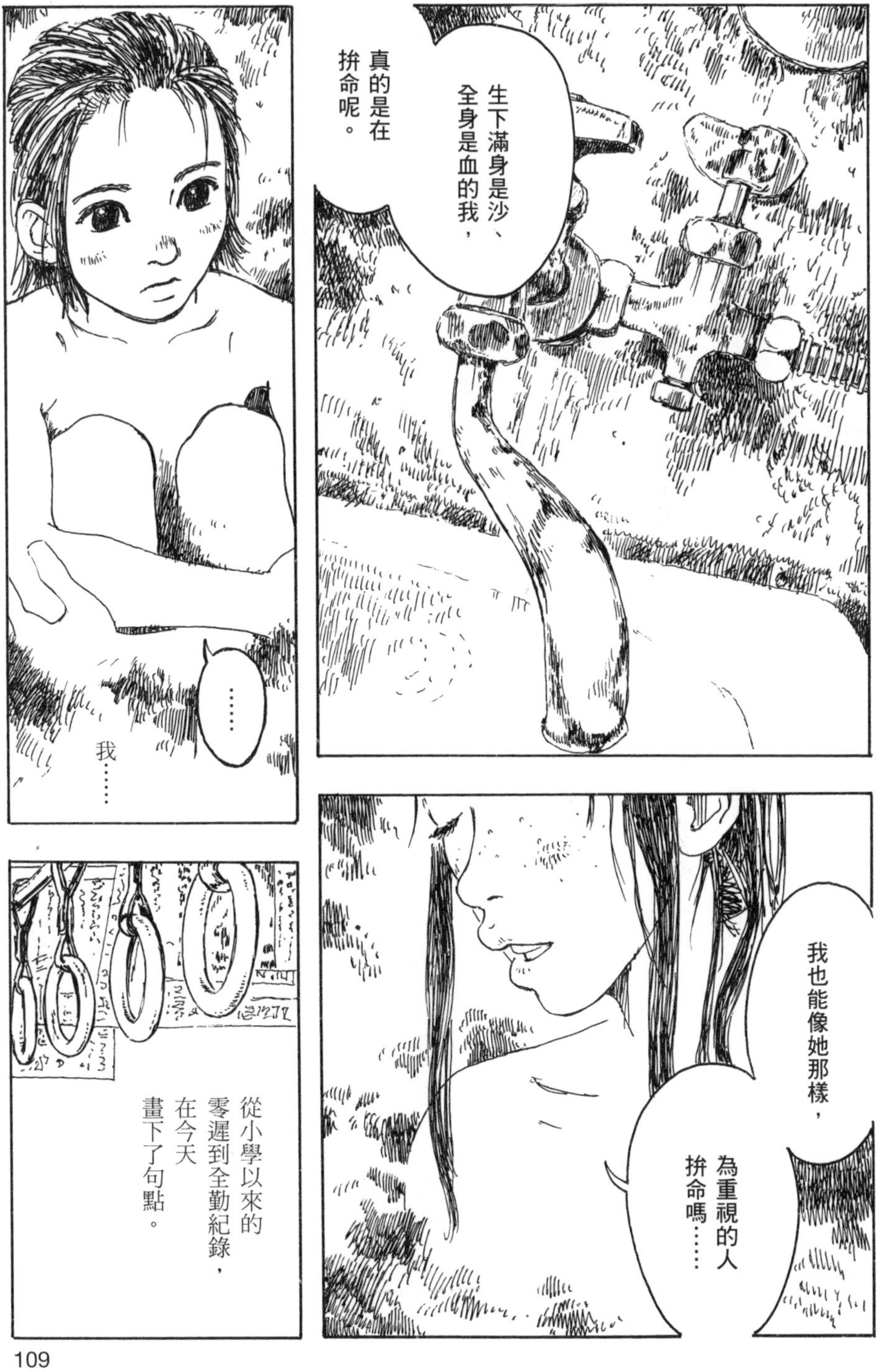
生下滿身是沙、全身是血的我，
真的是在拚命呢。
……
我……
我也能像她那樣，
為重視的人拚命嗎……
從小學以來的零遲到全勤紀錄，在今天畫下了句點。

完蛋了……
一次跨三階衝下樓梯，出票口後全力跑，
還是會遲到六分。
遲到定了。
媽媽和爸爸，
又會因為這件事吵架。
明明只是稍微睡過頭呀……
呼
我都跑到滿身大汗了…
呼
呼
呼
呼

……為什麼……我非得這麼拚命地去上學呢？……
呼
呼
（空隆空隆）
ゴトゴトゴトゴト…
這時候，
我突然心想：這班電車，
會開到多遠的地方呢？

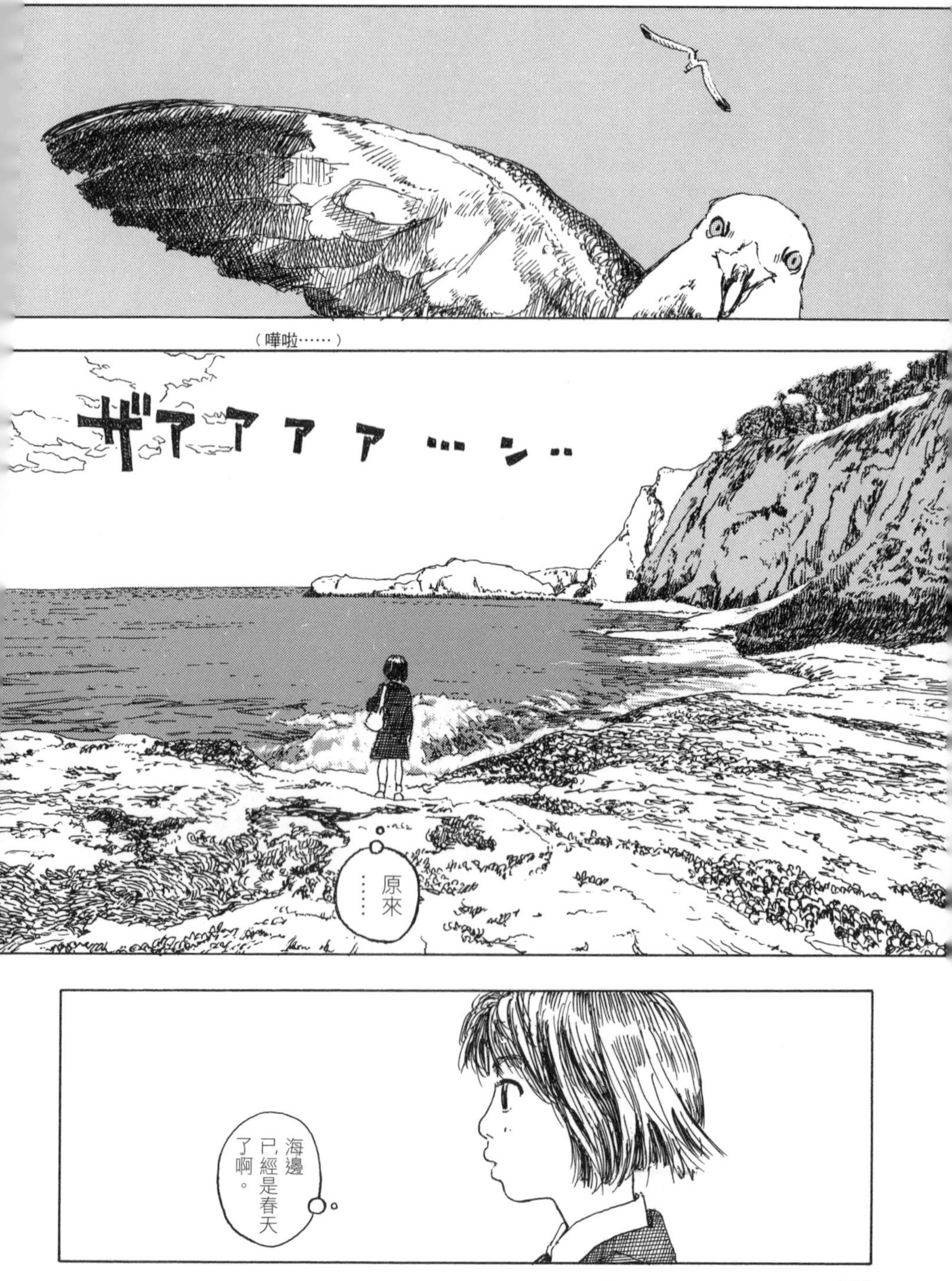
（嘩啦……）
ザアアアア…ン…
原來……
海邊已經是春天了啊。

（嘩啦…）
ザァァァ…ン
果然全是石頭對吧？
我以為這裡有沙灘才來的呢……

妳好，很高興見到妳。
呃……
妳有沒有看到一個在畫似顏繪的人？
……沒有。
……這樣啊。
……謝謝妳。
伊東先生……
跑哪去了啊……
……

哇，
好像雪。
……
!
痛!
沙跑進眼睛了……
不好意思!

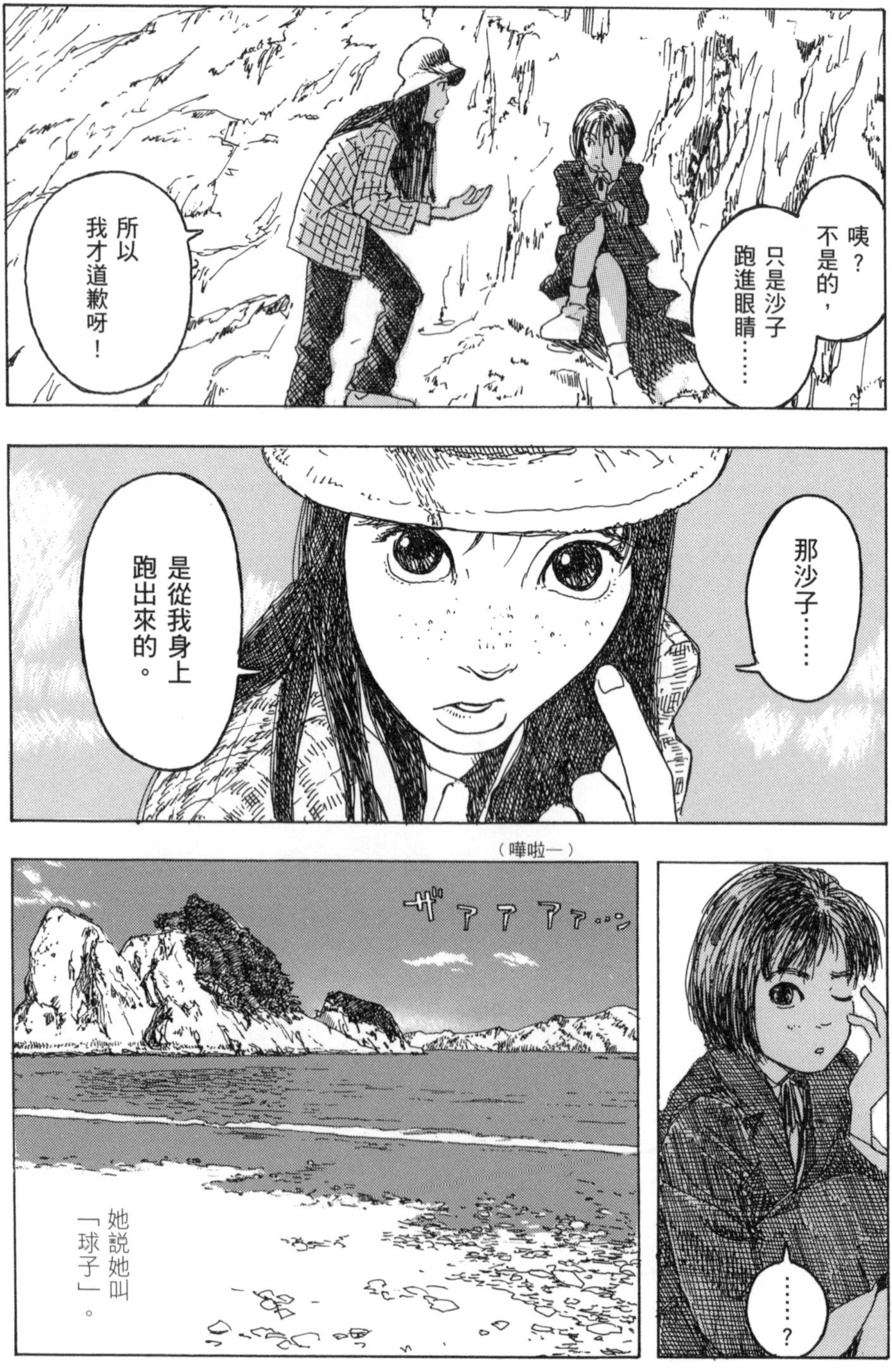
咦？不是的，只是沙子跑進眼睛……
所以我才道歉呀！
那沙子……
是從我身上跑出來的。
（嘩啦—）
ザアアアァッン
……？
她說她叫「球子」。

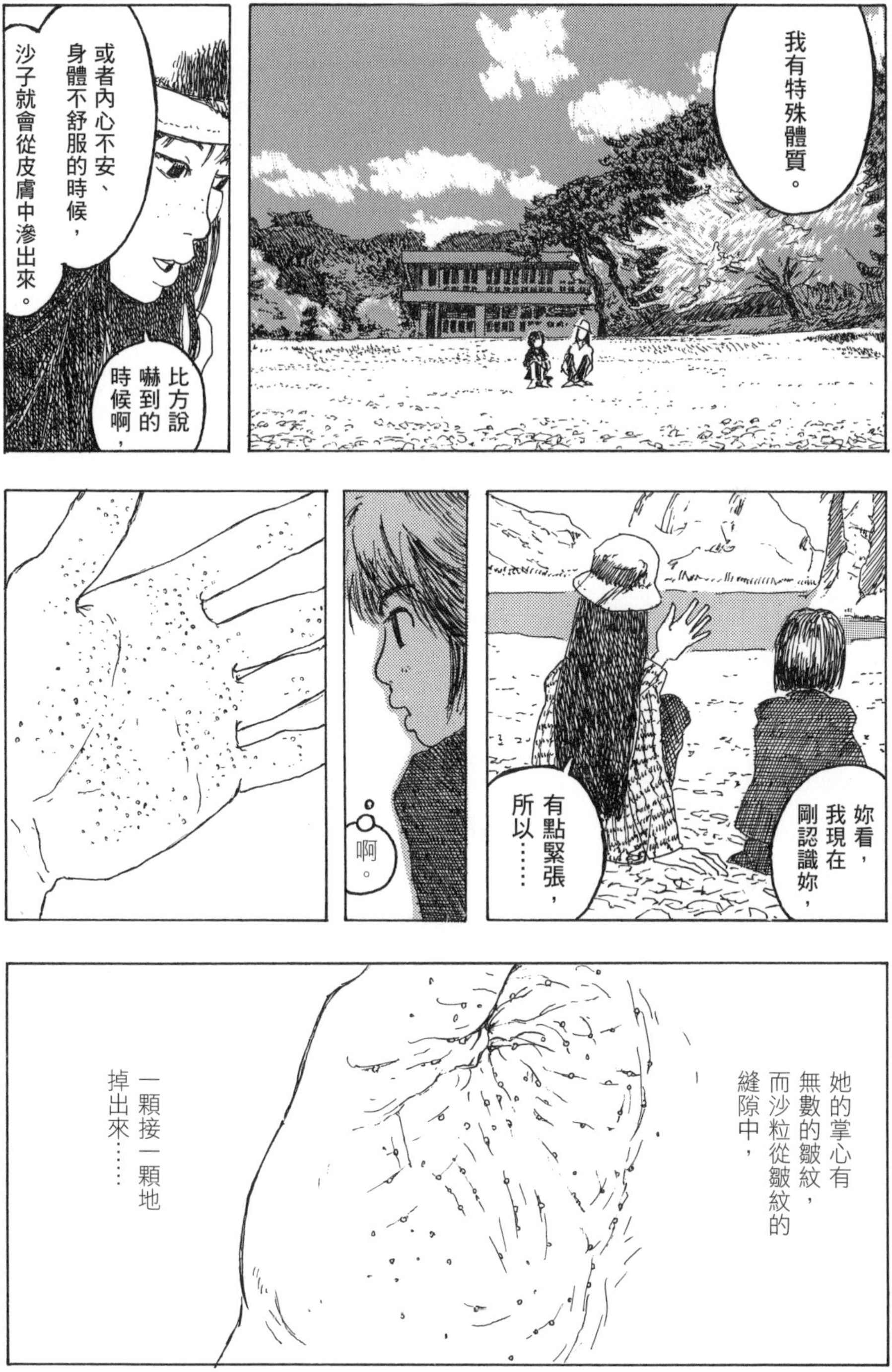
我有特殊體質。
比方說嚇到的時候啊，
或者內心不安、身體不舒服的時候，
沙子就會從皮膚中滲出來。
妳看，我現在剛認識妳，
有點緊張，所以……
啊。
她的掌心有無數的皺紋，而沙粒從皺紋的縫隙中，
一顆接一顆地掉出來……

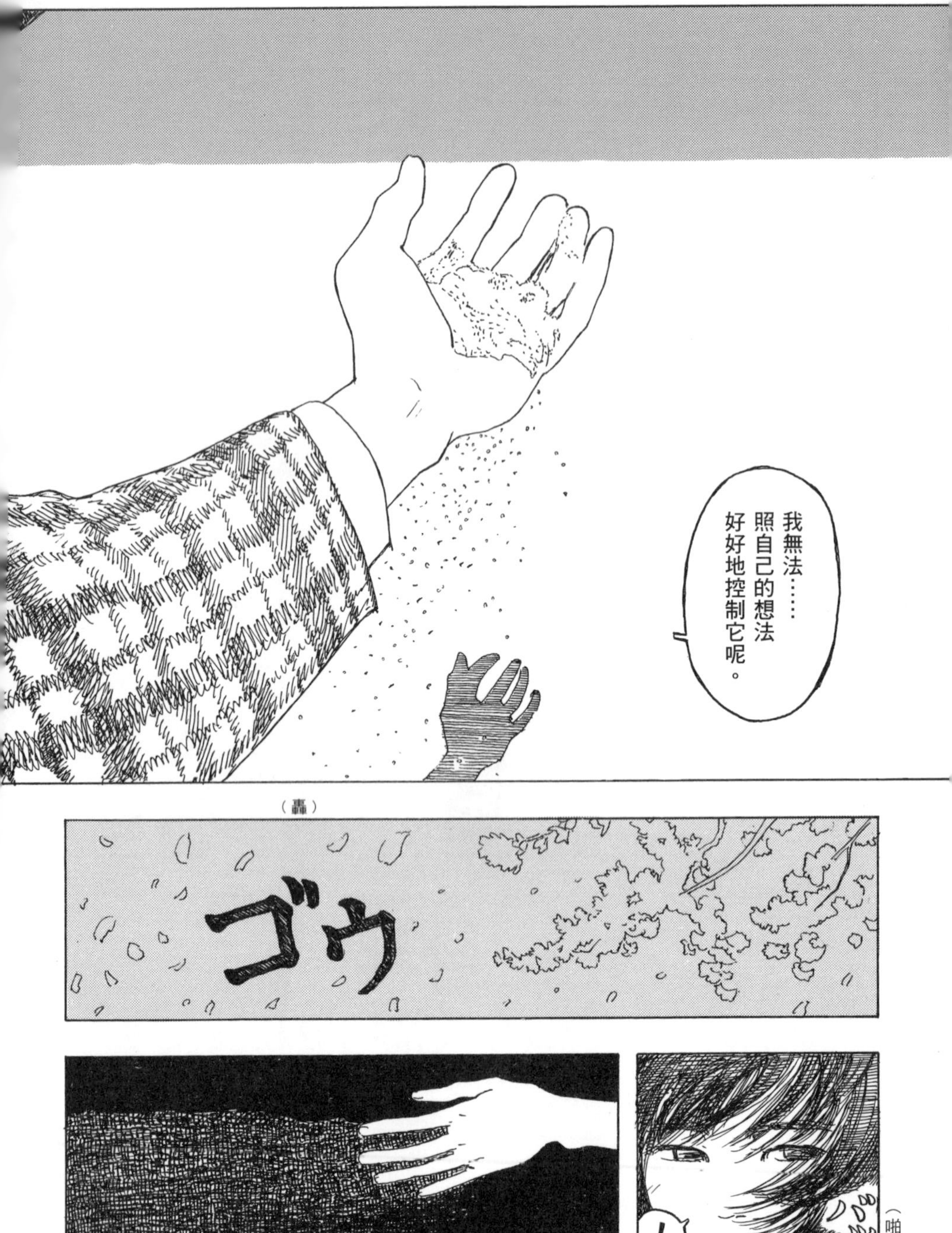
我無法……
照自己的想法
好好地控制它呢。
（轟）
ゴウ
！
（啪）

（沙——）

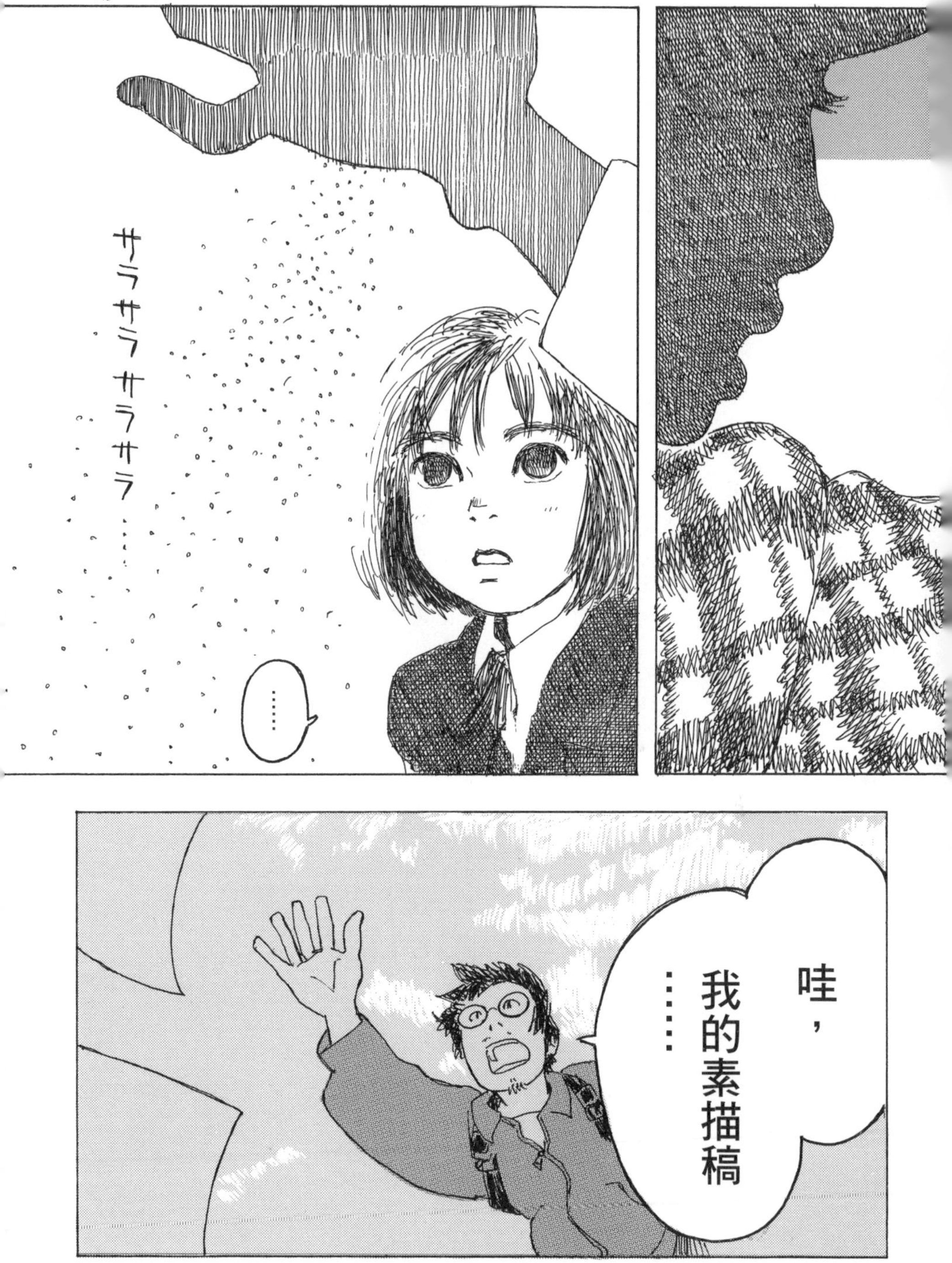

伊東先生！
哇！幫我撿，幫我撿。

（噗通）
啊。
哇！
咦
…
水好冰……
啊，稿子濕了。
……
……我到底在做什麼啊……
…哈

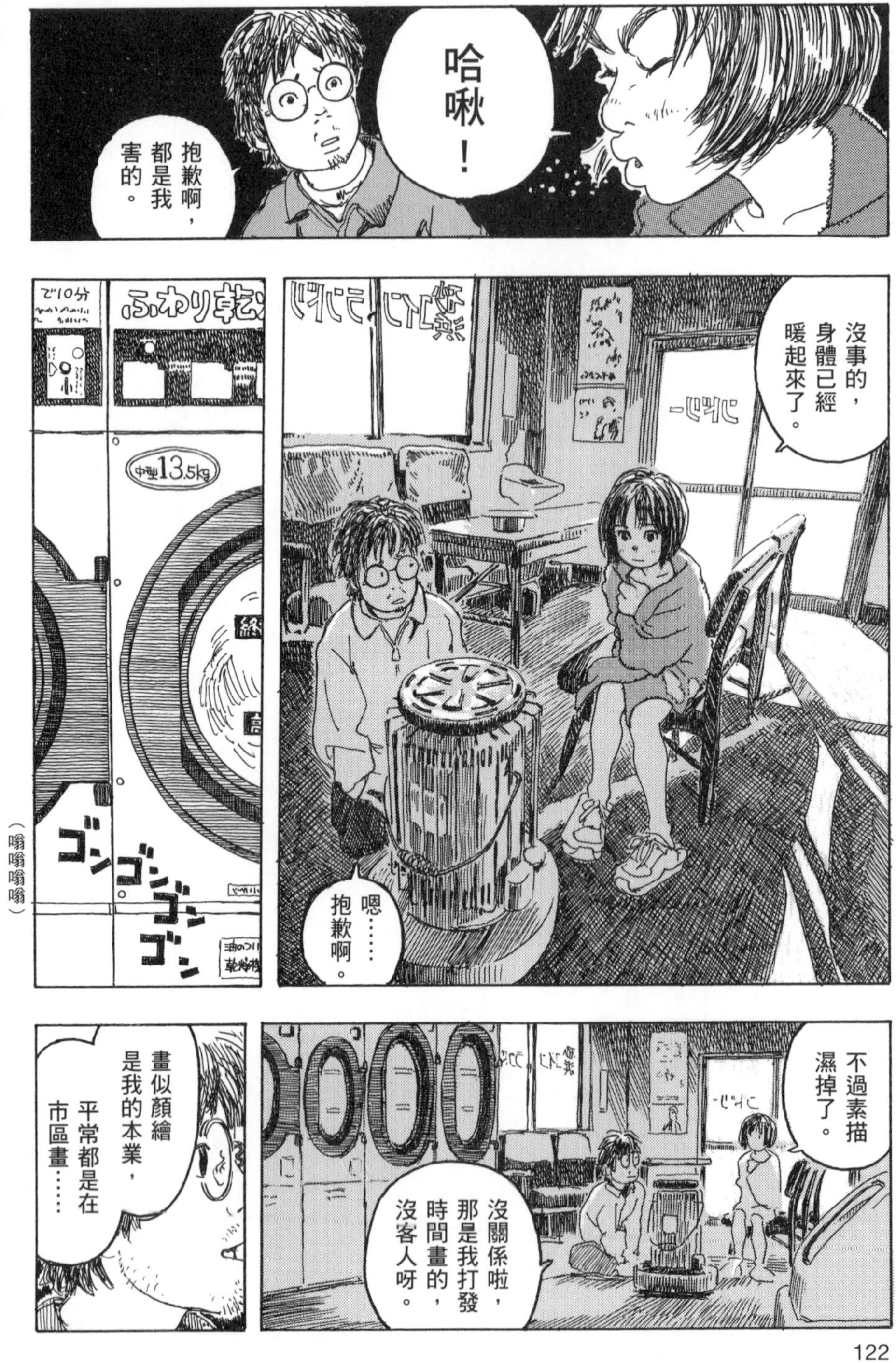
哈啾！
抱歉啊，都是我害的。
沒事的，身體已經暖起來了。
嗯……抱歉啊。
（嗡嗡嗡嗡）
ゴンゴンゴンゴン
不過素描濕掉了。
沒關係啦，那是我打發時間畫的，沒客人呀。
畫似顏繪是我的本業，平常都是在市區畫……

還以為這裡會有更多觀光客呢。
抱歉啊，害你白花車錢。
如何啊？
嗯，我想再五分鐘就會乾了。
來得及搭同一班車轉車嗎？
時間沒問題……不過ＩＣ卡不知道有沒有壞呢。
對不起啊……
カラカララ
咦，那條浴巾是我的耶！
！
ペタペタ

（喀啦喀啦喀啦）

（啪噠啪噠）

（給客人的注意和請求：本店為自助洗衣，因此發生下述狀況恕難負責：遺失、失竊、褪色、縮水。洗衣完畢後若將衣物置於洗衣機內，有可能會被下一位使用的客人取出，請見諒。）

（空隆空隆）

（空隆空隆）

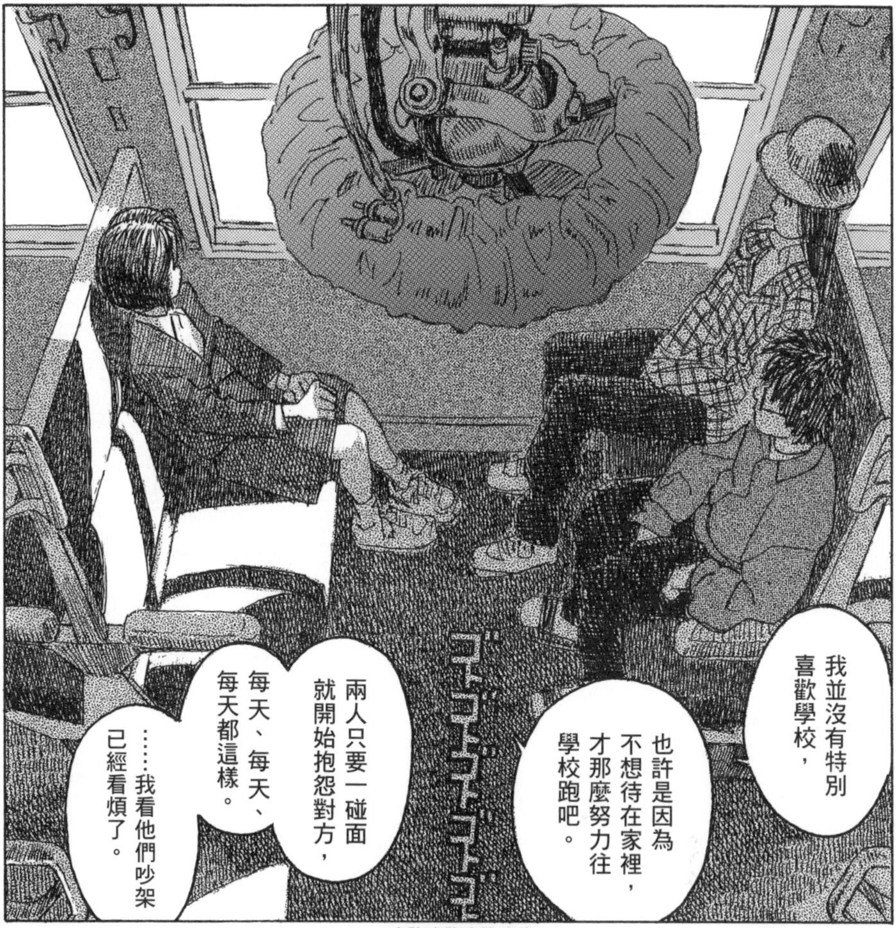
我並沒有特別喜歡學校，
也許是因為不想待在家裡，才那麼努力往學校跑吧。
ゴトゴトゴトゴトゴ
兩人只要一碰面就開始抱怨對方，
每天、每天、每天都這樣。
……我看他們吵架已經看煩了。

（空隆空隆空隆空隆）

我不想回家。
タタンタタン
……

（喀噠喀噠）

（喀嗟 喀嗟 喀嗟）
カタタン カタタン カタタン
嗶嗶嗶嘟——
現在時間晚上7點28分50秒
嗶嗶嗶嘟——
現在時間晚上7點29分整
……
我說謊了。
（喀恰）
嗶嗶—嗶嗶—
妳媽怎麼說？
啊，她說可以，還要我謝謝你們。

呃，我真的可以過夜嗎？
當然了。
我們第一次有客人，很開心呢。
不過，妳不要讓爸媽太擔心喔。
要珍惜他們。
我啊……我可是，
殺害母親的凶手呢……

有沙子嗎？
脖子到肩膀上有，還有腰。
果然太累了吧。
沙沙
(嘩啦……)
ザァァァ…
雖然一泡進浴缸還是會跑出來啦。
掉了。
……我的媽媽呢，

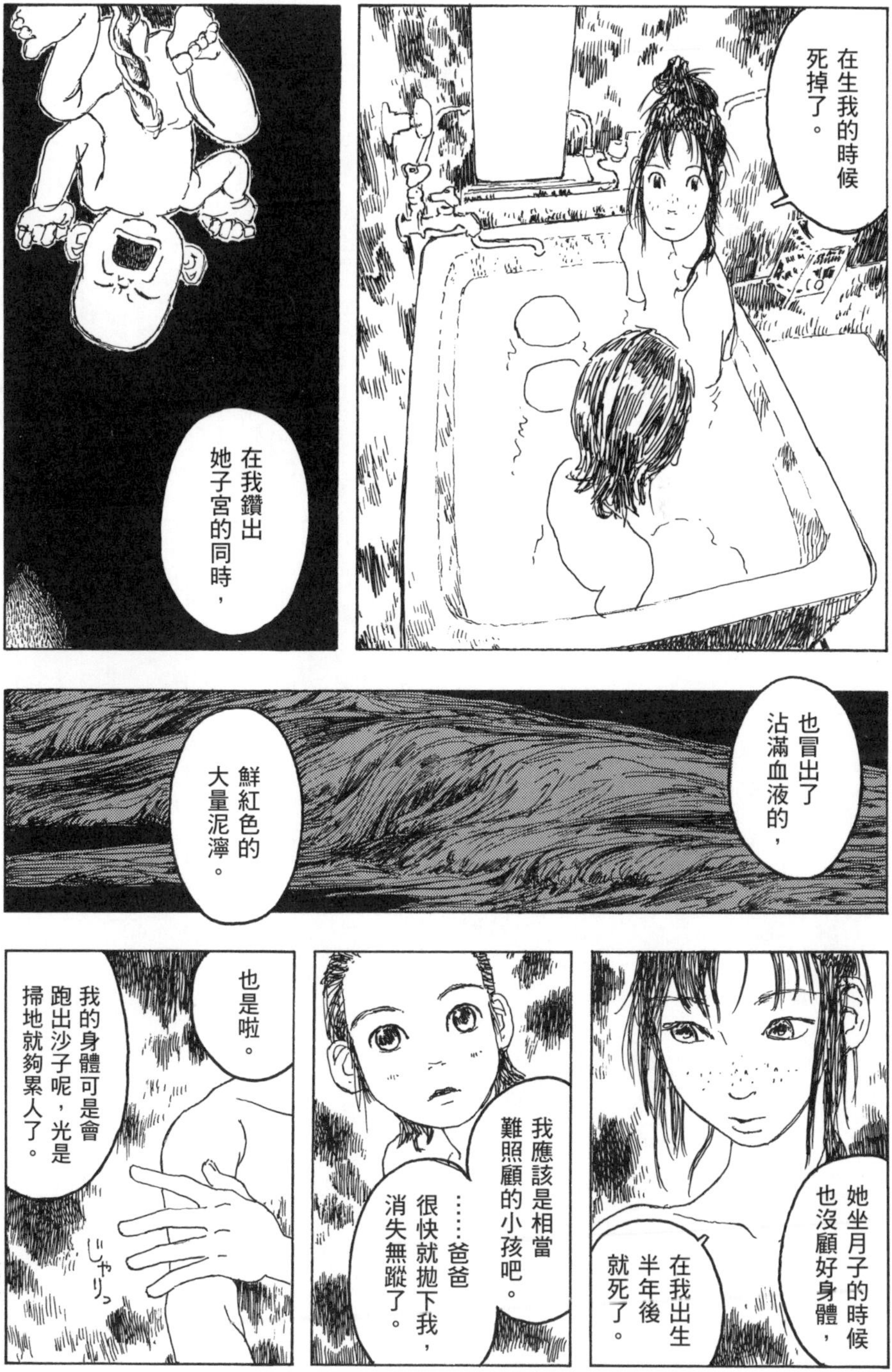
在生我的時候死掉了。
在我鑽出她子宮的同時，
也冒出了沾滿血液的，
鮮紅色的大量泥濘。
她坐月子的時候也沒顧好身體，
在我出生半年後就死了。
我應該是相當難照顧的小孩吧。
……爸爸很快就拋下我，消失無蹤了。
也是啦。
我的身體可是會跑出沙子呢，光是掃地就夠累人了。
じゃりっ
（沙）

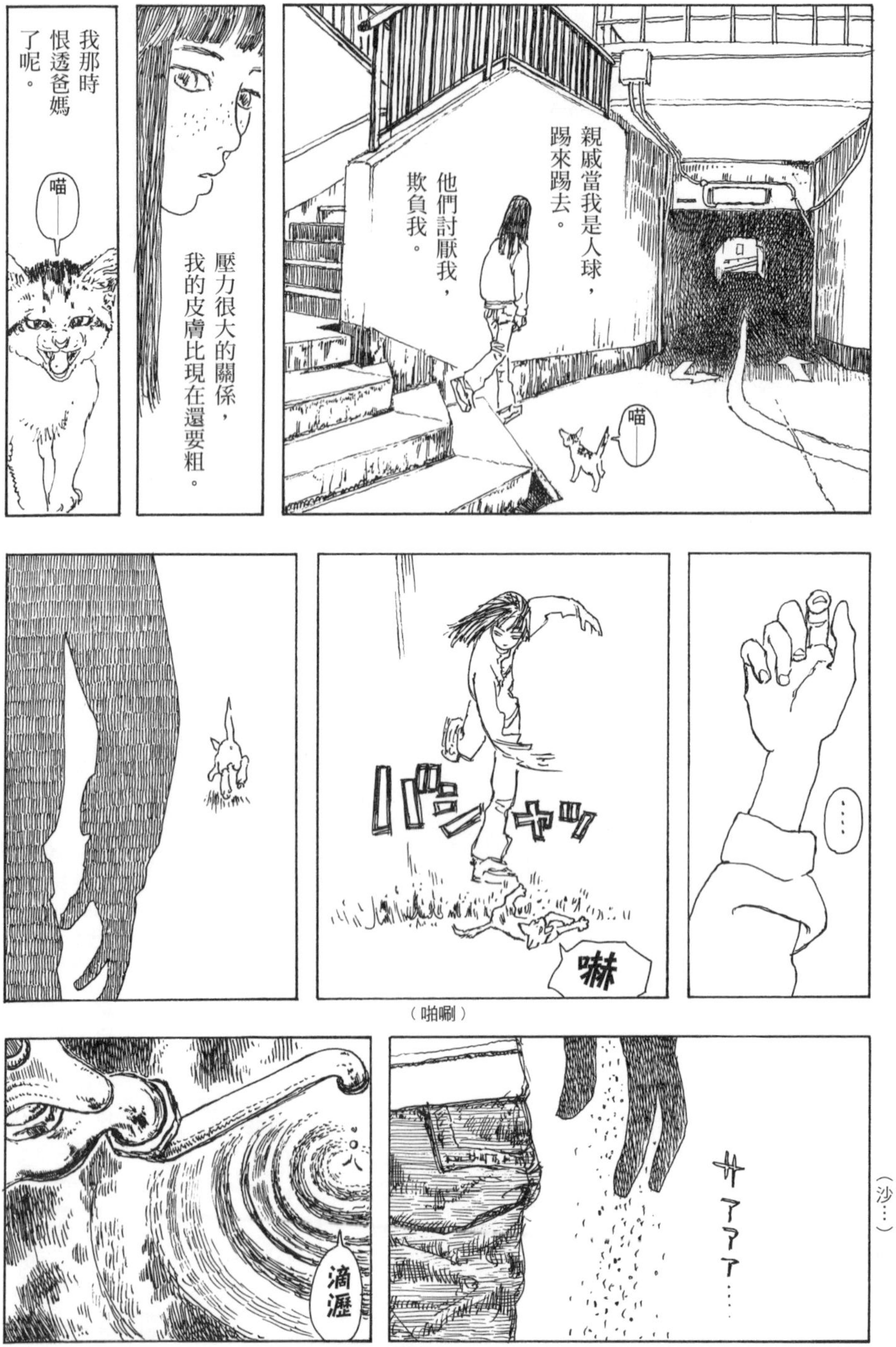
親戚當我是人球，踢來踢去。
他們討厭我，欺負我。
喵──
壓力很大的關係，我的皮膚比現在還要粗。
我那時恨透爸媽了呢。
喵──
……
パシャッ
嚇
（啪唰）
サァァァ…
（沙……）
滴瀝

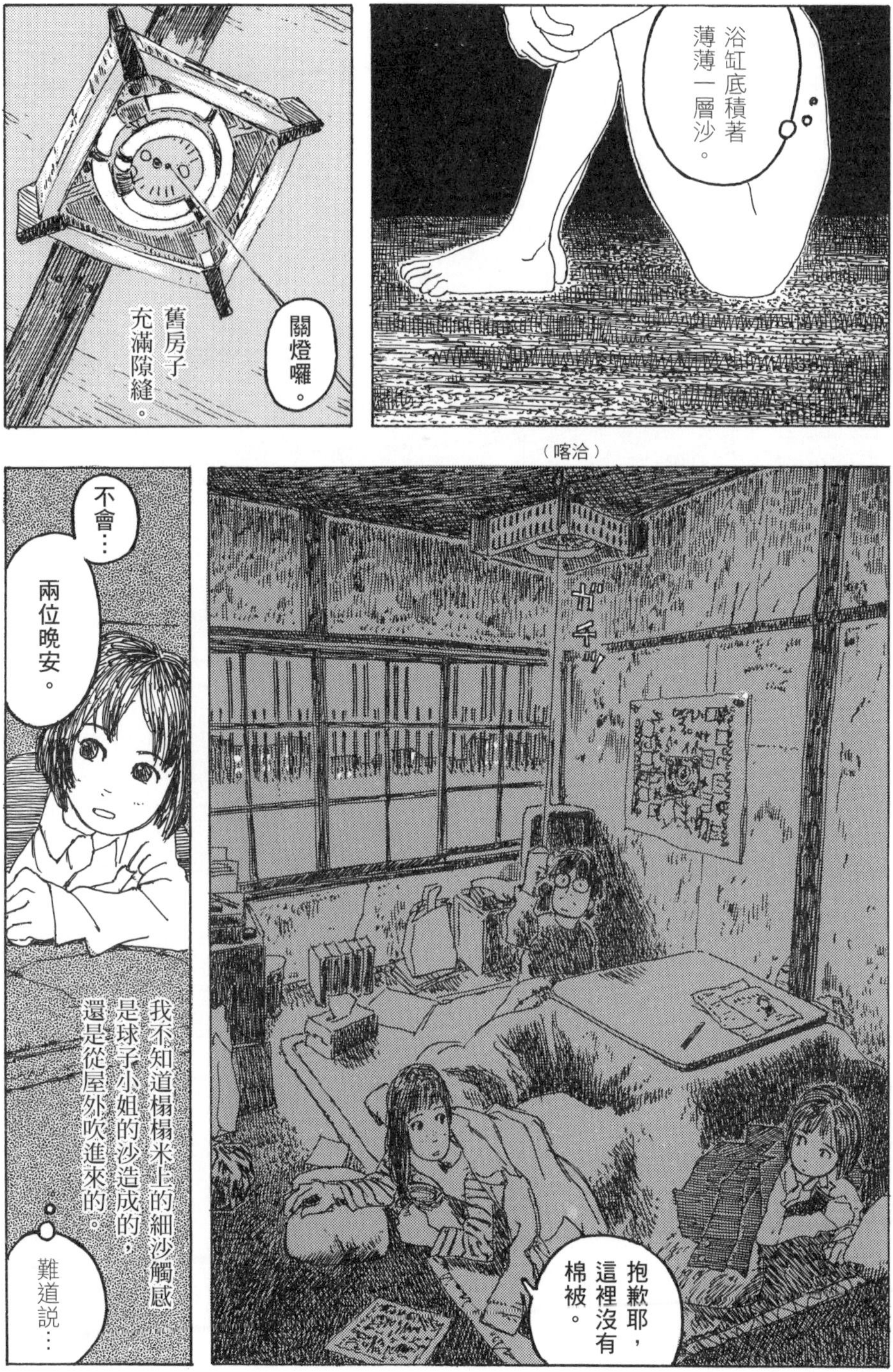
浴缸底積著薄薄一層沙。
關燈囉。
舊房子充滿隙縫。
（喀洽）
ガチッ
抱歉耶，這裡沒有棉被。
不會…
兩位晚安。
我不知道榻榻米上的細沙觸感是球子小姐的沙造成的，還是從屋外吹進來的。
難道說…

住在這種破房子是為了掩飾她身上的沙嗎？
真的好破
早安，妳很早起呢。
啊，早安，在散步嗎？
嗯……
這棟房子很破爛吧？
鏗鏗
咦？啊…不會的……
沒關係啦，破歸破，這長屋的房租可便宜了，而且…
還附浴缸呀。

為了球子好，我再怎麼說都想讓她住附浴缸的房子。
去錢湯會出問題對吧。
太遠離市區就不方便畫似顏繪，
而且有兩層樓，又寬敞。
他沒錢啊。
我想，起碼要賺自己的餐費吧……
於是請球子小姐介紹打工給我。
フロアレディ
アルバイトレディ
募集!
ファッション♥ヘルス
昼12時より営業
セリーヌ・モリーオ
ビデオBOX
TOM

……
這份工作只需要舉著廣告看板站在街頭。
除了我和球子外，其他人都是老人。
サロン
昼11時
放射線通り
マルカウ左入る
如何？很無聊嗎？

也是有它累的地方對吧？
……不過，
像這樣看著街上，
就會覺得世界上真的有各式各樣的人呢。
好像就能稍微……
鬆一口氣了。
哎呀，辰崎先生。

球子小姐…
唷，辛苦啦。
我走囉，伊東，事情就像我剛剛說的那樣。
嗯，我知道。謝謝。
要做啥？
他說我在這還是太顯眼了。
要我去西邊的路旁擺。
什麼啊——不顯眼就不能做生意啦。
沒辦法啊。
是黑道……嗎？

光是能在這公園做生意，我就很感謝了。
我們以前是同學，他才睜一隻眼閉一隻眼。
咕——咕
乾杯——
……有的人內臟裡會長石頭對吧？
也有人膝蓋積水。
我認為球子的狀況跟這些很類似啦。
咦——是這樣嗎？
嗯……不知道耶。

感覺像血啊、身體裡的水分啊都變成了沙子。
我之前嘗試過大量放沙，想知道能做到什麼地步……
……結果貧血昏倒了。
……放出了多少沙子啊？
呃，印象中是……三、四個水桶的量……

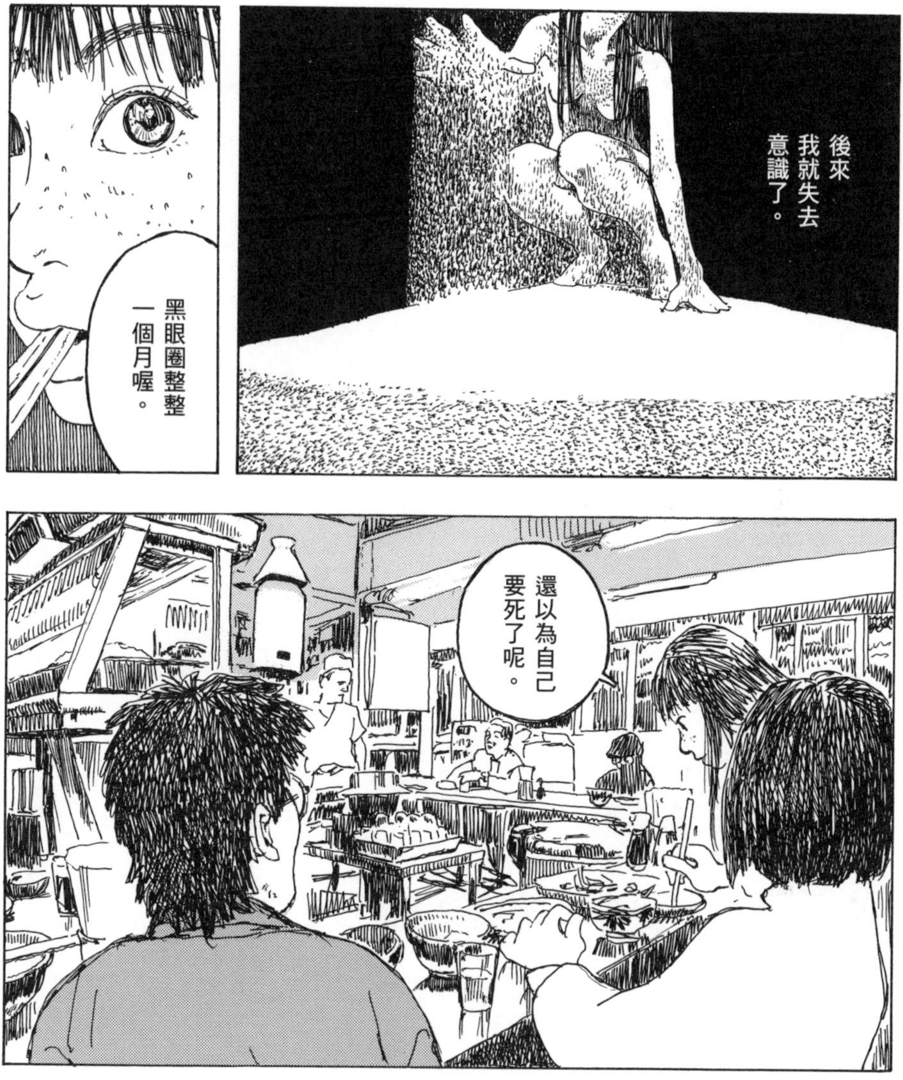
後來我就失去意識了。
黑眼圈整整一個月喔。
還以為自己要死了呢。
大叔，有煮的蒟蒻絲嗎？
蒟蒻絲喔……

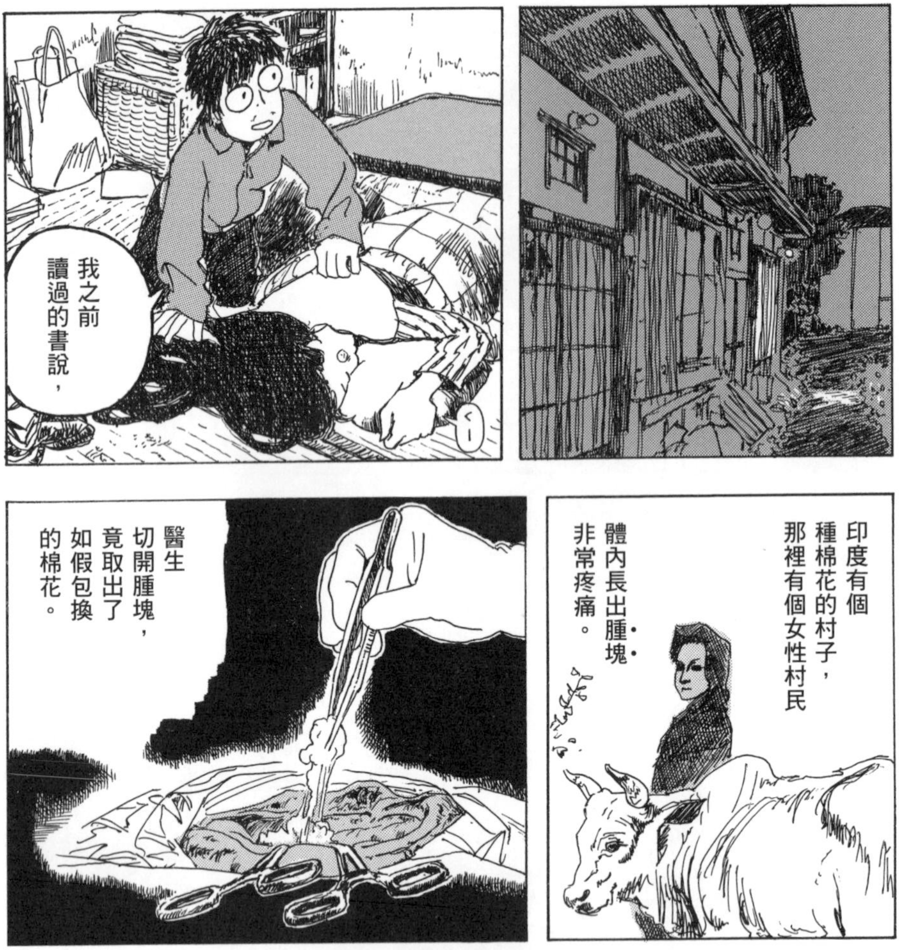
我之前讀過的書說，
印度有個種棉花的村子，那裡有個女性村民
體內長出腫塊非常疼痛。
醫生切開腫塊，竟取出了如假包換的棉花。
有個居住在南美高地的少數民族少年，一出生臼齒便是金色的。
專家調查後，發現那顯然是礦物，而且是純度相當高的金子。

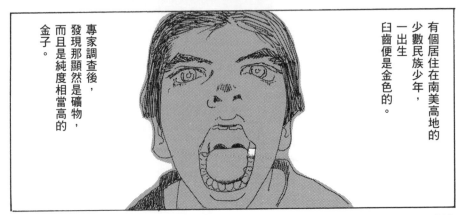

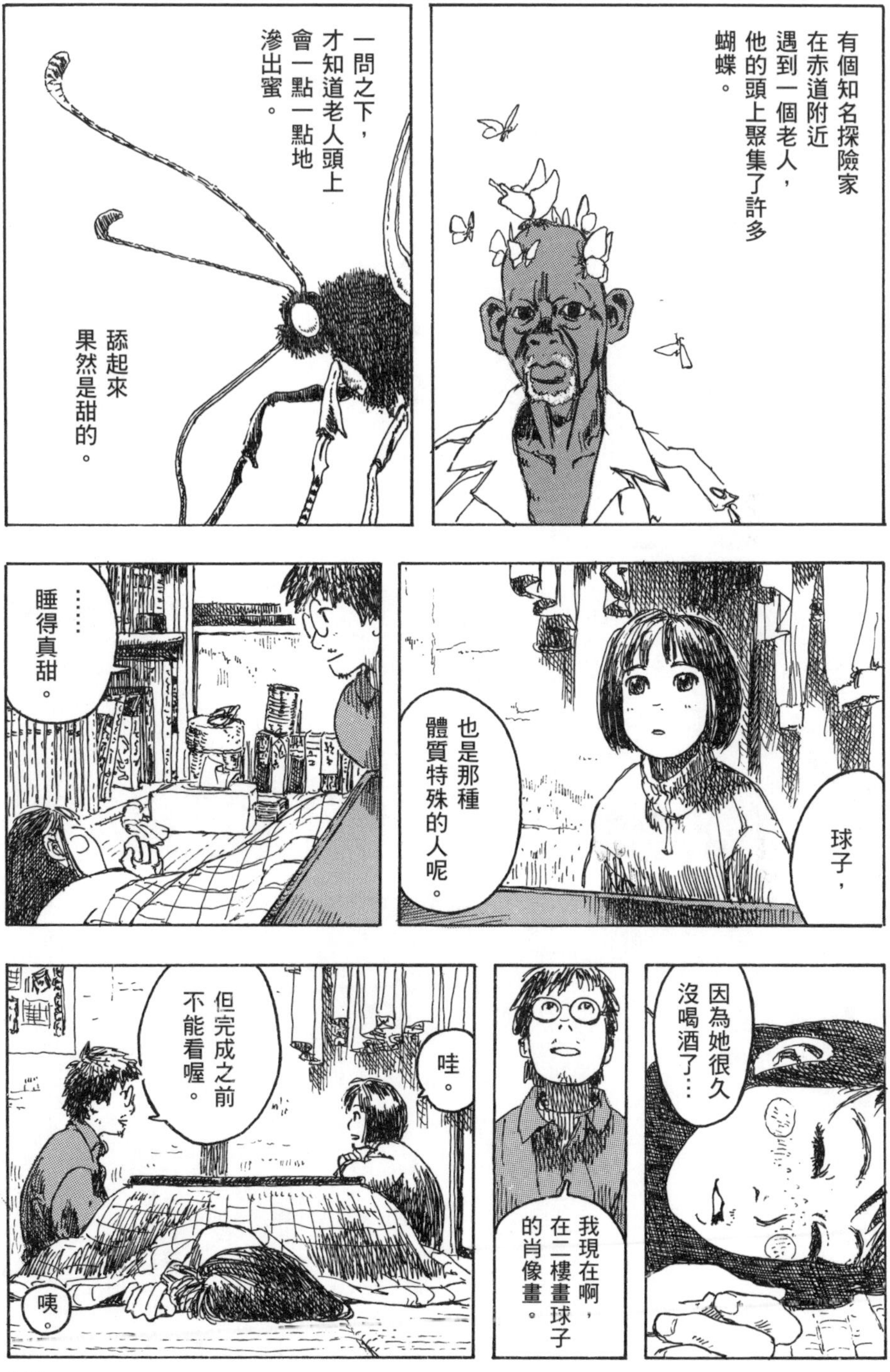
有個知名探險家
在赤道附近
遇到一個老人，
他的頭上聚集了許多
蝴蝶。
一問之下，
才知道老人頭上
會一點一點地
滲出蜜。
舔起來
果然是甜的。
球子，
也是那種
體質特殊的人呢。
……
睡得真甜。
因為她很久
沒喝酒了……
我現在啊，
在二樓畫球子
的肖像畫。
哇。
但完成之前
不能看喔。
咦。

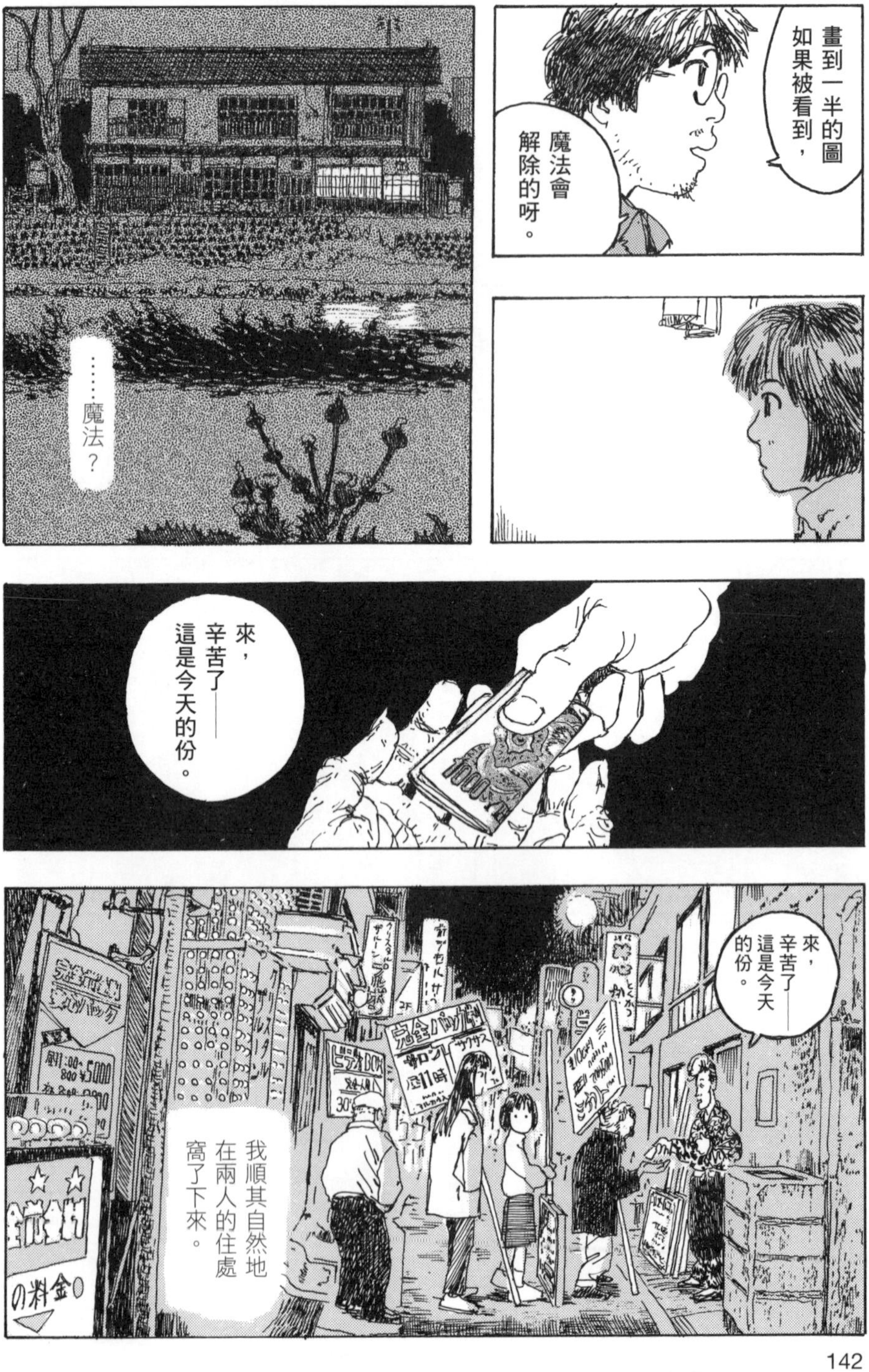
畫到一半的圖如果被看到，
魔法會解除的呀。
……魔法？
來，辛苦了——這是今天的份。
來，辛苦了——這是今天的份。
我順其自然地在兩人的住處窩了下來。

這陣子伊東小弟不太露面呢，
他還好嗎？
跟他說，缺錢的話隨時可以來給我包養喔。
（嘰…）
キイ…
…
啊，他在他在。
什麼？似顏繪？
啊，我可厲害了，
筆借我。
啊。

你看你看，這如何啊？厲害吧？
……
厲害
然後呢……
啊……你說什麼去了？
（呀哈哈）
我忘記要說什麼了嘛。
不好意思……
ギャハハ
呃…
我的筆…
……
抱歉啊！
點頭
不會不會，我會再來的。
伊東先生！
……

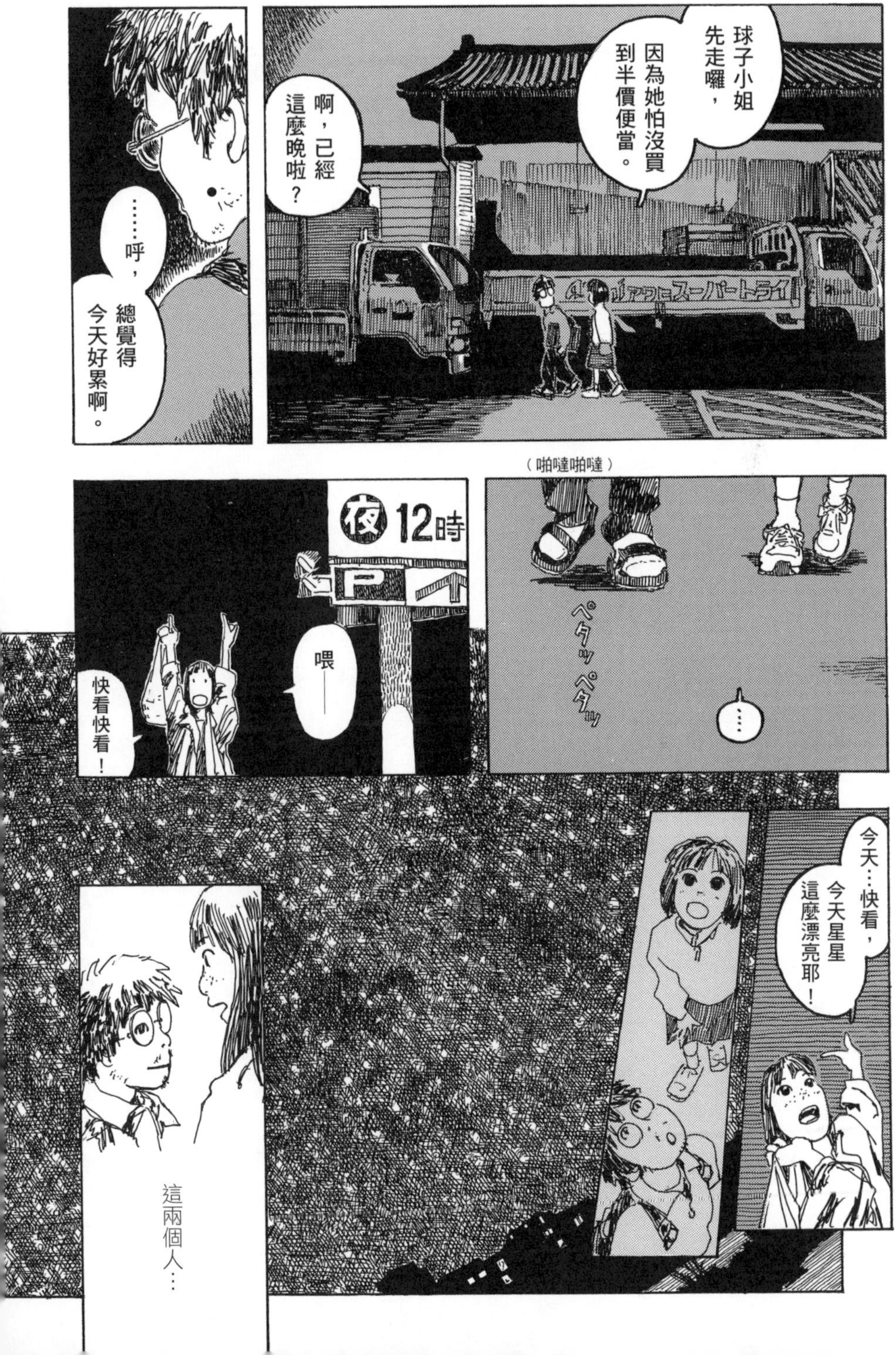
球子小姐先走囉，因為她怕沒買到半價便當。
啊，已經這麼晚啦？
……呼，總覺得今天好累啊。
（啪噠啪噠）
ペタッペタッ
……
夜 12時
P
喂——
快看快看！
今天…快看，今天星星這麼漂亮耶！
這兩個人…

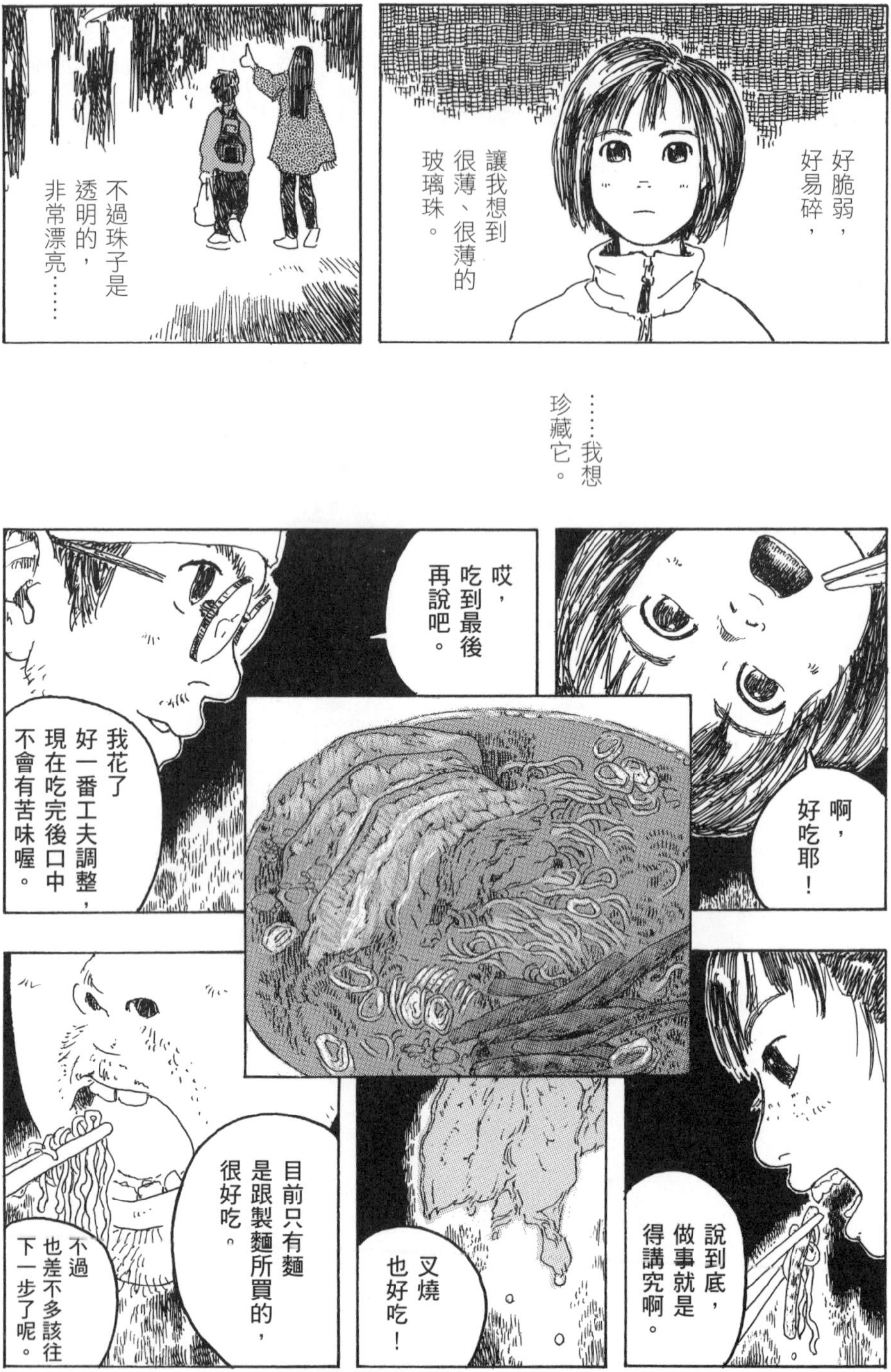

好脆弱，好易碎，
讓我想到很薄、很薄的玻璃珠。
不過珠子是透明的，非常漂亮……
……我想珍藏它。
啊，好吃耶！
哎，吃到最後再說吧。
我花了好一番工夫調整，現在吃完後口中不會有苦味喔。
說到底，做事就是得講究啊。
叉燒也好吃！
目前只有麵是跟製麵所買的，很好吃。
不過也差不多該往下一步了呢。

自己製麵！
嗯。
接下來想擺攤賣麵。
那更像你的目標，而不是夢想呢。
「好吃拉麵」與「似顏繪」攤販。
為了創業，我也在練習控制身體狀態喔。
別看我這樣，我已經漸漸可以控制沙子的釋出方法了呢。
也一點一點在存錢了，雖然不多。
還要喝湯嗎？
原本只是想試著用雞骨和剩下的青菜做飯，才開始煮拉麵的呢。
還有我！
我想幫忙耶。
好，那就請妳當二號店的店長吧！
喔，很強勢喔。
……
我是認真說的呀…
……就像這樣，

沙子，
被製成了
玻璃。
啾
天氣
真好！
嗯——
嘿，嘿，
起床了！
今天一定要
曬棉被了。
……撥掉沙之後，
掛在二樓窗邊……
（沙——）
沙——……
哇，
這麼多
……
球子小姐，
身體不太舒服嗎？

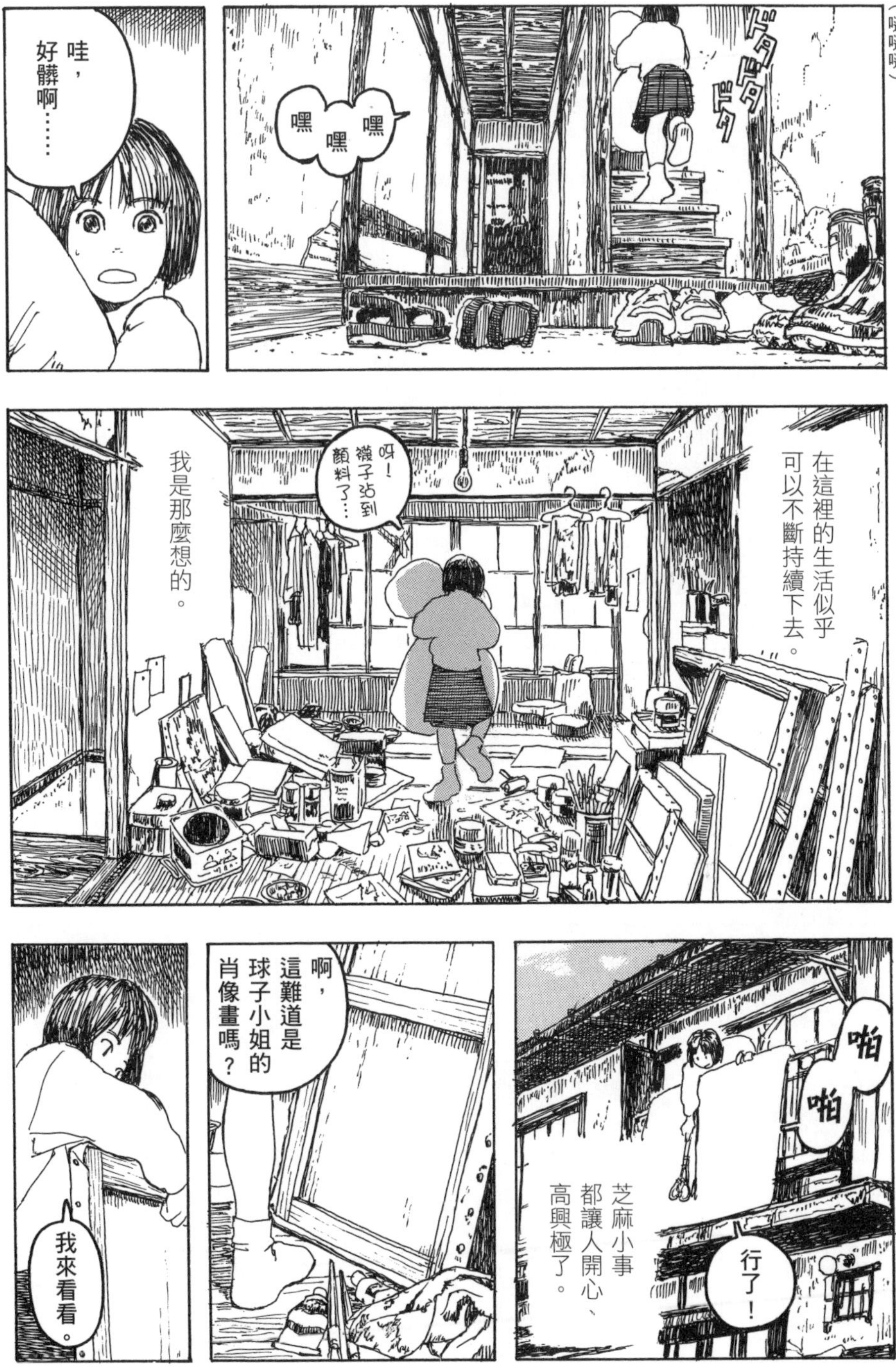
(噠噠噠)
嘿嘿嘿
哇，好髒啊……
在這裡的生活似乎可以不斷持續下去。
呀！襪子沾到顏料了……
我是那麼想的。
啪啪
芝麻小事都讓人開心、高興極了。
行了！
啊，這難道是球子小姐的肖像畫嗎？
我來看看。

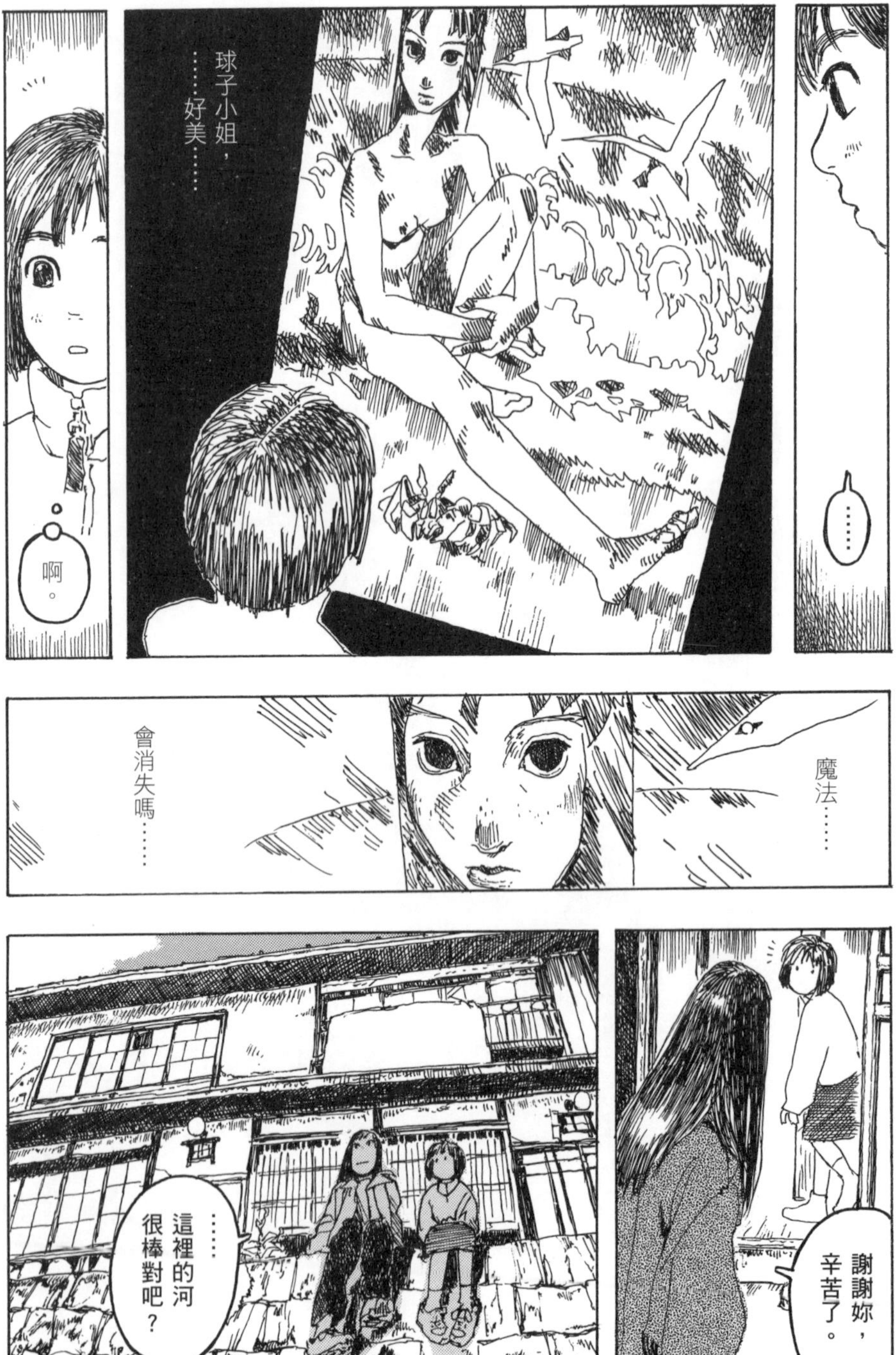
……
球子小姐，……好美……
啊。
魔法……
會消失嗎……
謝謝妳，辛苦了。
……這裡的河很棒對吧？

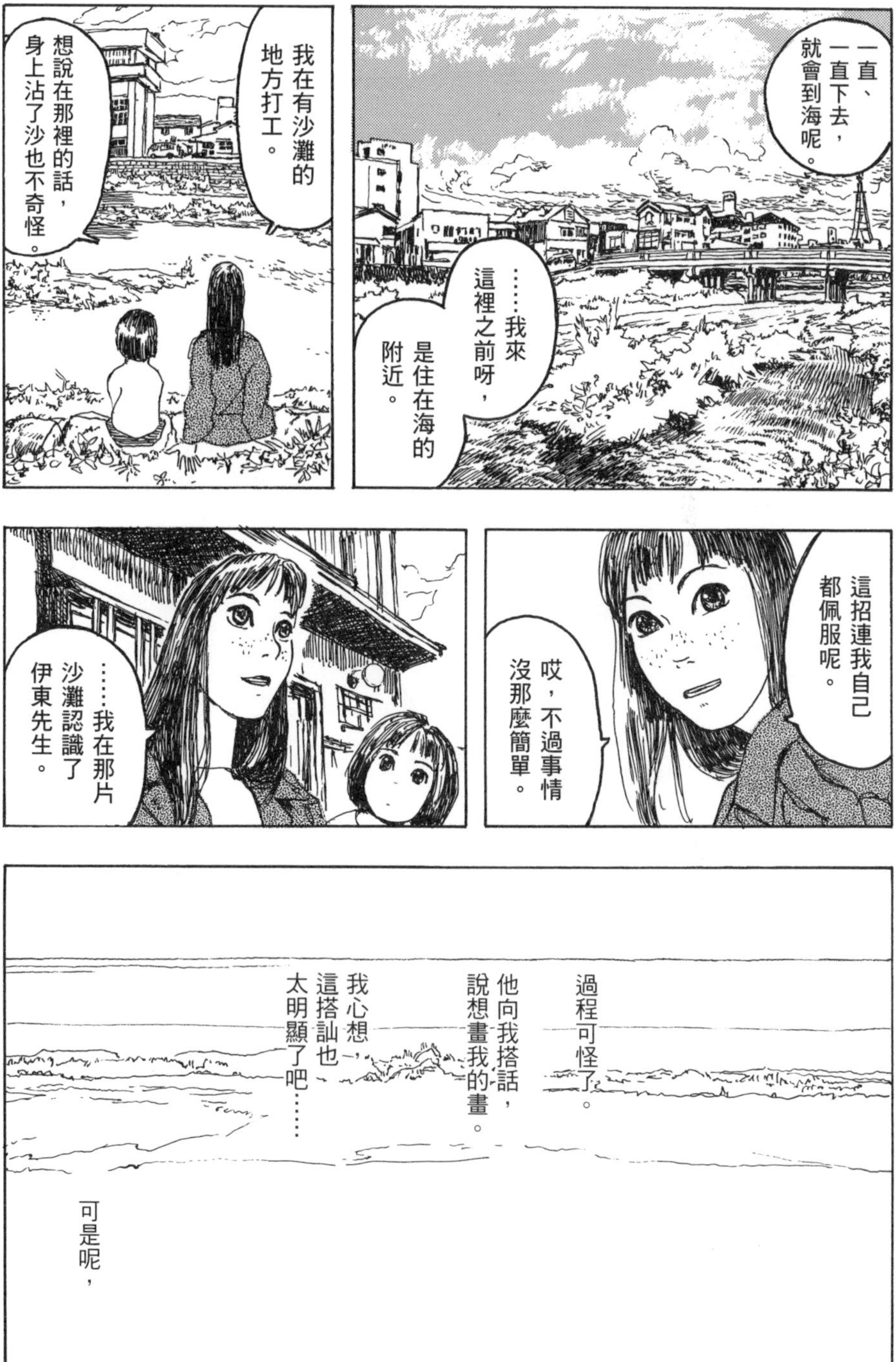
一直、一直下去，就會到海呢。
……我來這裡之前呀，是住在海的附近。
我在有沙灘的地方打工。
想說在那裡的話，身上沾了沙也不奇怪。
這招連我自己都佩服呢。
哎，不過事情沒那麼簡單。
……我在那片沙灘認識了伊東先生。
過程可怪了。
他向我搭話，說想畫我的畫。
我心想，這搭訕也太明顯了吧……
可是呢，

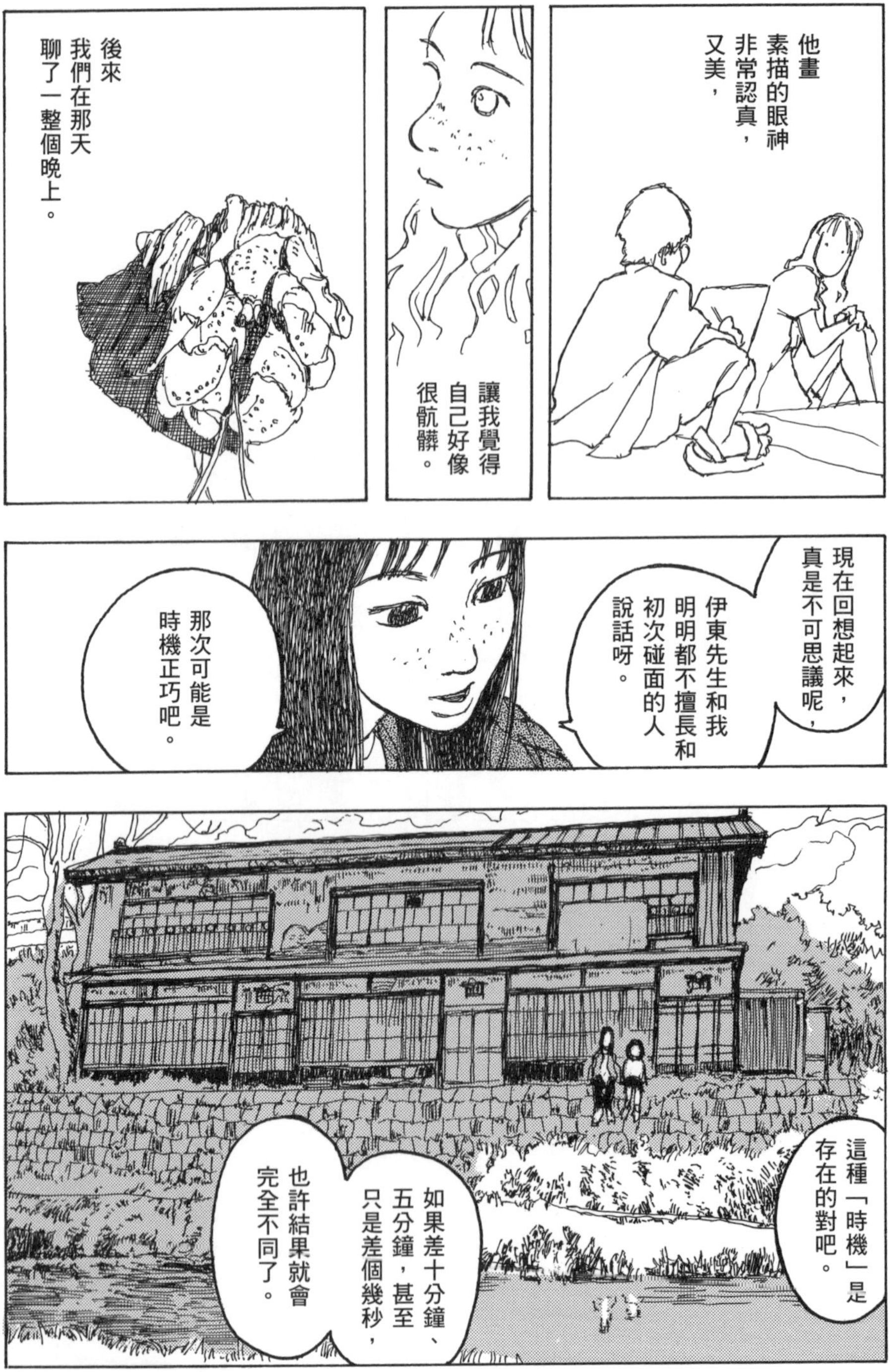
他畫素描的眼神非常認真，又美，
讓我覺得自己好像很骯髒。
後來我們在那天聊了一整個晚上。
現在回想起來，真是不可思議呢，伊東先生和我明明都不擅長和初次碰面的人說話呀。
那次可能是時機正巧吧。
這種「時機」是存在的對吧。
如果差十分鐘、五分鐘，甚至只是差個幾秒，
也許結果就會完全不同了。

伊東先生
要是晚五分鐘
才經過沙灘，
也許就不會見到我了。
我們
也就不會
認識小瞳了。
各種偶爾、
湊巧的時機
重疊又交纏
在一起，
才有現在的
我們對吧……
總覺得……
好像魔法呀。
魔法……
說不定，
說不定
我不小心把那
魔法解除了。
喂——
要出門囉。
好——

ザザザザ
（嘩啦——）
風變強了呢。
ゴウ
（轟）
ザァァ
（沙沙）

ガサッ
（喀沙）
（啾啾啾啾）
啾
……
啊，已經這麼晚了啊。
ざあっ
（颯）
像這樣吹著風，

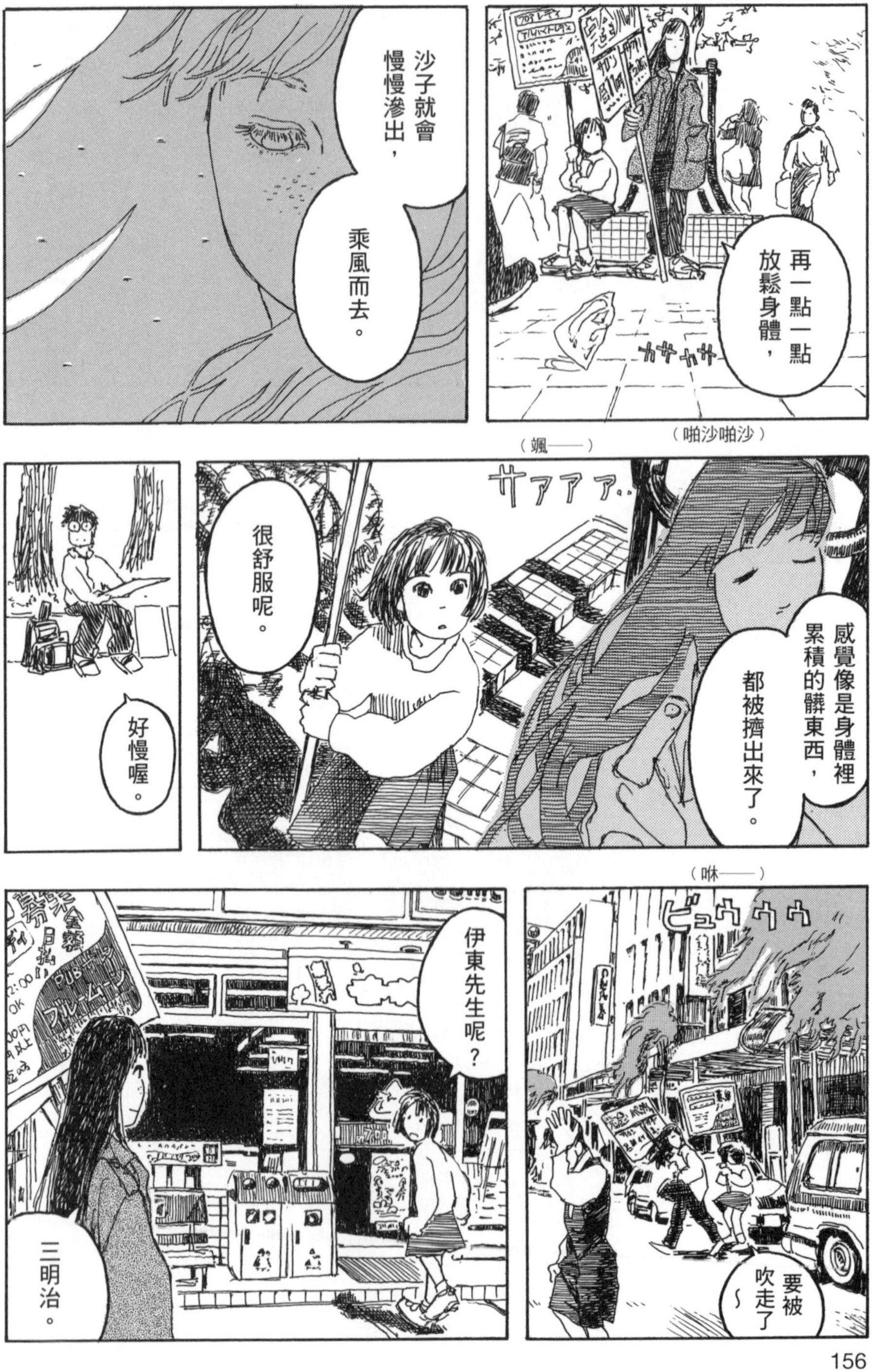
再一點一點放鬆身體，
カサカサ
（啪沙啪沙）
沙子就會慢慢滲出，
乘風而去。
サァァァ
（颯——）
感覺像是身體裡累積的髒東西，都被擠出來了。
很舒服呢。
好慢喔。
ビュウウウ
（咻——）
要被吹走了～
伊東先生呢？
三明治。

久等了～伊東先生！
（咻——）
びう
（沙沙）
ザザッ
哇哇
哇！我的似顏繪……

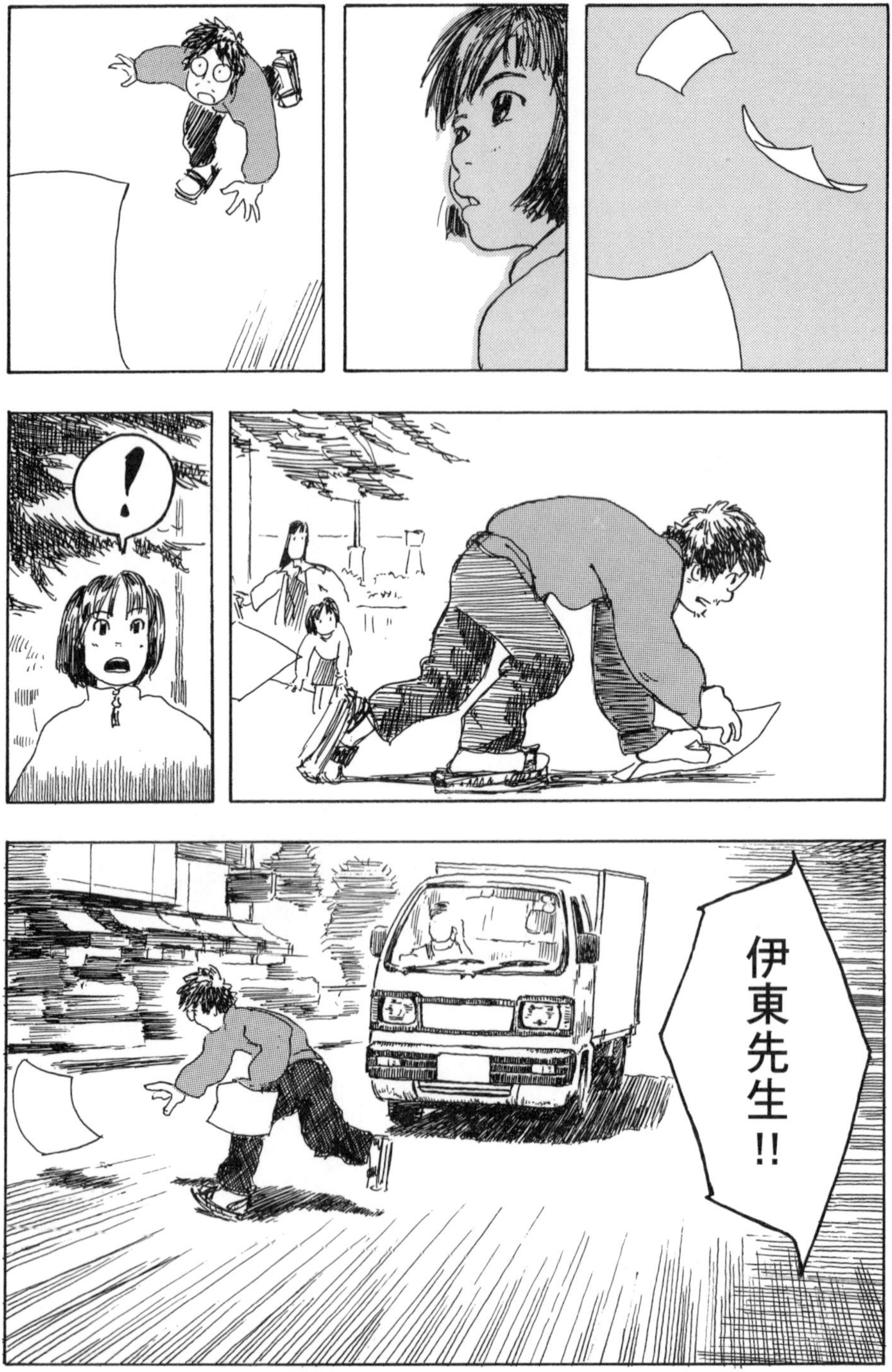
!
伊東先生!!

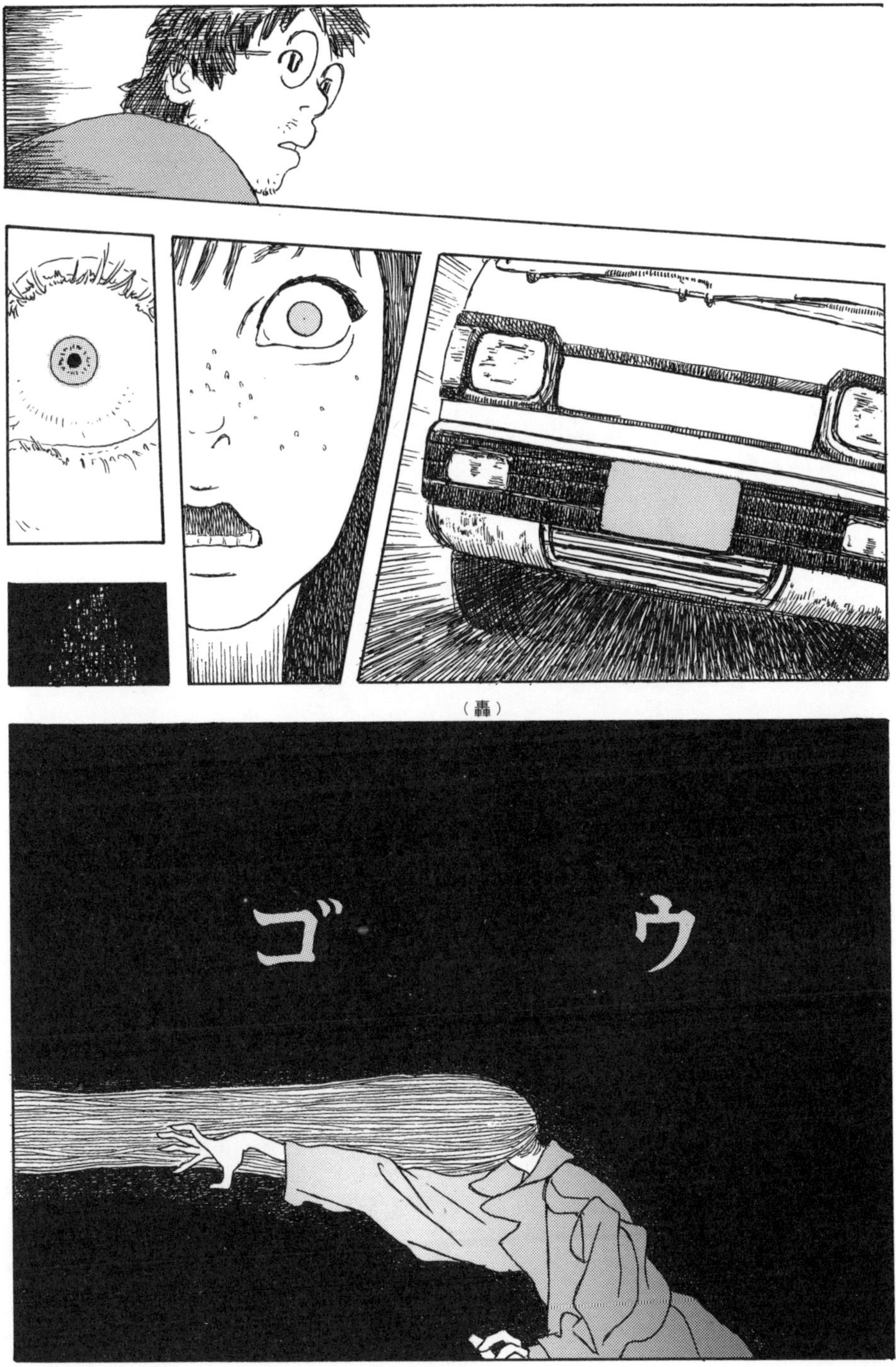
（轟）
ゴ　ウ

它看起來像「光」。
在太陽下閃閃發亮，
有如光帶。

那道「光」
包圍伊東先生，
像是要保護他。
沙子
奔向前去了。

（嘰）
ギィイーッ
！
啊……
伊東先生！
サラサラサラ
（沙沙）

ざぁぁ…
(沙……)
痛痛痛。
伊東先生…
沙子…
!
球子小姐!!
咦…

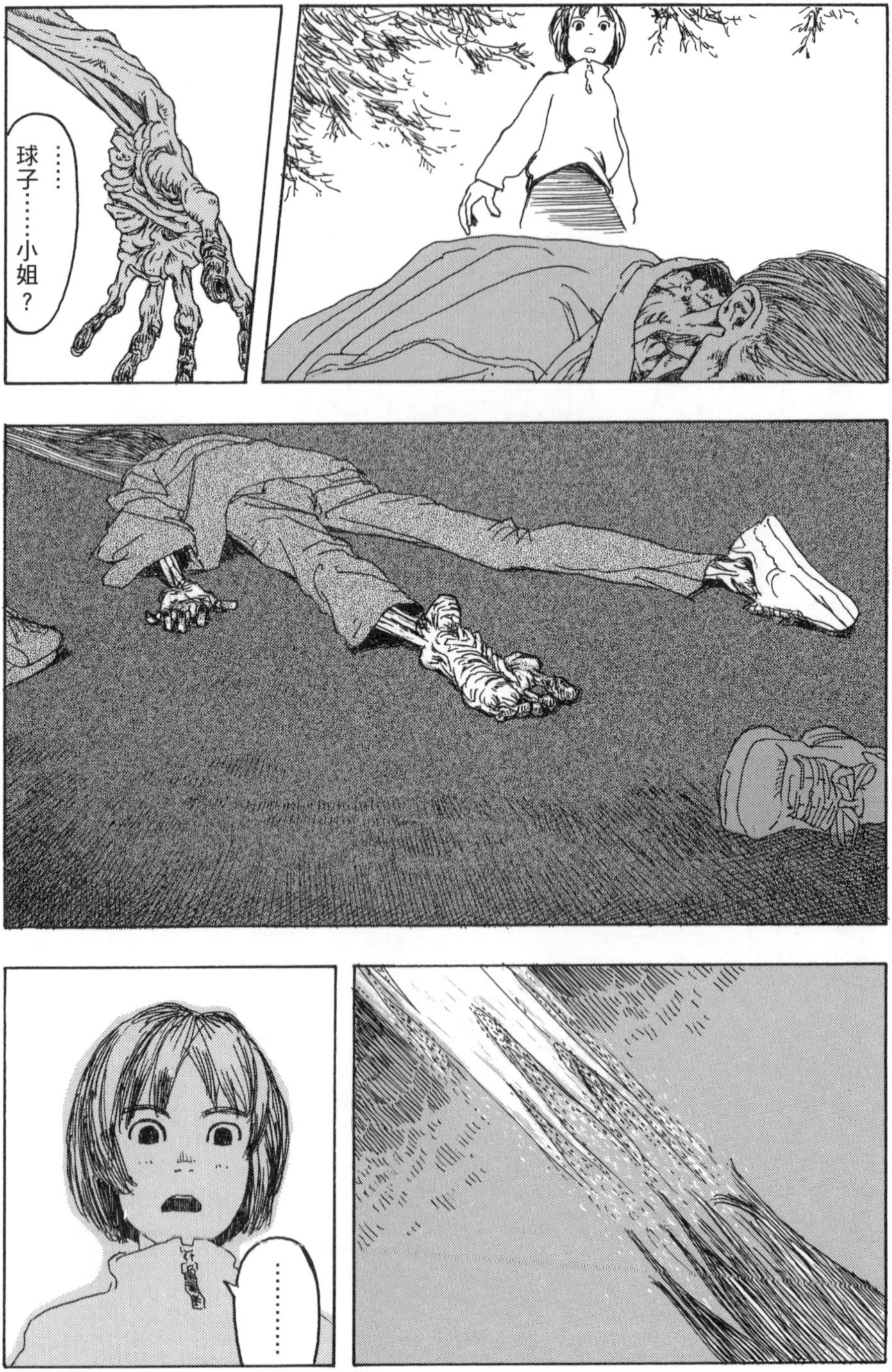
……球子……小姐？
……

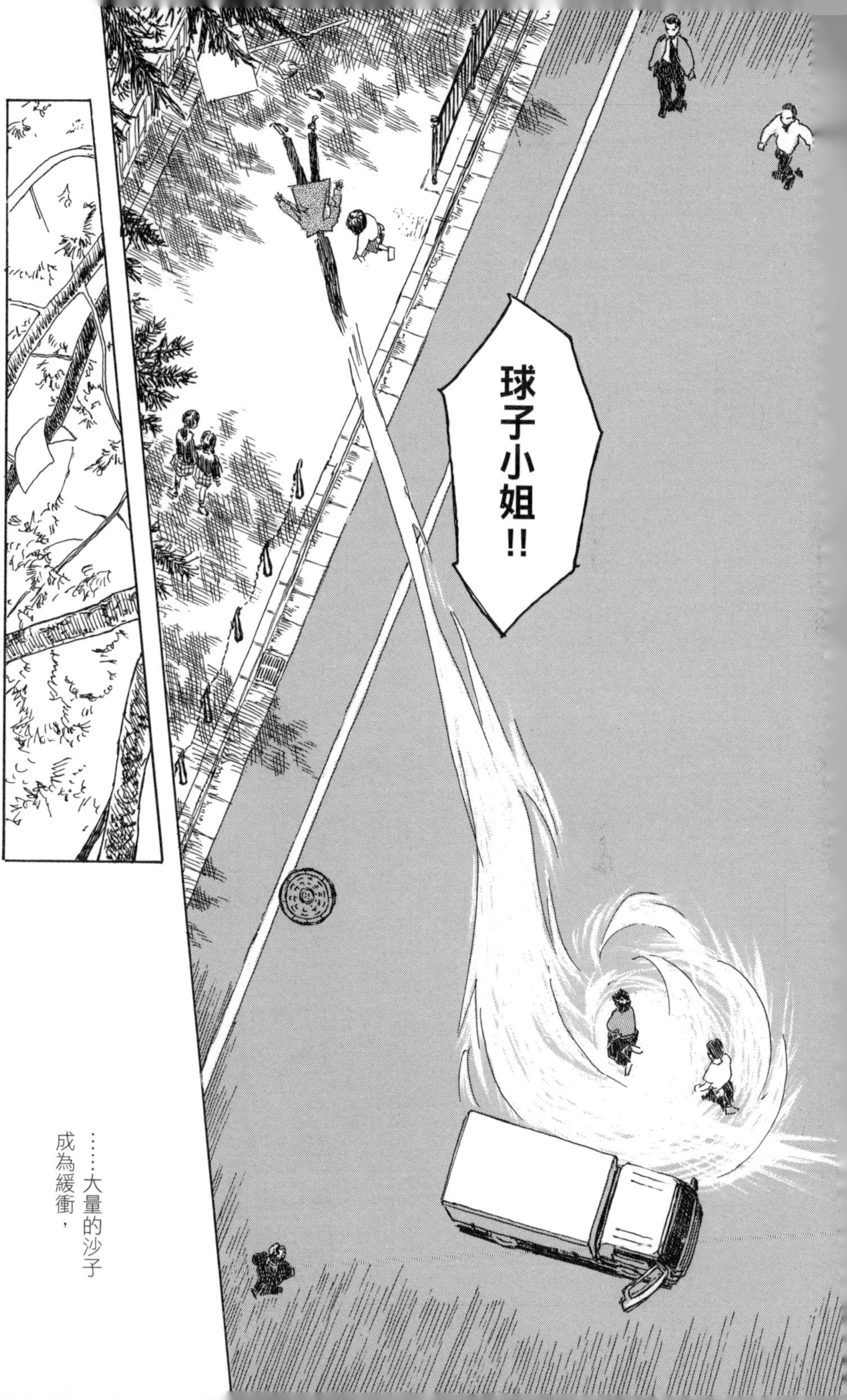
球子小姐!!
……大量的沙子成為緩衝，

所以伊東先生只受了輕傷。
……
……我要去工作。
球子小姐康復前，會花很多錢吧。
我不要舉廣告牌了，
我要請他們讓我去陪酒。
就算你反對，我也要做喔！
我決定了！
……

小瞳，
妳可不可以回家幫我拿一些需要的東西呀？
換洗衣物之類的……
因為…我想待在球子小姐的身邊。
！
唷。
我剛剛接獲通報呢，
說有個離家出走的孩子應該在這裡……

妳是鎌澤瞳對吧？妳的雙親已向警方提出失蹤協尋了。
咦……
警察……？
伊東先生報案的嗎!?
走囉。
等一下……
為什麼……
放開我啦！
那算什麼嘛！
你說啊！
為什麼事到如今才……
伊東先生一個人要怎麼辦啊？
……
沒看護……
也沒錢……
他在想什麼啊？
是蠢蛋嗎！
……放開我！
笨蛋！
叛徒伊東……

……球子小姐……
球子小姐！
我明明一直和她在一起，
到最後……還是對一切無能為力。
你好——

兩年後
我是小瞳——
我來玩了——
如何啊，
有點肌肉了吧。
皮膚也很黑呢——
做粗工似乎跟我的個性很合喔，
身心靈都很舒服。
對了，
球子小姐呢，最近的口水裡不會混沙，
進食狀況也改善了。

太好了，球子小姐。
……然後呢，
等她體力更好一點，
我們想搬到海邊。
想去氣候和緩的地方，
是喔！
雖然離這有點遠。
溫暖的南方的海邊……
……這樣啊……
……對了對了，我啊，
開始固定會去玻璃容器的工房了。
現在只是打雜的，而且是我自己硬要做的，
哇！這樣啊。
嗯。
……不過呀，
不過將來搞不好會變成他們的工作人員喔。

為什麼是玻璃呢？
這個嘛……
為什麼呢……

完

撒沙

首度刊載於月刊《Afternoon》2000年8月號

塵土

凌空之魂

屬熊盜神者太郎的眼淚

撒沙

le pain et le chat 麵包與貓

冬來了

麵包與貓

le pain et le chat

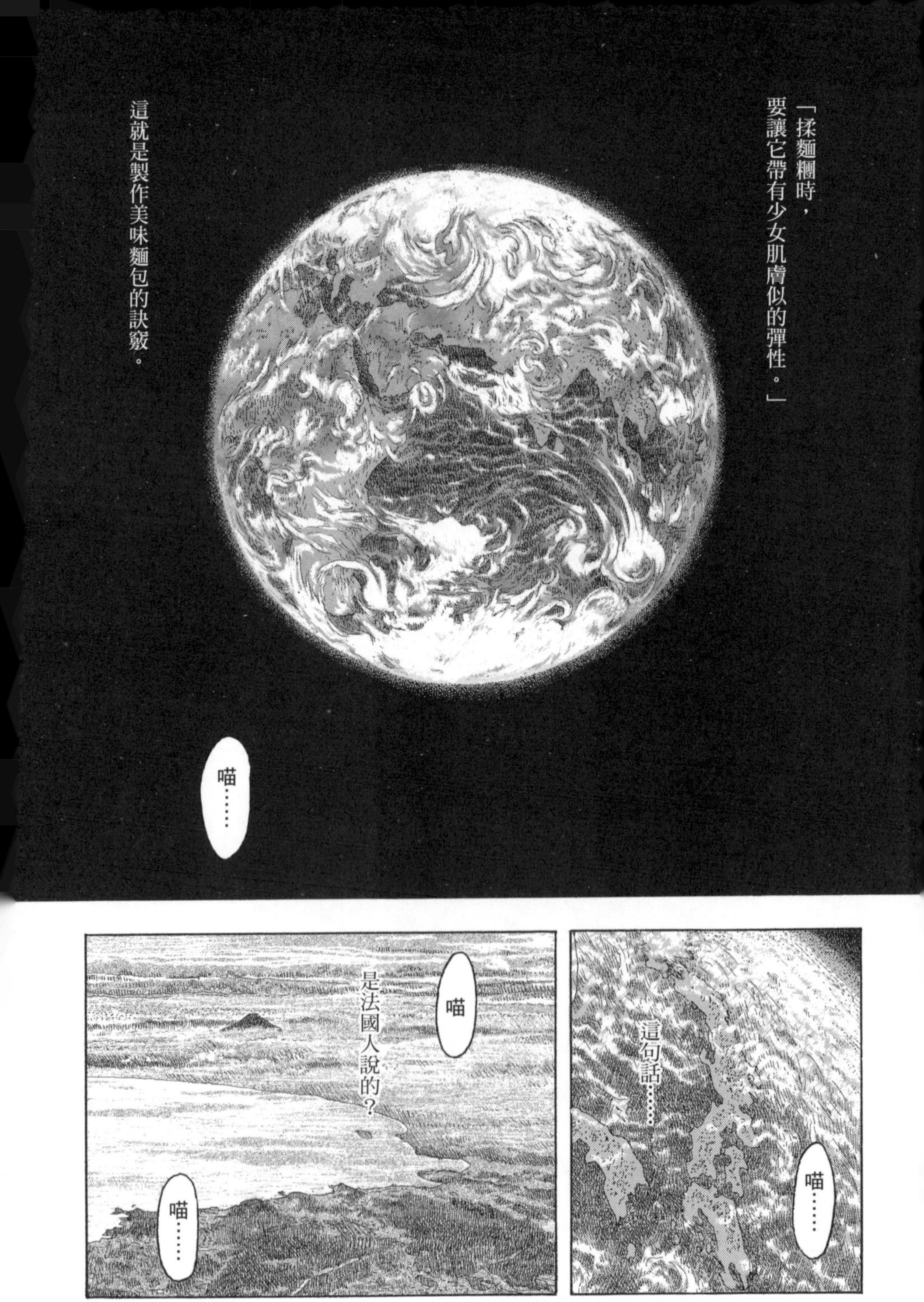
「揉麵糰時，
要讓它帶有少女肌膚似的彈性。」
這就是製作美味麵包的訣竅。
喵……
這句話……
喵……
喵
是法國人說的？
喵……

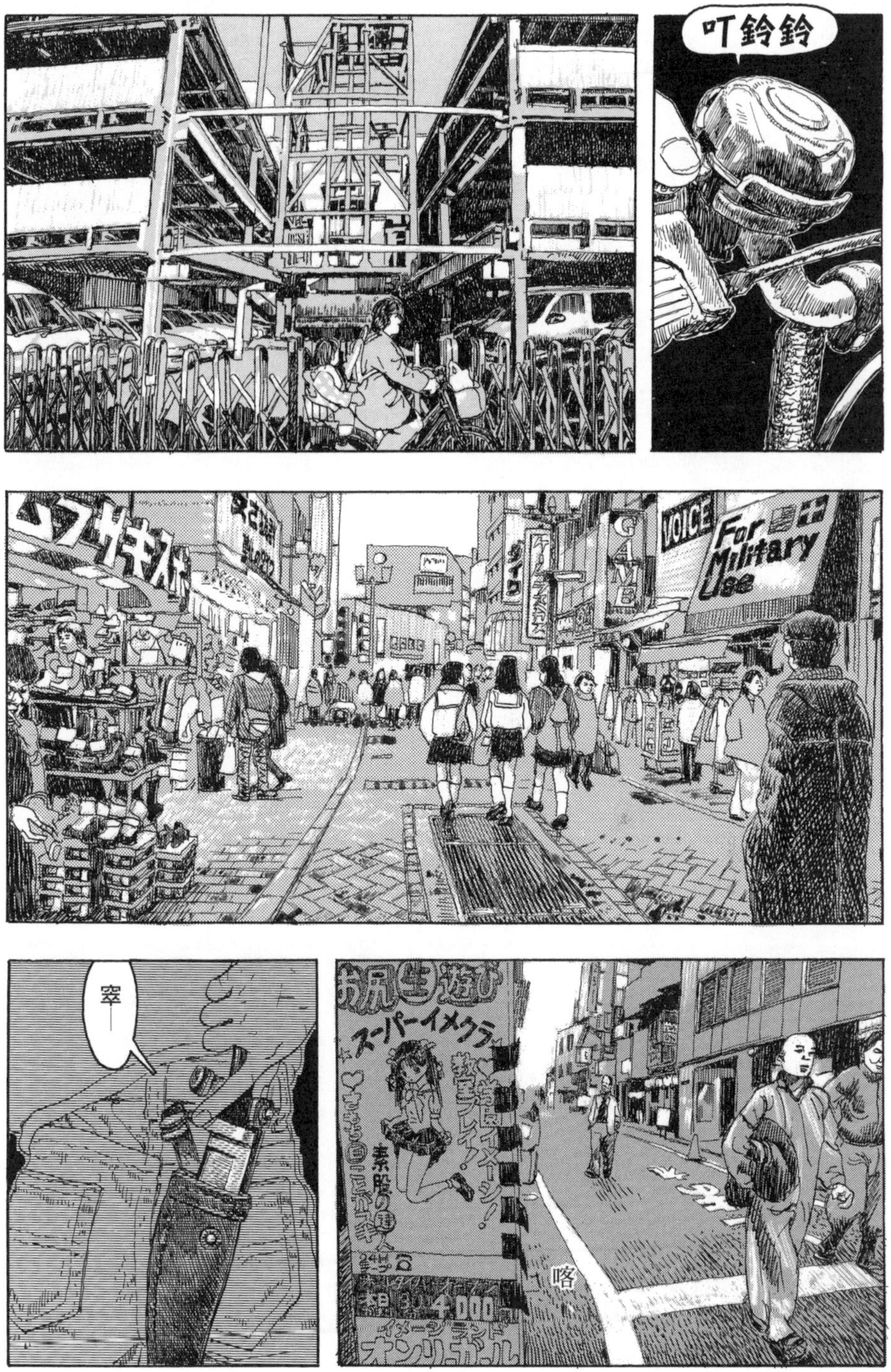
叮鈴鈴
VOICE
For Military Use
お尻生遊び
スーパーイメクラ
喀
窣—

可別說錢包是被搶走的喔。
要說是你自己弄丟的。
……不然的話
好…
好的……

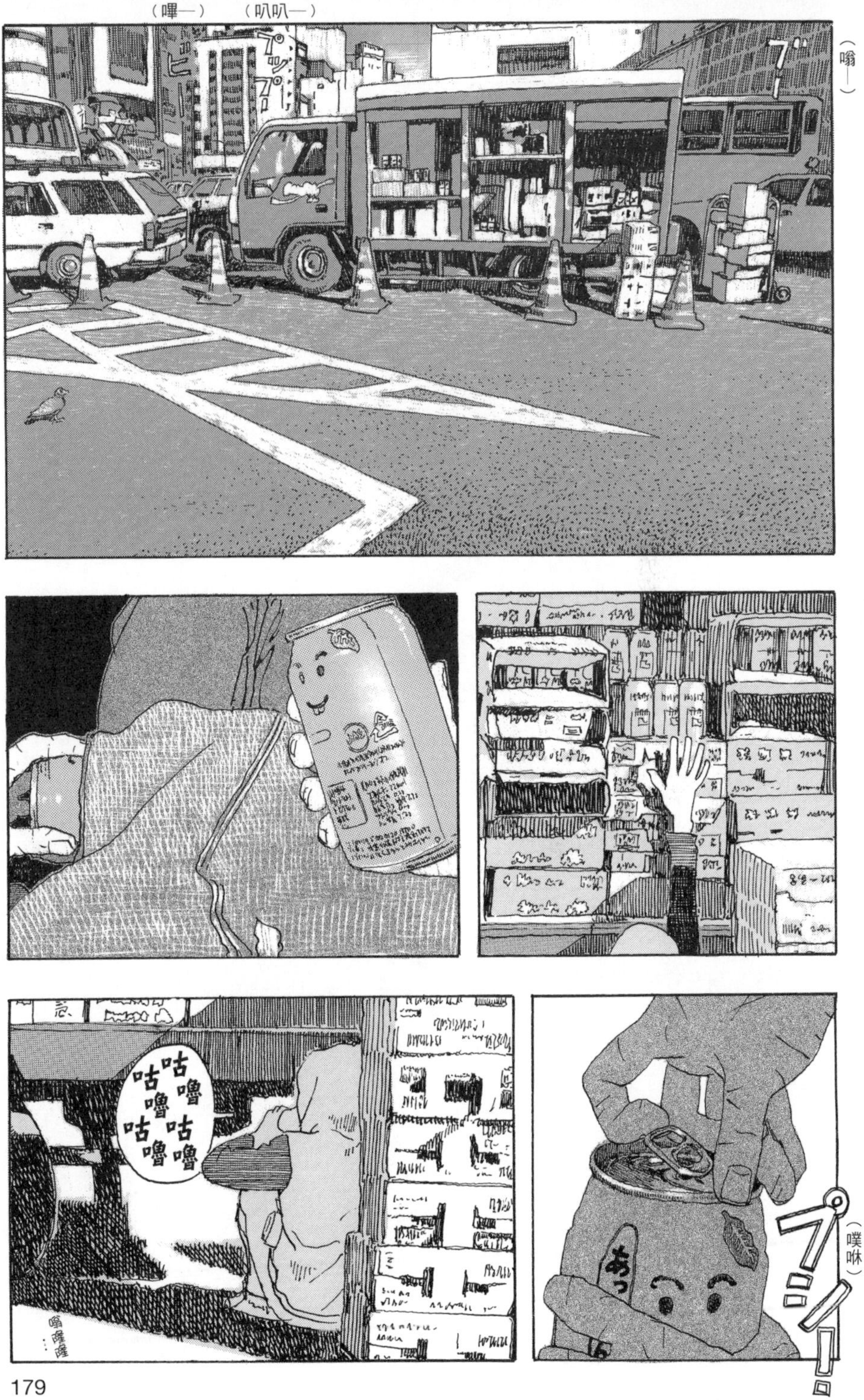
(嗡—)
(叭叭—)
(嗶—)
(噗咻)
あっ
咕嚕咕嚕咕嚕咕嚕
嗡隆隆……

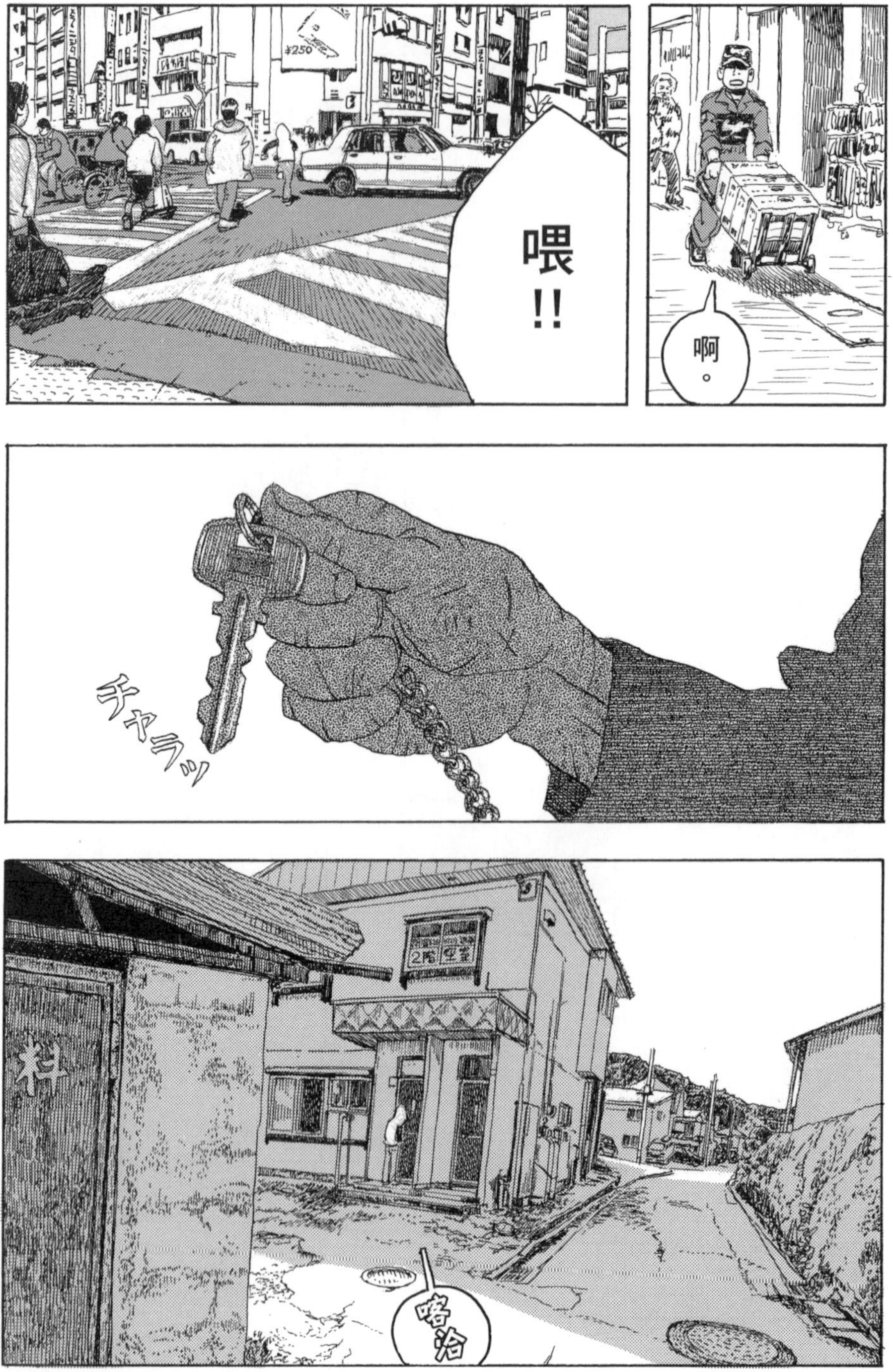
啊。
喂!!
チャラッ
（喀啦）
喀洽

ガタン
（砰）
パカ
（啪）
叩叩
120cc
ジョゴジョゴ
（咕嘟咕嘟）
シャカシャカシャカシャカシャカ
シャカシャカ
（唰唰唰唰唰唰唰）
シャカシャカシャカ
（唰唰唰）

ミドルストリート
保険調剤
嗶——
……呼。
（嗡——）
コオオオ
ガシャッ
（喀唰）
鈴唧叮匡
歡迎光……

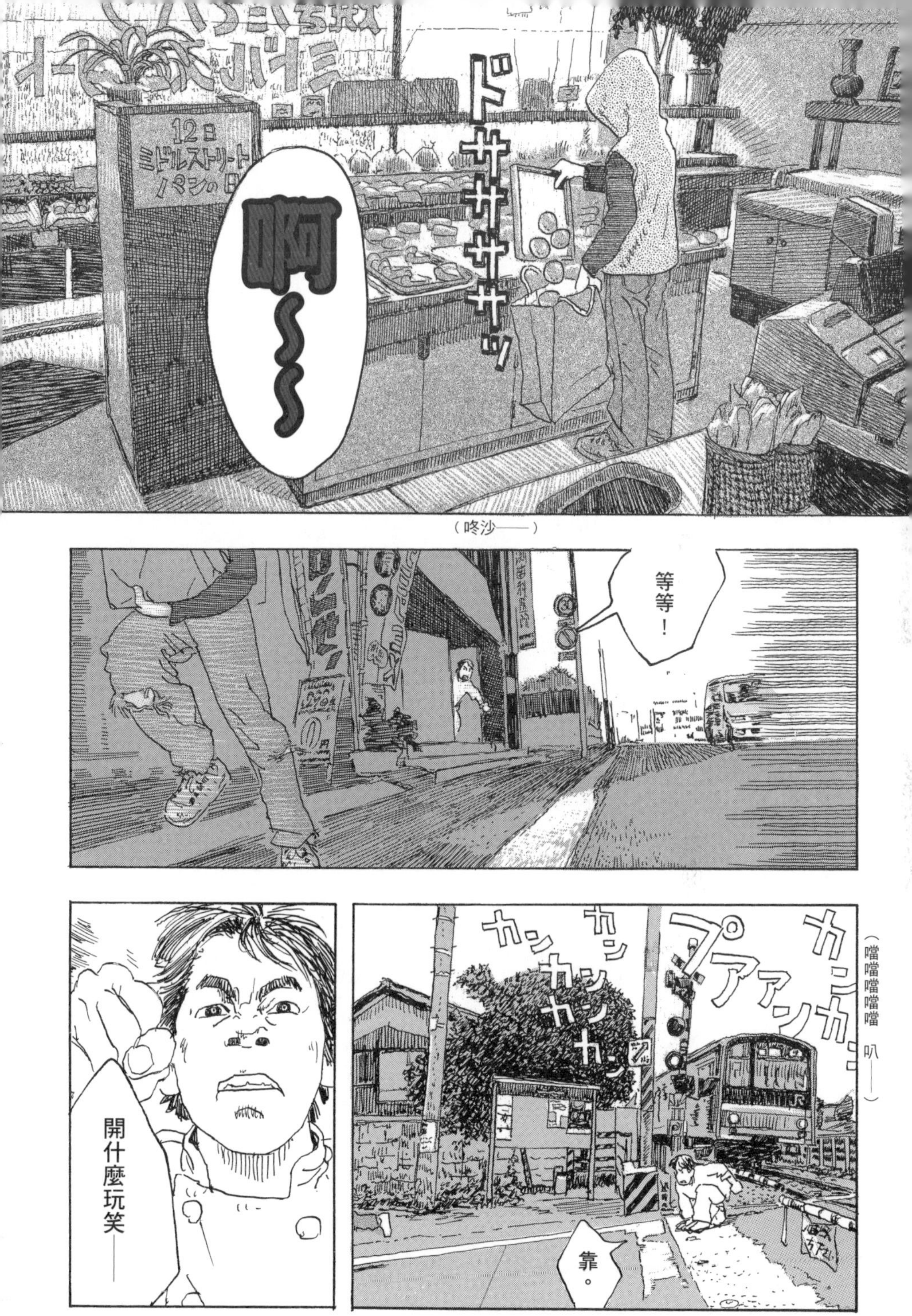
12日
ミドルストリート
パンの日
啊～～
ドサササササッ
（咚沙——）
等等！
カンカンカンカン
カンカンカン
プァァァン
（噹噹噹噹噹 叭——）
靠。
開什麼玩笑——

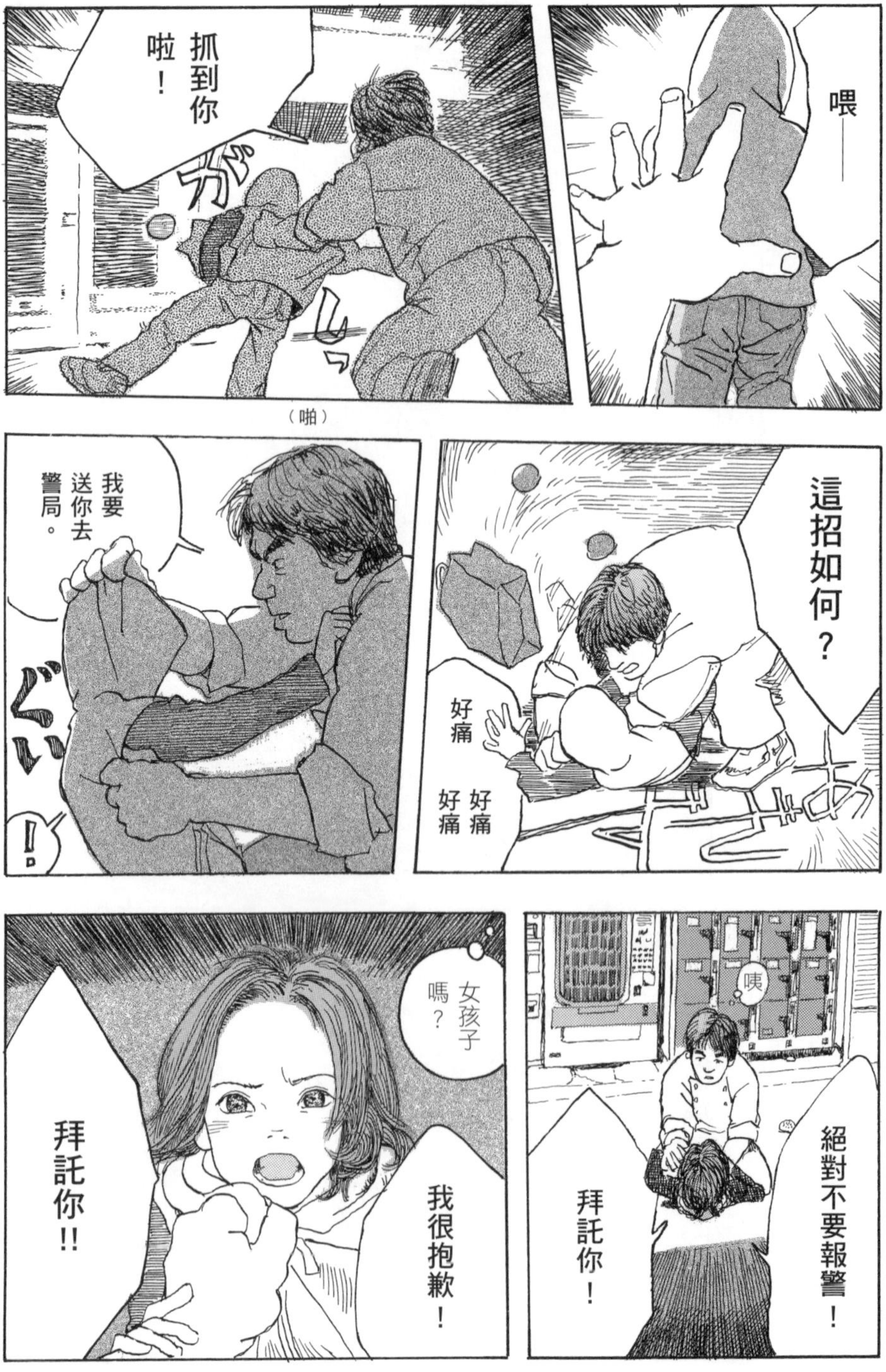
喂——
抓到你啦！
（啪）
這招如何？
好痛 好痛 好痛
（唰）
我要送你去警局。
（拉）
咦
絕對不要報警！
拜託你！
女孩子嗎？
我很抱歉！
拜託你!!

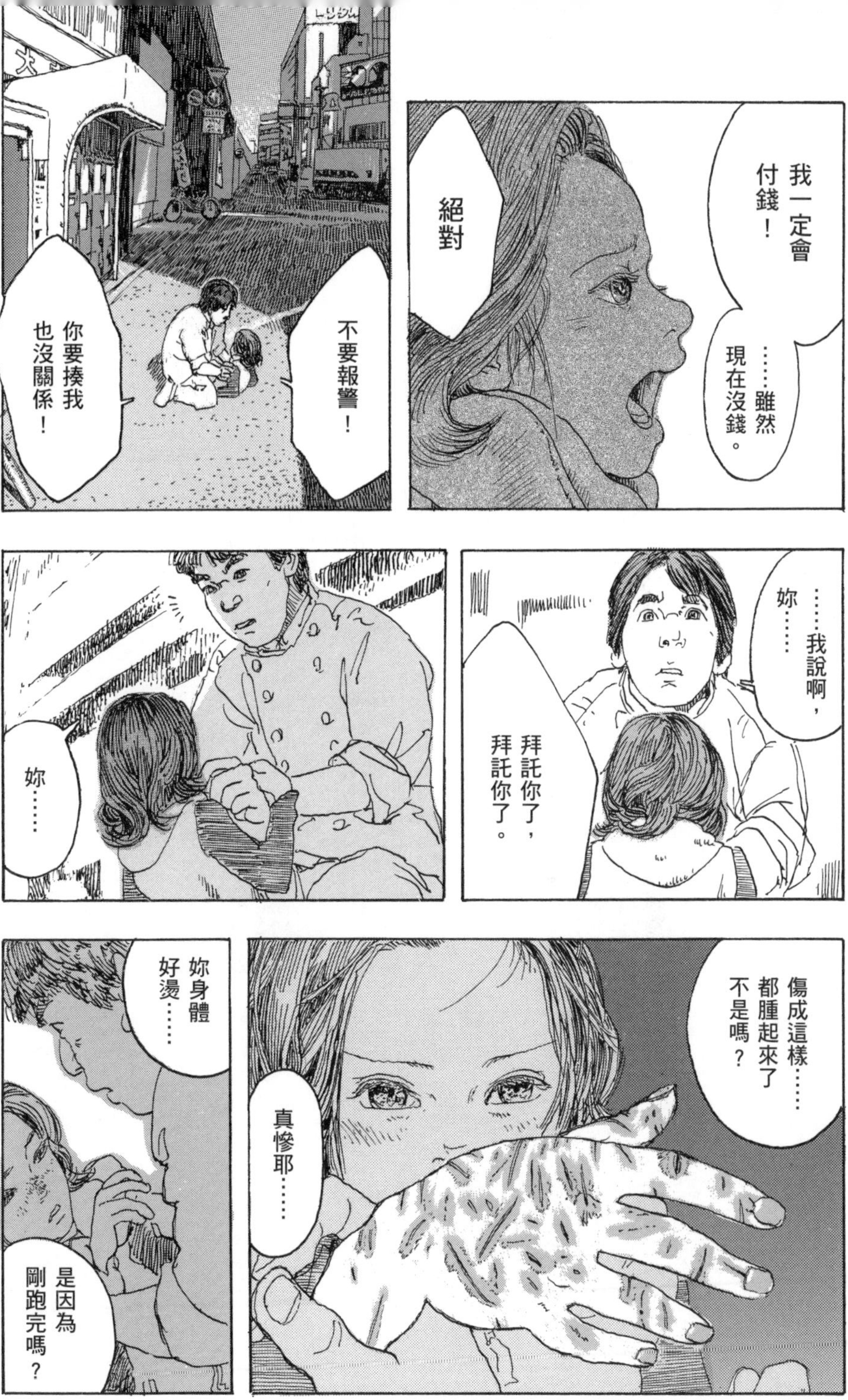
我一定會付錢！
……雖然現在沒錢。
絕對
不要報警！
你要揍我也沒關係！
……我說啊，
妳……
拜託你了，拜託你了。
妳……
傷成這樣……都腫起來了不是嗎？
真慘耶……
妳身體好燙……
是因為剛跑完嗎？

這裡就是妳家嗎？
……嗯……
ガチャ
（喀洽）
我回來了──
我回來了。
喵嗚──？

貓啊！撿來的嗎？
嗯，得餵牠牛奶才行。
等一下。
（啪啦）
……家裡亂七八糟呢……
パカ
Cat Milk
猫用ミルク
妳叫什麼名字啊？
真波。
（唰唰唰）
妳爸媽什麼時候會回來？
シャカシャカシャカ
我不知道。
妳老實一點……
我真的不知道啊！

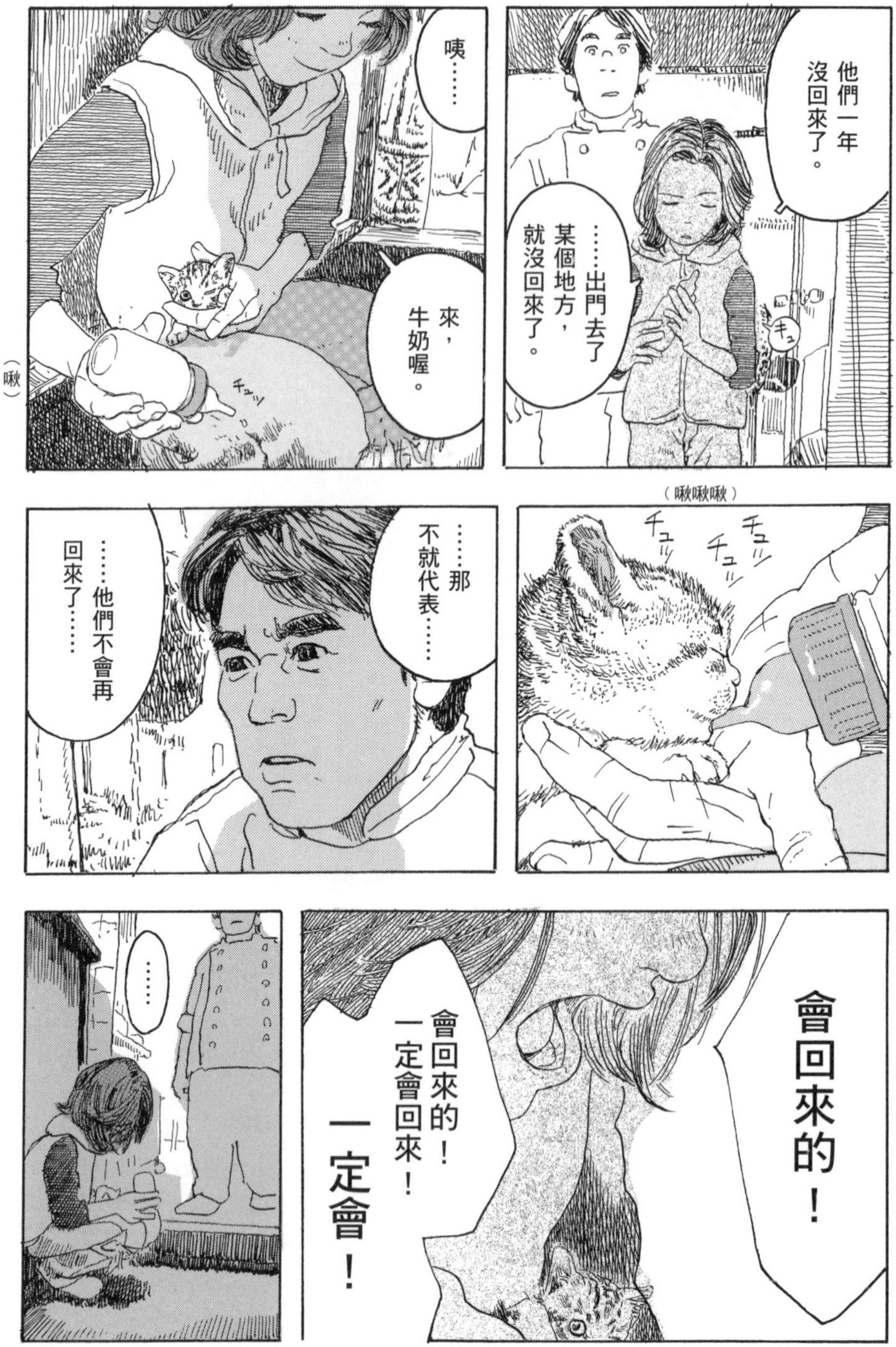
他們一年沒回來了。
……出門去了某個地方，就沒回來了。
（唧）
キュ
咦……
來，牛奶喔。
（啾）
チュッ
（啾啾啾）
チュッ
チュッ
チュッ
……那不就代表……
……他們不會再回來了……
會回來的！
會回來的！一定會回來！
一定會！
……

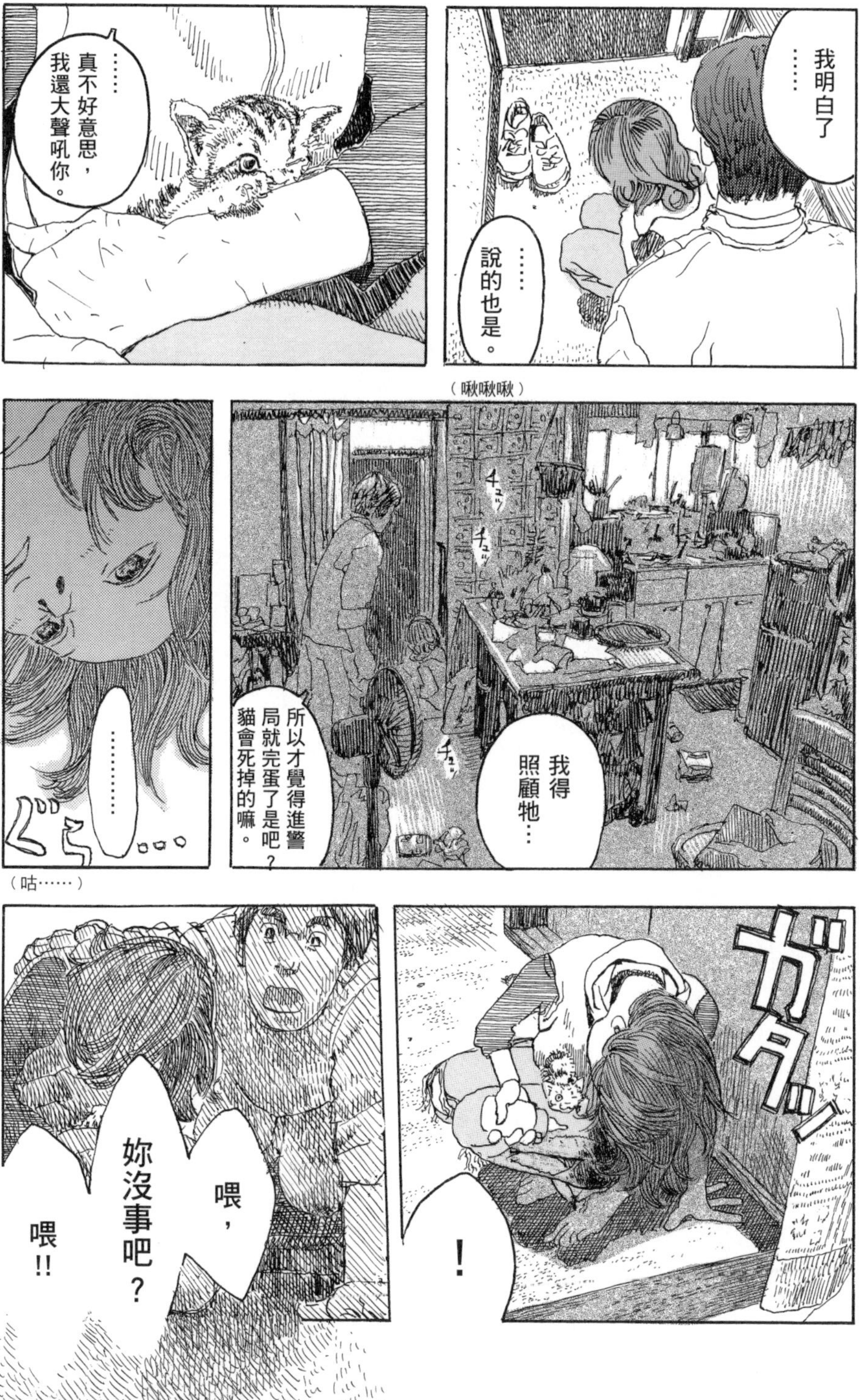
……我明白了
……說的也是。
……真不好意思，我還大聲吼你。
（啾啾啾）
我得照顧牠…
所以才覺得進警局就完蛋了是吧？貓會死掉的嘛。
…………
（咕……）
（喀噠）
!
喂，妳沒事吧？
喂!!

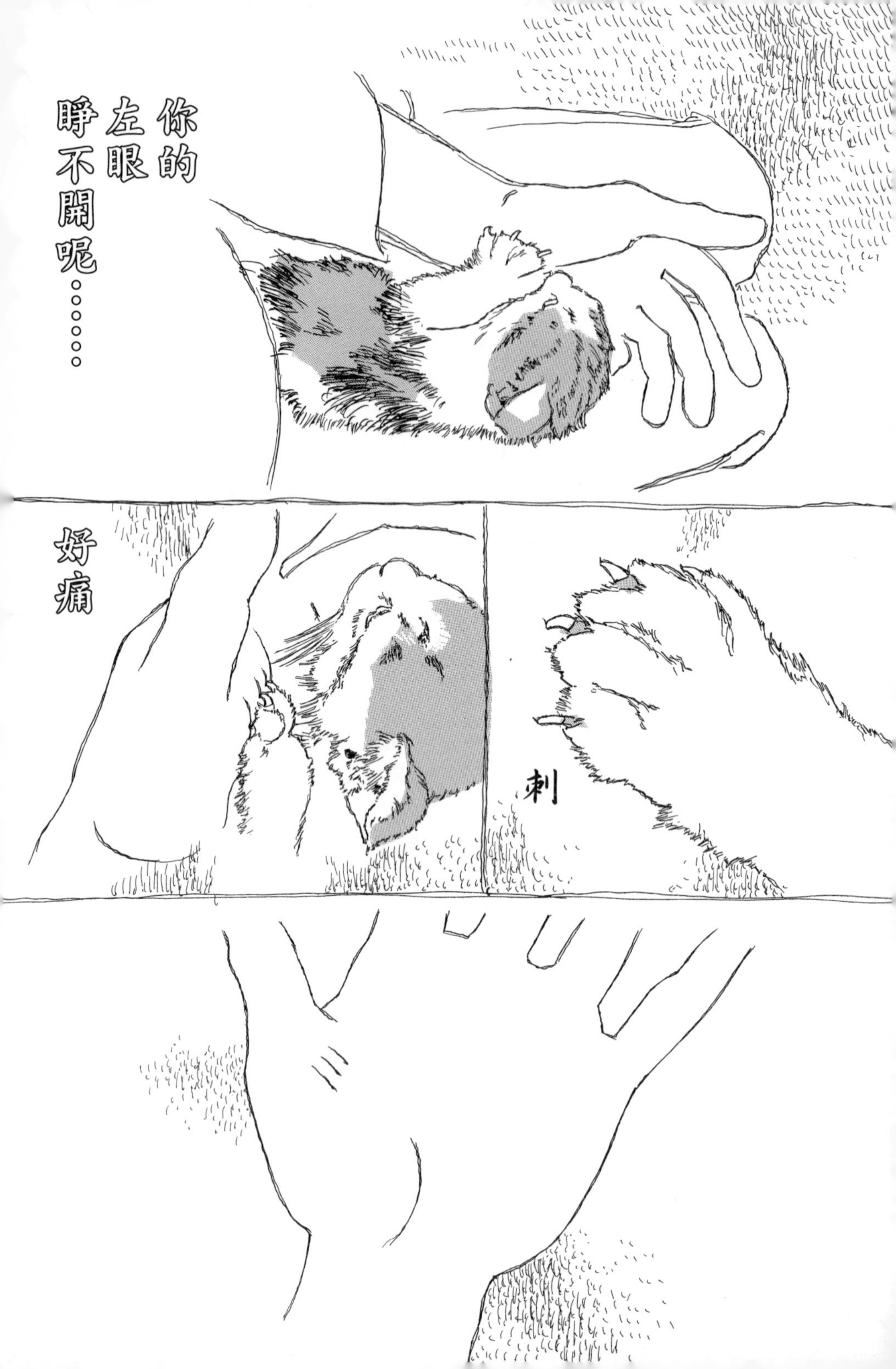
你的左眼睜不開呢……
好痛
刺

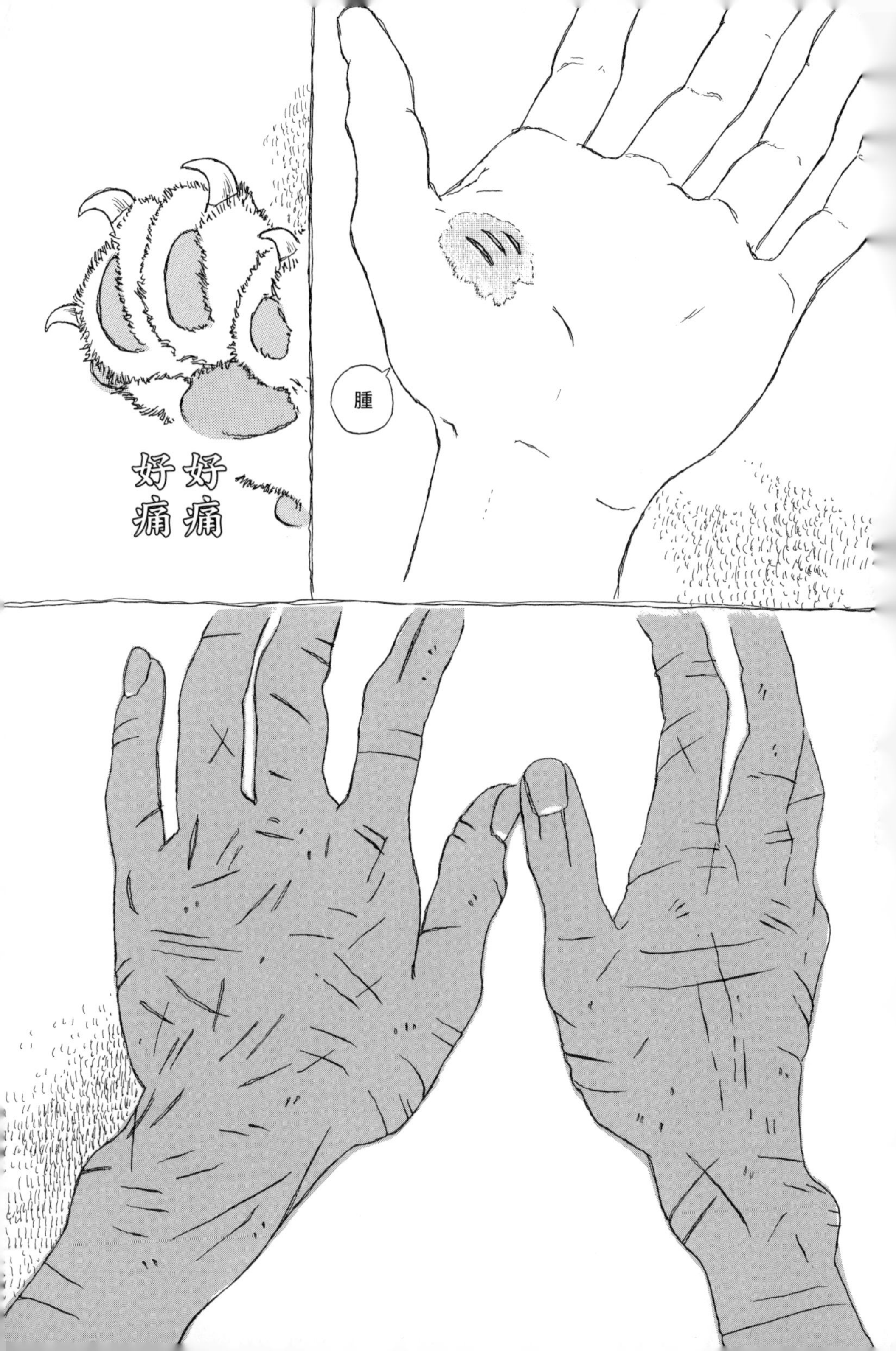
腫
好痛
好痛

妳醒了嗎？
要吃嗎？
我剛剛從店裡拿來的。
不收妳錢啦。
我本來也想買藥來，不過……

妳的手是被貓抓的嗎？
所以才腫成這樣吧？
……看樣子，妳可能有貓過敏喔。
咦……
什麼時候開始發燒的？
一直都在燒……
差不多從撿到牠的那陣子開始，到現在……
果然是這樣啊。
貓……
過敏？

我朋友的小孩也是這樣。
似乎有相當多人對貓過敏喔。
吸入貓毛後，
咳嗽或噴嚏不止，
據說有人甚至會發燒。
……該怎麼辦呢？
大概……
只能離貓遠一點……
不行！不可以那樣。
可是啊，妳的手腫成那樣……
不行。
我不要！

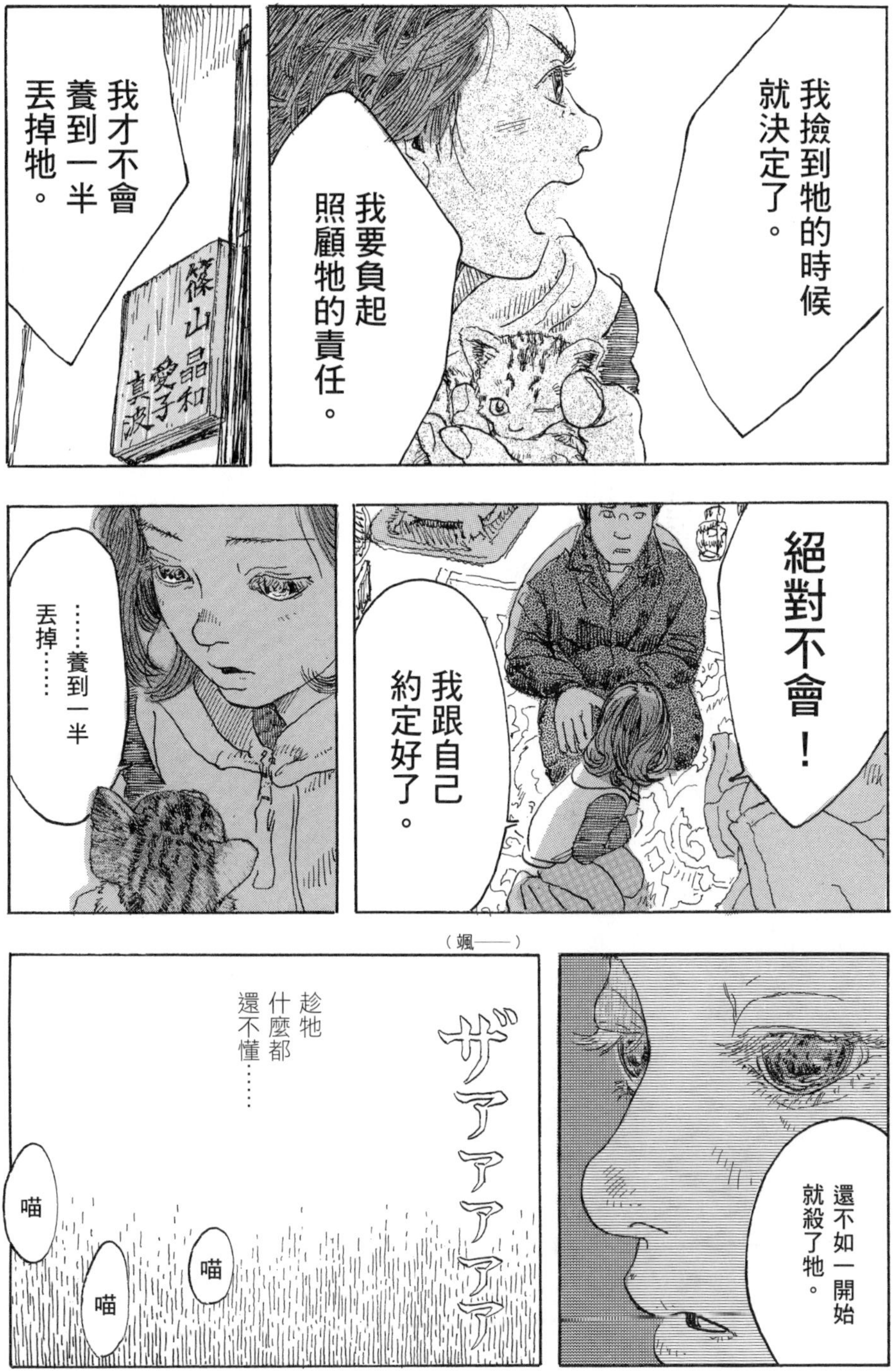
我撿到牠的時候就決定了。
我要負起照顧牠的責任。
我才不會養到一半丟掉牠。
篠山 晶和 愛子 真波
絕對不會！
我跟自己約定好了。
……養到一半丟掉……
（颯——）
還不如一開始就殺了牠。
ザァァァァ
趁牠什麼都還不懂……
喵
喵
喵

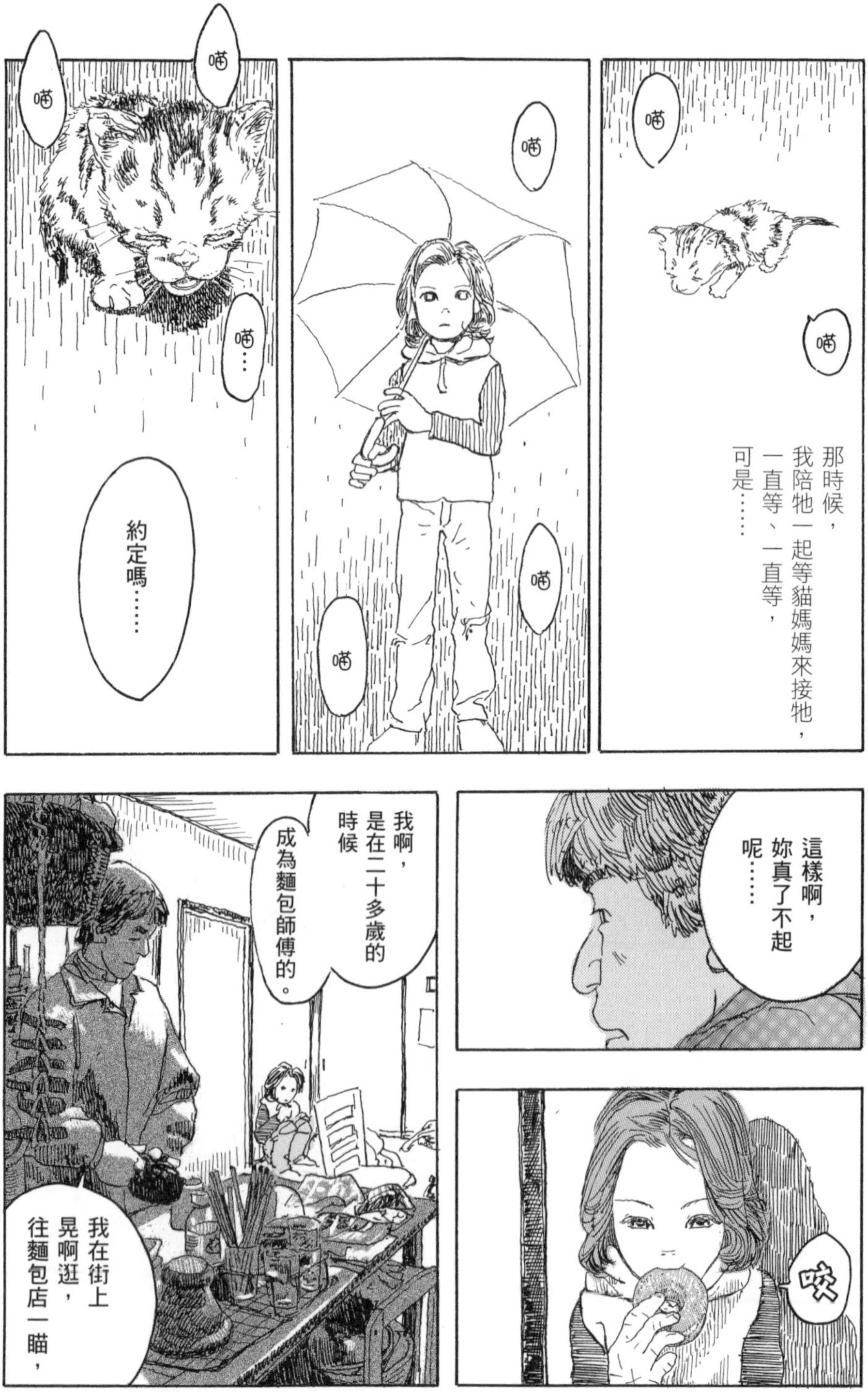
喵
喵
那時候，我陪牠一起等貓媽媽來接牠，一直等、一直等，可是……
喵
喵
喵
喵
喵
喵……
約定嗎……
這樣啊，妳真了不起呢……
我啊，是在二十多歲的時候
成為麵包師傅的。
我在街上晃啊逛，往麵包店一瞄，
咬

覺得工作似乎挺輕鬆的，
而且也不怕餓肚子吧，所以……
說到底，我是米飯派的呀，
我根本不在乎什麼麵包。
所以也討厭這份工作。
可是……為了開店我已經借了一筆錢……
不能說關就關呢，
就這樣渾渾噩噩……鬼混過日……
我到底在搞啥啊……
……妳還比我，
爭氣呢。
……好，我知道了。

我會尊重妳做的約定喔，
我不會妨礙你們。
這是妳我之間的，
約定。
……還有牠……對吧。
喔，是啊。
……不過！
總之我要先帶妳去看一次醫生。
沒有保險證嗎？
呃，她是朋友托我照顧的孩子……
我找不到她的保險證呢。

喏，不能用我的嗎？
你就算這麼說也行不通啊……
……住院嗎？
不跟貓分開的話，
症狀是不會穩定下來的。
寫寫
而且她的身體，
還呈現營養失調……我是說不良的情況……
……
瞪
啊？

不是的！
絕對不是！
我怎麼可能
虐待她！
醫生！
那孩子
不見了……
那傢伙……
瞪
…………
我知道啦！
我不會讓妳住院，
也不會拆散你們。

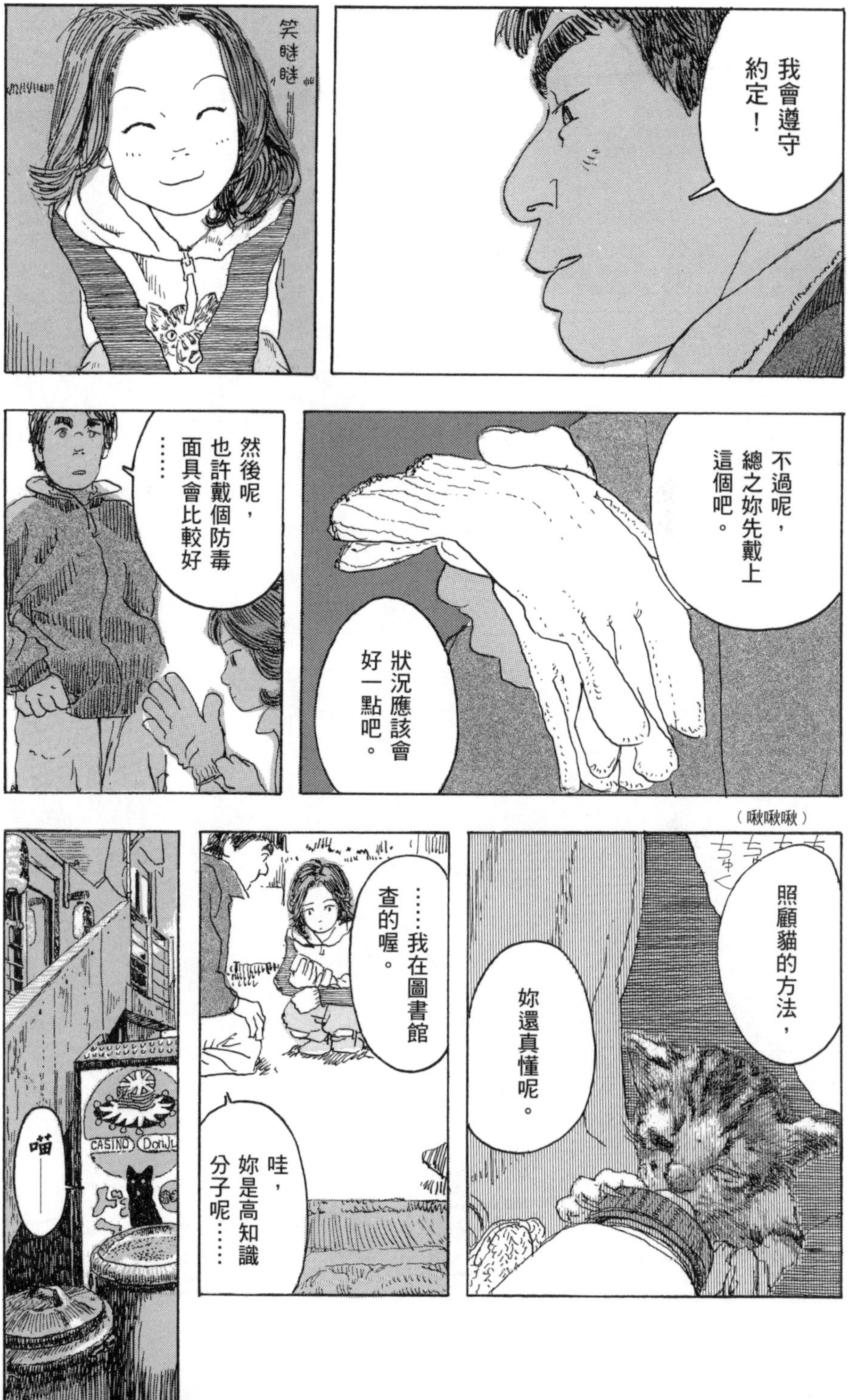
我會遵守約定！
笑瞇瞇
不過呢，總之妳先戴上這個吧。
狀況應該會好一點吧。
然後呢，也許戴個防毒面具會比較好……
（啾啾啾）
照顧貓的方法，
妳還真懂呢。
……我在圖書館查的喔。
哇，妳是高知識分子呢……
喵——

喵嗚？
不刺激屁股，他就大不出來。
這樣嗎？
喵
喵
喵
喵
喵
喵
喵
喵ー
喵ー
喵ー
喵ー
出來了，大出來了！

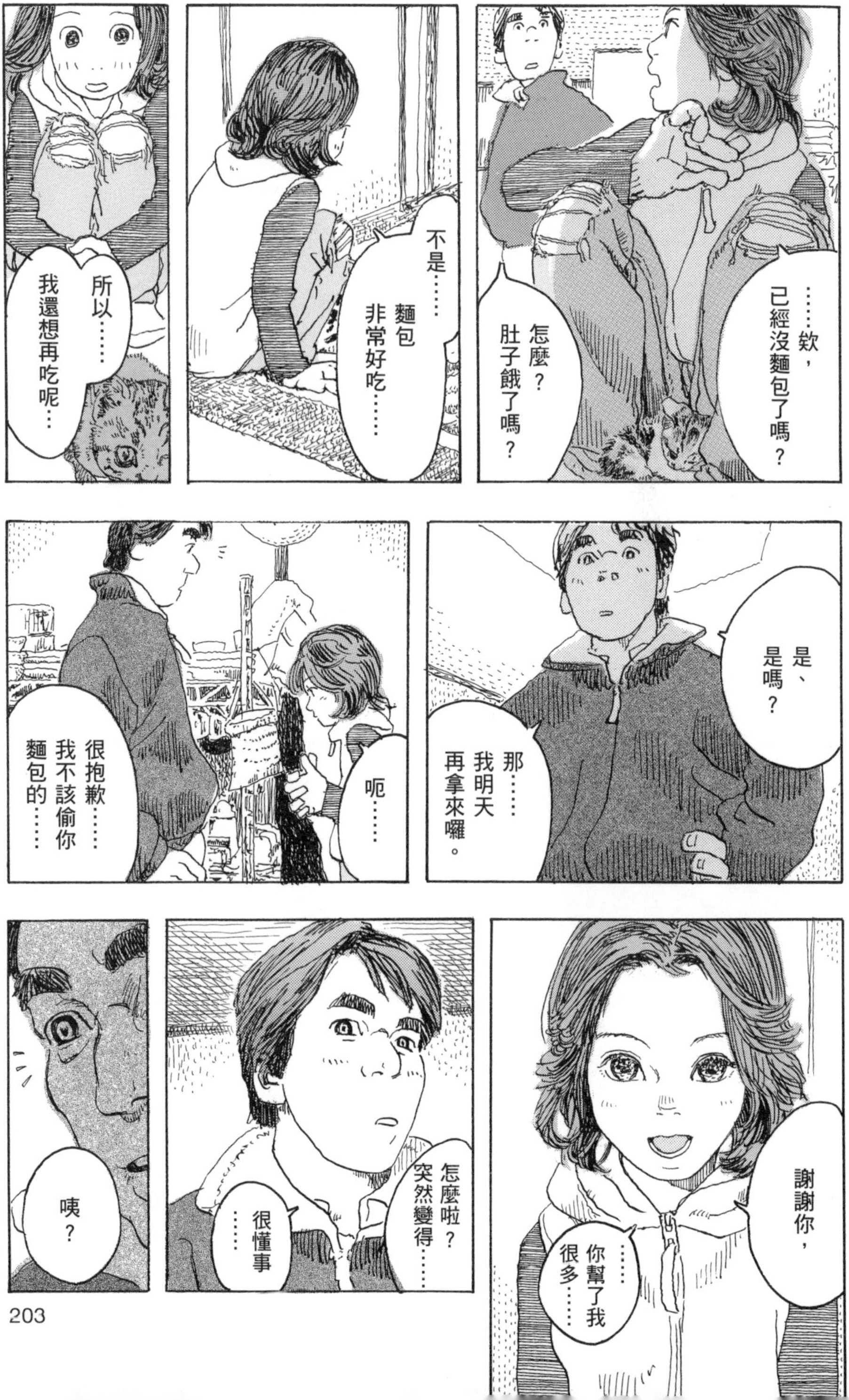
……欸，已經沒麵包了嗎？
怎麼？肚子餓了嗎？
不是……麵包非常好吃……
所以……我還想再吃呢……
是、是嗎？
那……我明天再拿來囉。
呃……
很抱歉……我不該偷你麵包的……
謝謝你，
……你幫了我很多……
怎麼啦？突然變得……
……很懂事
咦？

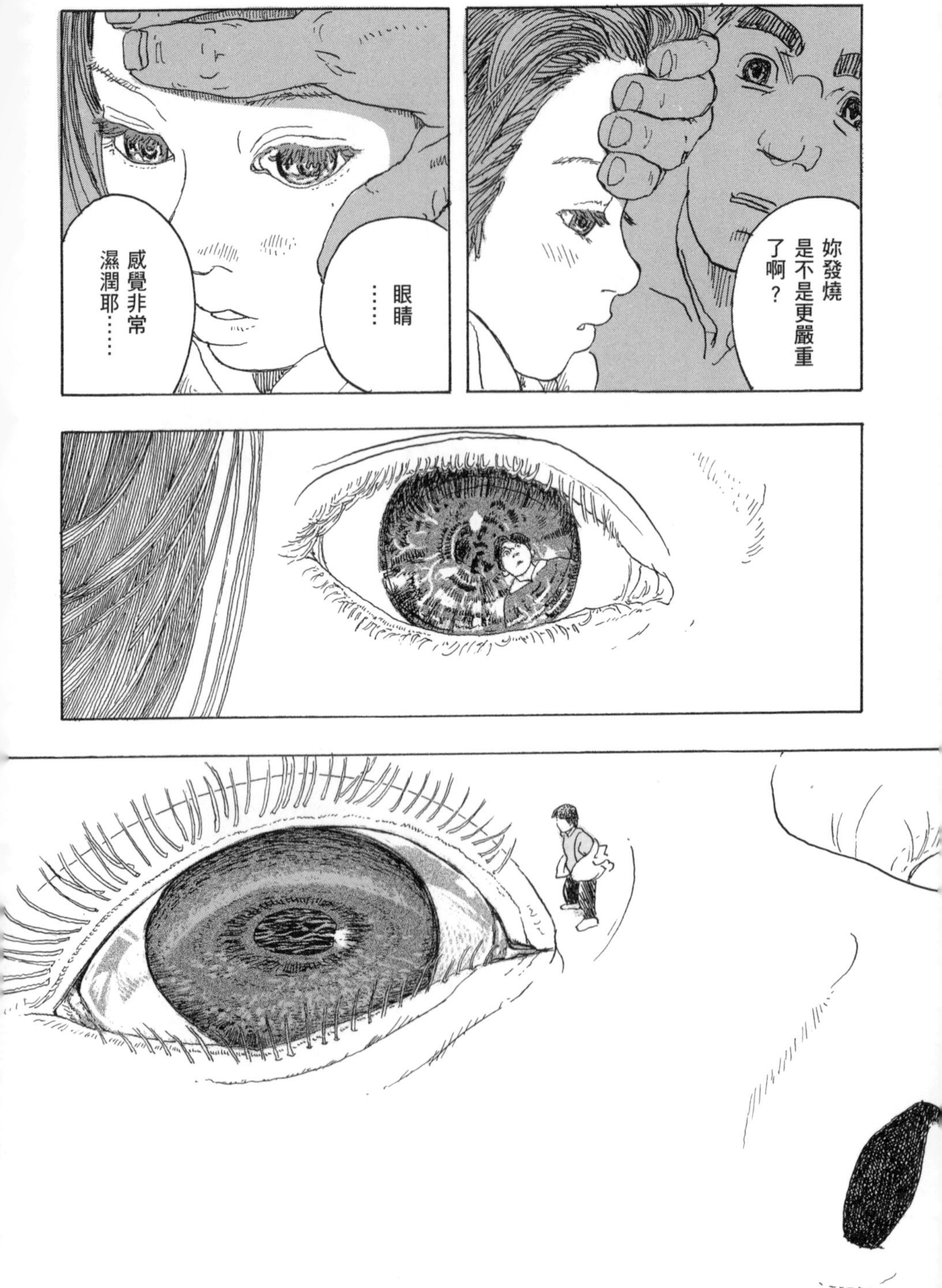
妳發燒是不是更嚴重了啊？
眼睛……
感覺非常濕潤耶……

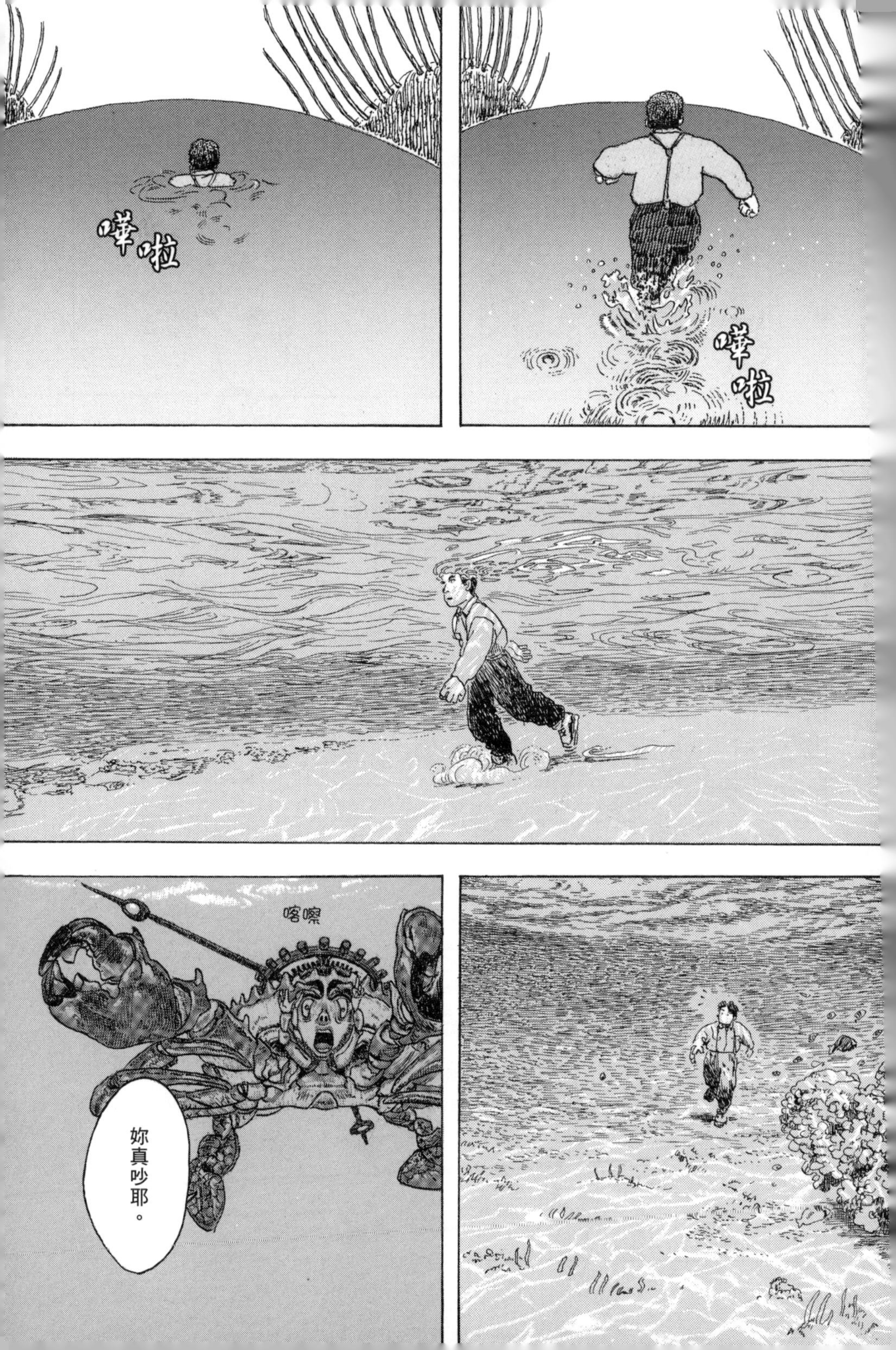
嘩啦
嘩啦
喀嚓
妳真吵耶。

喀嚓
カシャッ
去圖書館查不就好了？
煩人的小鬼！
カシャッ
妳很礙事啦！快閃邊去。
（喀嚓）
哇啊哇啊…
哇啊
哇啊 哇啊
（哇啊）
（嘎啦嘎啦嘎啦）
（哇啊）
ホギャアホ
ホギャアッホギャア

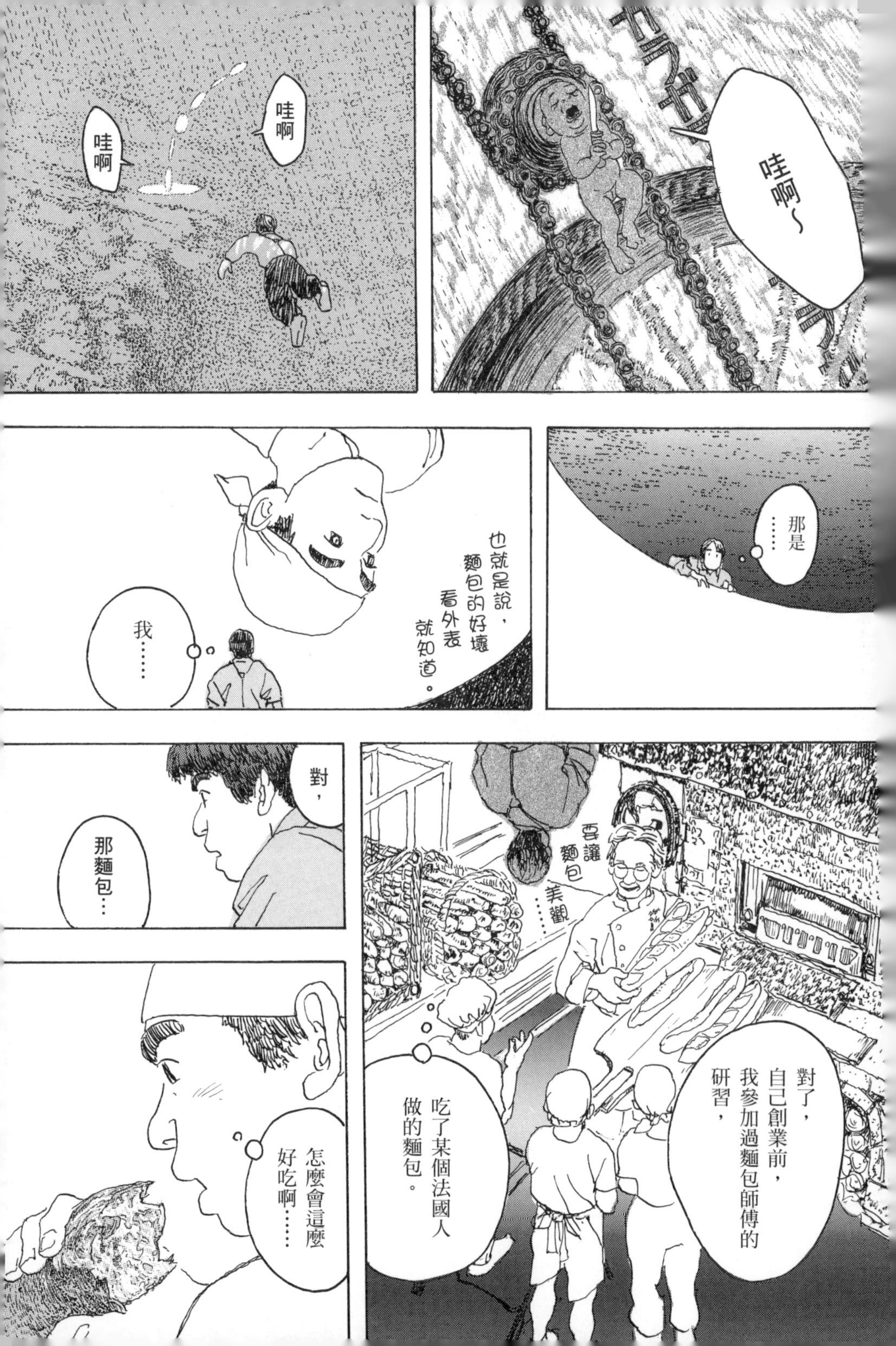

哇啊～
哇啊
哇啊
那是……
也就是說，麵包的好壞看外表就知道。
我……
要讓麵包美觀……
對了，自己創業前，我參加過麵包師傅的研習，
吃了某個法國人做的麵包。
對，
那麵包……
怎麼會這麼好吃啊……

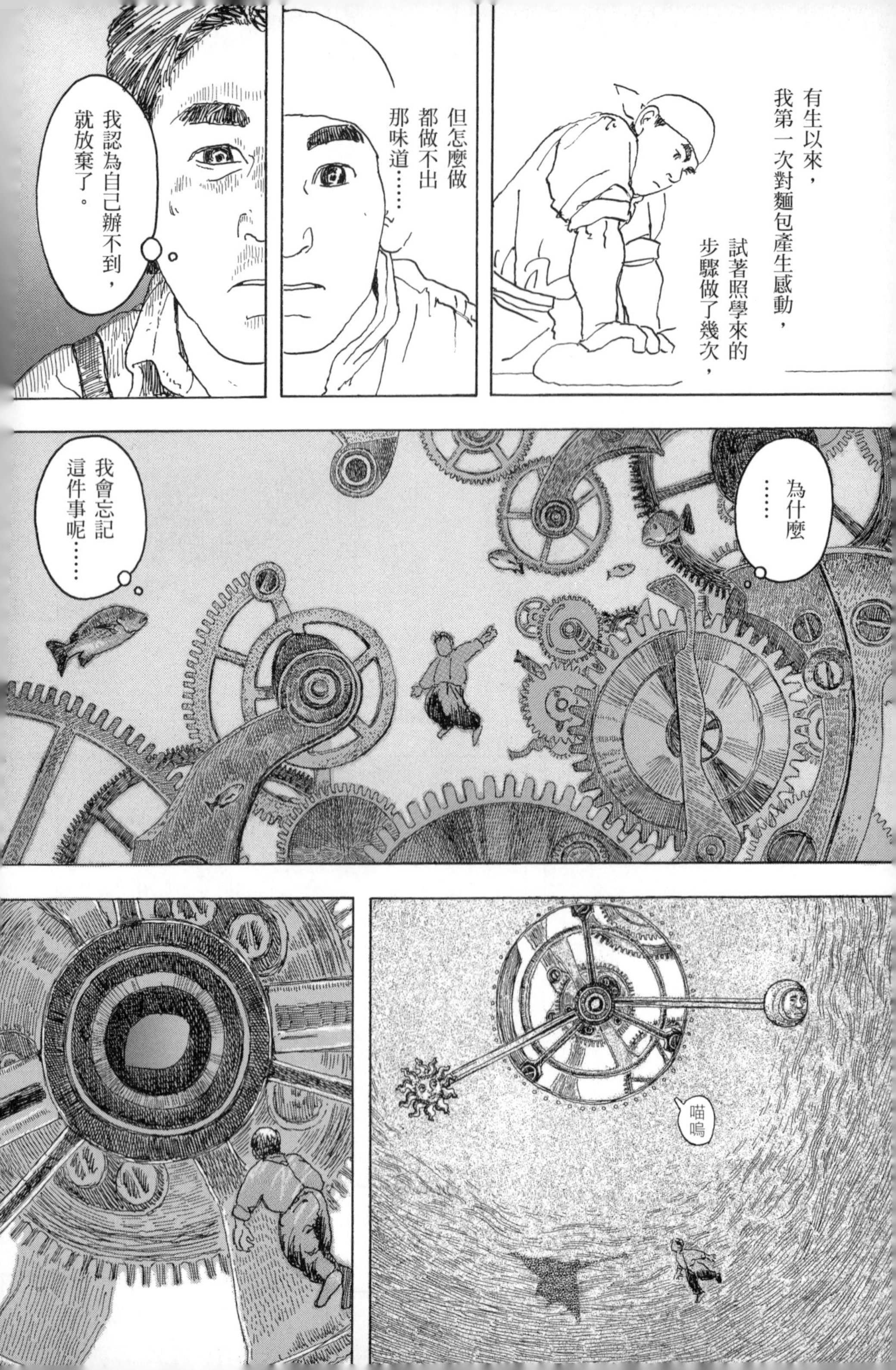
有生以來，
我第一次對麵包產生感動，
試著照學來的
步驟做了幾次，
但怎麼做
都做不出
那味道……
我認為自己辦不到，
就放棄了。
為什麼
……
我會忘記
這件事呢……
喵嗚

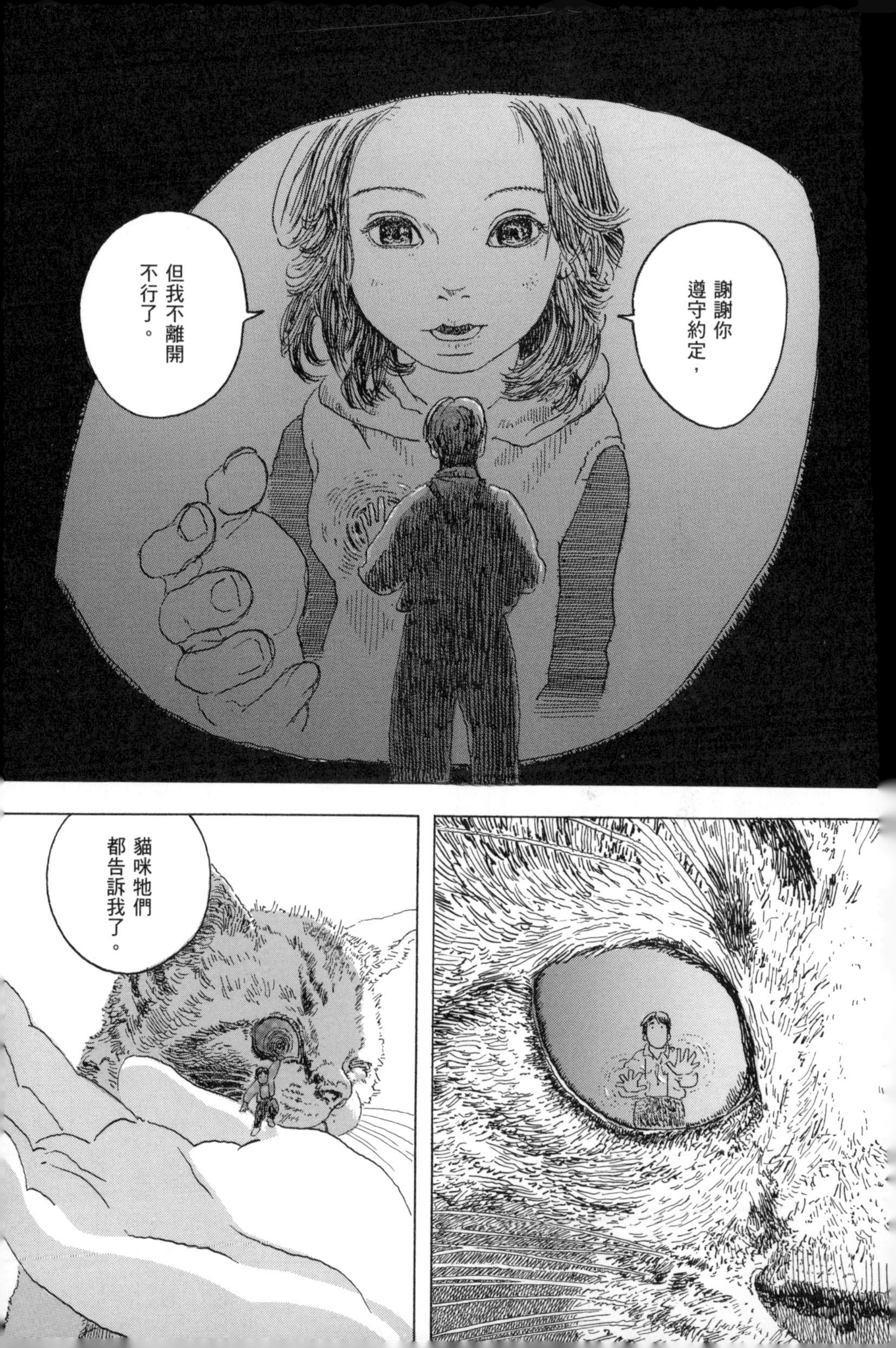
謝謝你
遵守約定，
但我不離開
不行了。
貓咪牠們
都告訴我了。

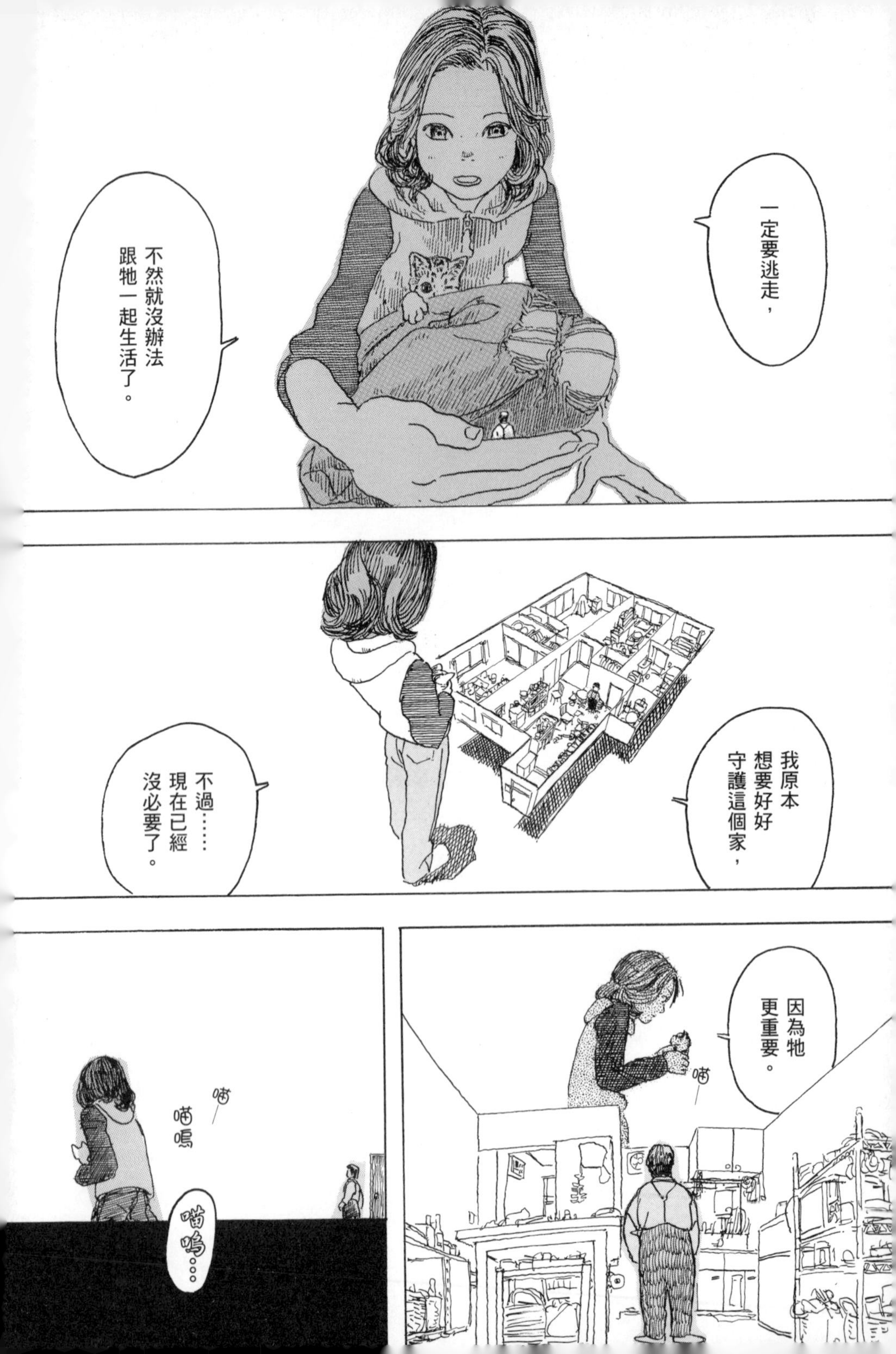
一定要逃走，
不然就沒辦法跟牠一起生活了。
我原本想要好好守護這個家，
不過……現在已經沒必要了。
因為牠更重要。
喵
喵
喵嗚
喵嗚…

呼—
……意思。
不好意思……
嗯啊？
真是萬分抱歉，
謝謝光臨……
カラン
（喀啷）
嘻嘻
……是我太累了嗎……
……真怪的夢呢……
嗯？
燃料
！

（喀洽）
ガチャッ
怎麼了？
！
你是？
發生什麼事了嗎？
呃，呃……我是這家人的朋友……
那……你知道這女孩子現在人在哪裡嗎？

偷竊、恐嚇、強奪……
連刀子都用了，
跟真的強盜沒什麼分別。
……
雙親似乎長期不在家呢……
吸吸
所以她的生活非常困苦吧。
……不過……
山岸児童相談所
相談員 藤沢美紀
岸2-18-1
據說，那女孩子還是會繳房租。
咦？
（山岸家扶中心 專員藤澤美紀）
所以房東才沒發現她爸媽不在家……
那，那傢伙……
是為了付房租才做那些事？

她想保護這個地方，等爸媽回來……
吸……
不想接受自己已經遭到遺棄的事實吧。
……不，不是的。
是她到最後，
都沒有拋棄父母。
不過她有了，
必須守護的新事物。
……她離巢了。

哈啾！
哎呀。
……不好意思……
（擤——）
ぶしゅっ
いっぷしっ
難道妳，
有貓過敏嗎……
……是的，……其實有。
這房間裡飄著貓毛……
……原來喔。
……這樣啊……
……這麵包呢，我是想要給別人吃才烤的，方便的話請吃看看，
然後老實告訴我感想，好嗎？

我現在呢，
想要從頭開始學做麵包喔。
不要緊的，裡頭沒下毒啦。
……哎
……那個法國人……
叫什麼名字去了啊……
……我要宰了他……

都是因為他，
（喃喃）
我才挨罵，還被扣零用錢。
（喃喃 自語）
他絕對會回來這一帶的……
我要復仇……
喵嗚

……
怪人一個……
……
……他絕對會來，
我要復仇……
……乾脆回家吧。
喵
ALMA

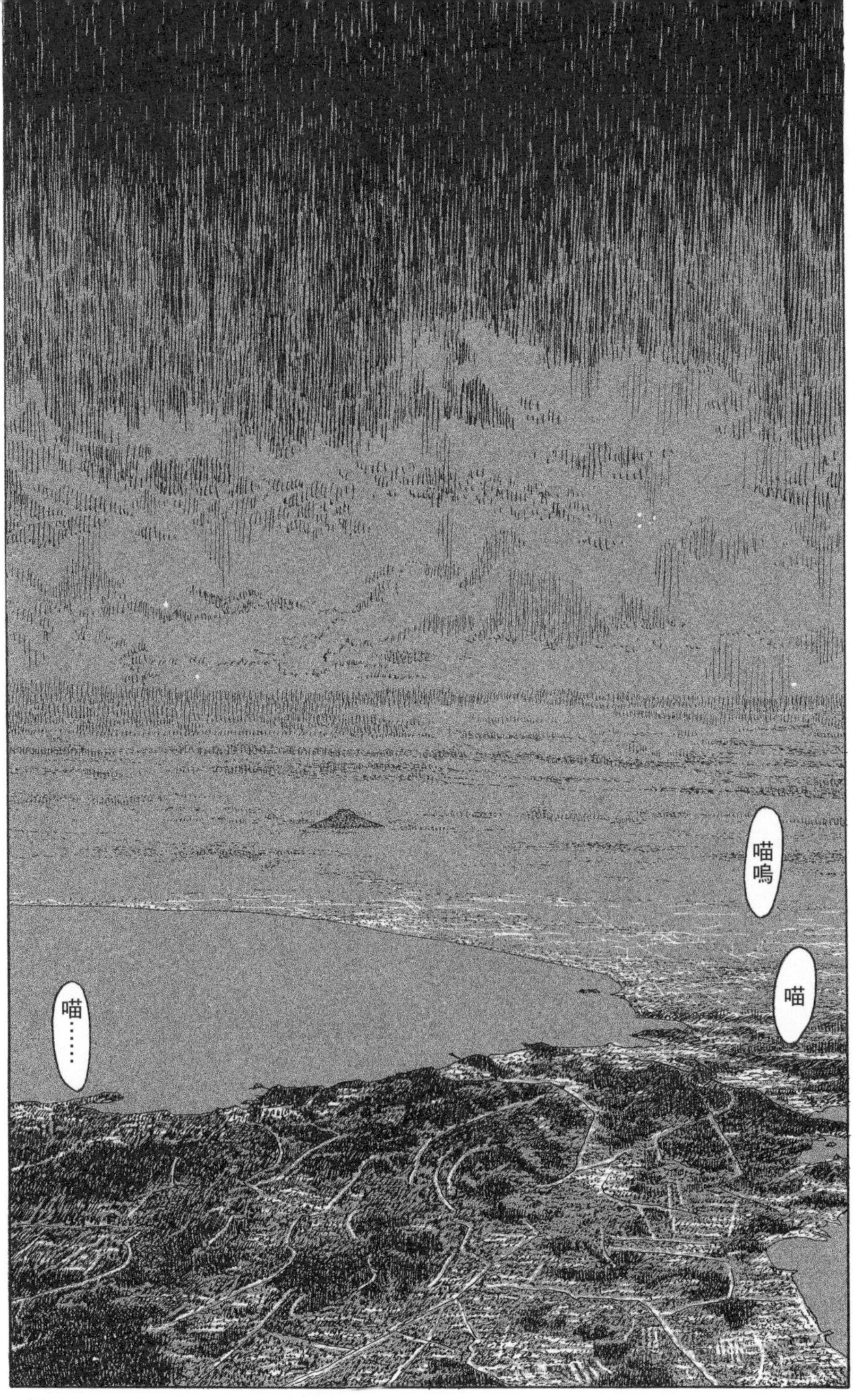

喵嗚
喵
喵……

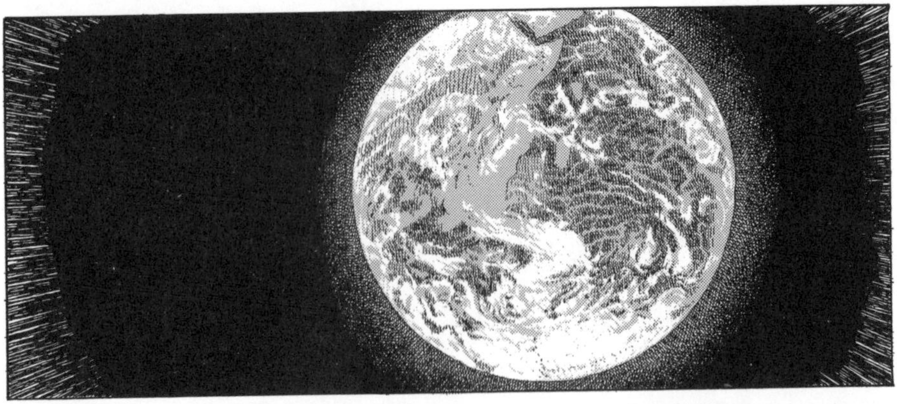

喵嗚！

完

le pain et le chat 麵包與貓

首度刊載於月刊《Afternoon》2002年6月號

崖上

夜空之魂

屠熊絞納者太郎的眼淚

微沙

le pain et le chat 麵包與貓

冬未了

冬来了

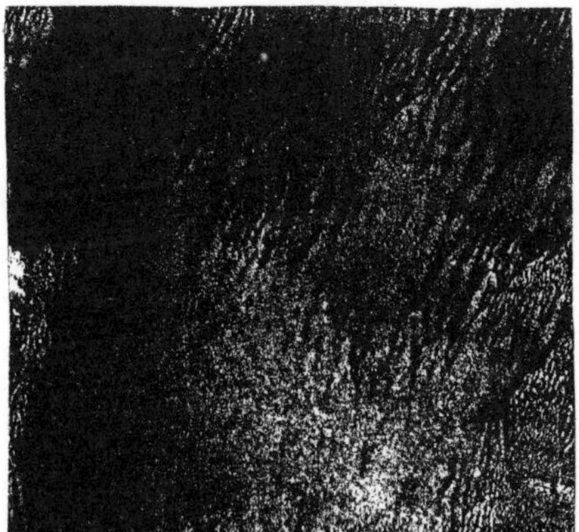

欸，爺爺。
爬上那座山的頂端，就可以看到雲的上面有什麼，對吧。
好想去看看噢～
……
聽好了，弘信，
那座山是神山，

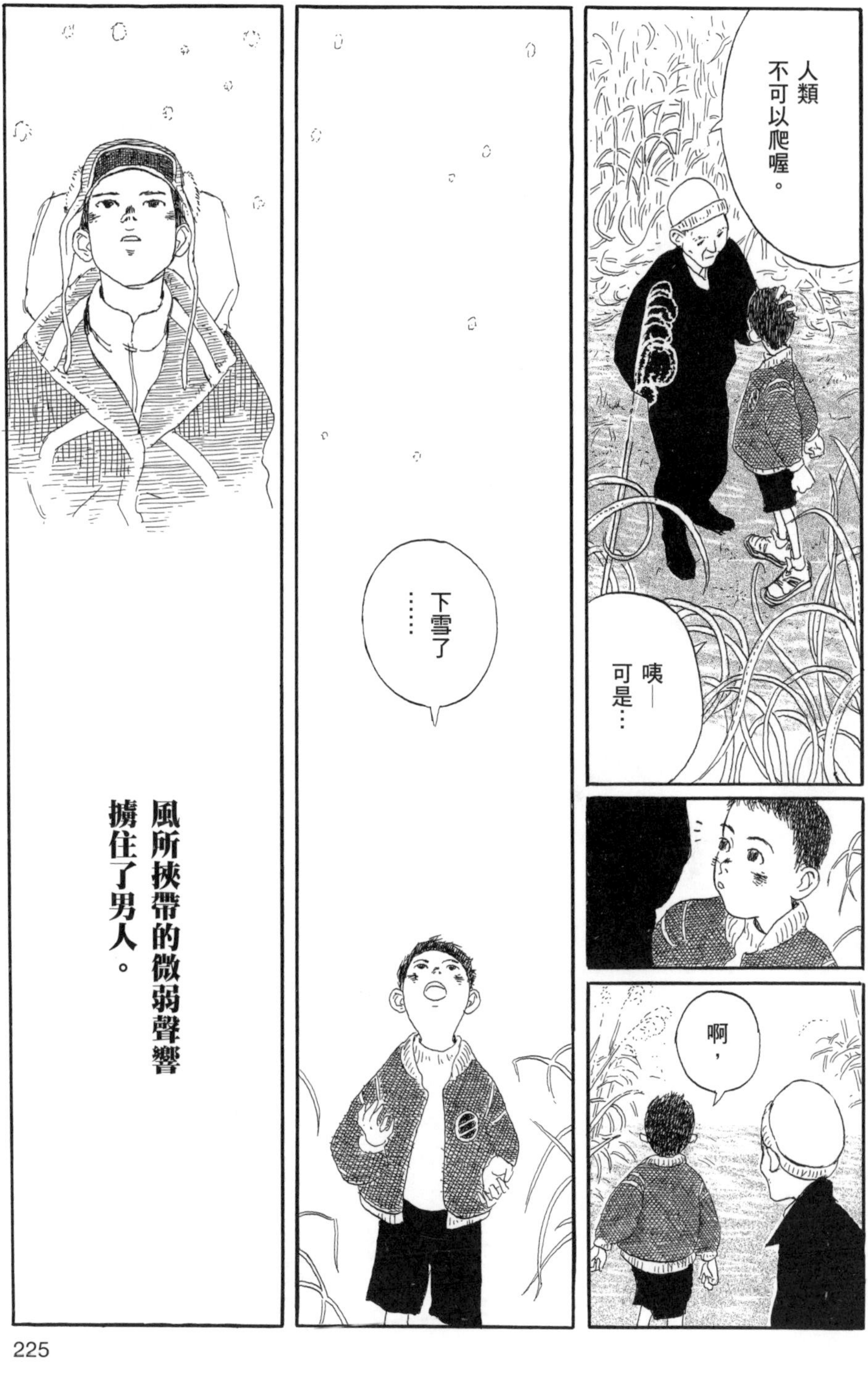
人類
不可以爬喔。
咦—
可是……
啊，
下雪了
……
風所挾帶的微弱聲響
擄住了男人。

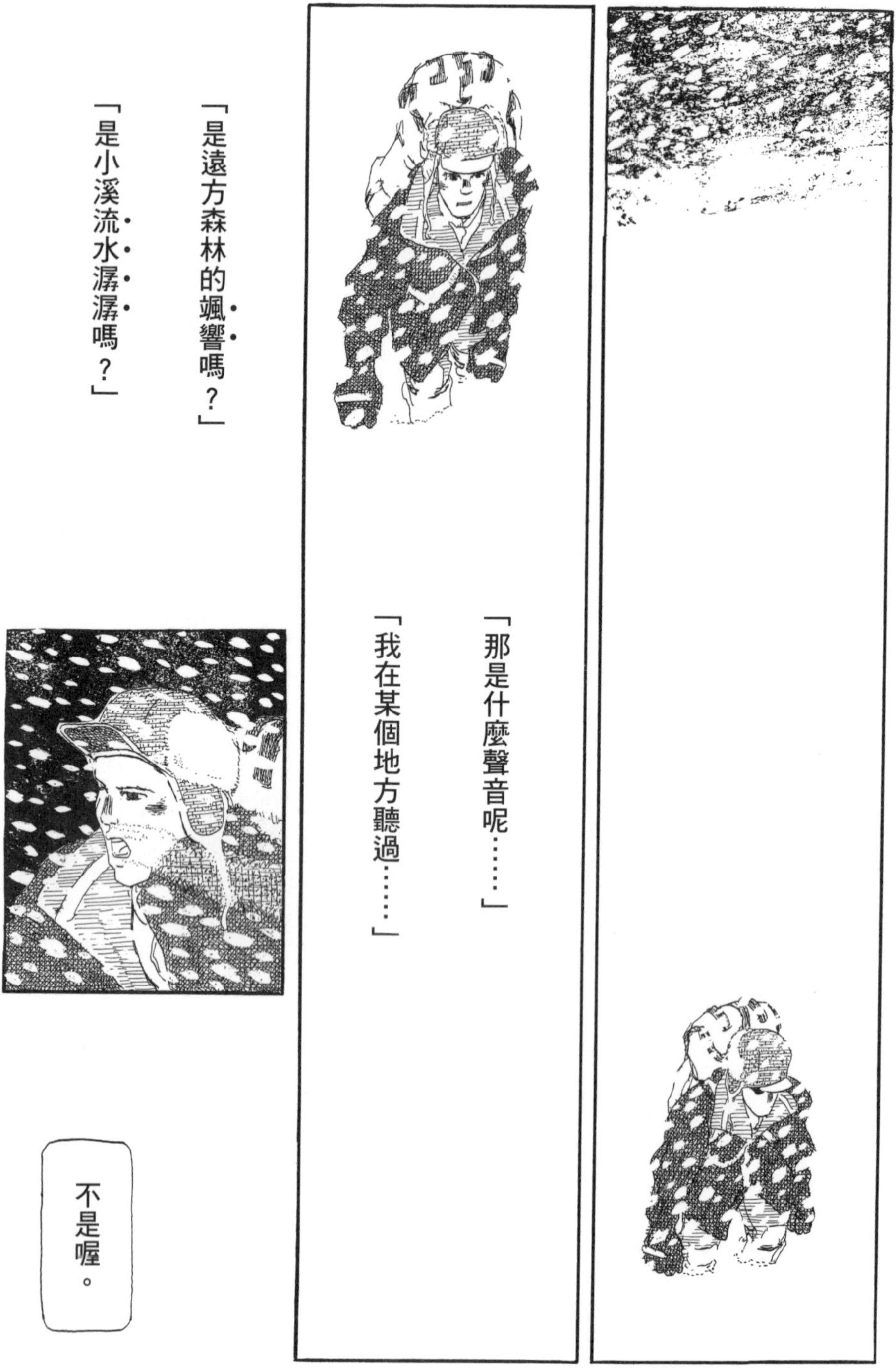
「那是什麼聲音呢……」
「我在某個地方聽過……」
「是遠方森林的颯響嗎？」
「是小溪流水潺潺嗎？」
不是喔。

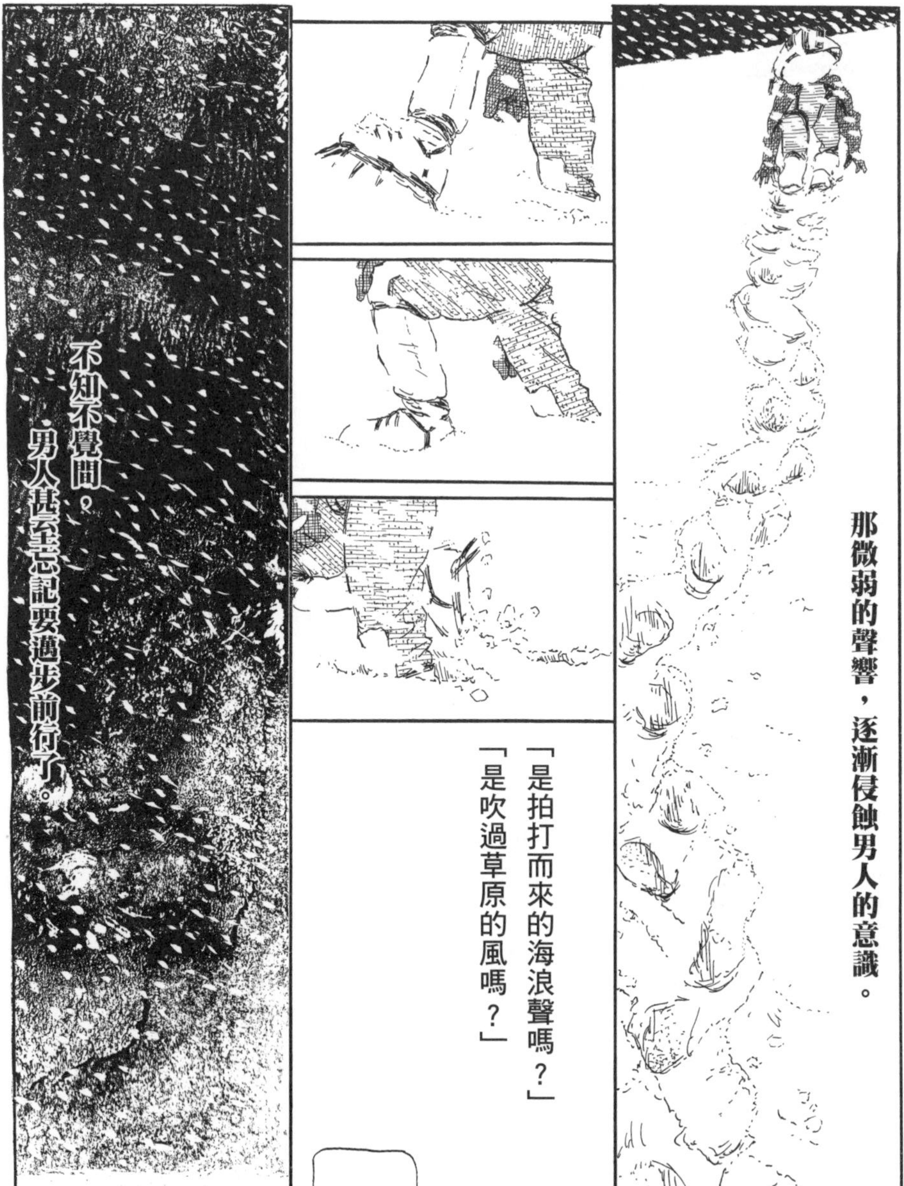
那微弱的聲響，逐漸侵蝕男人的意識。
「是拍打而來的海浪聲嗎？」
「是吹過草原的風嗎？」
不是喔。
不知不覺間，
男人甚至忘記要邁步前行了。

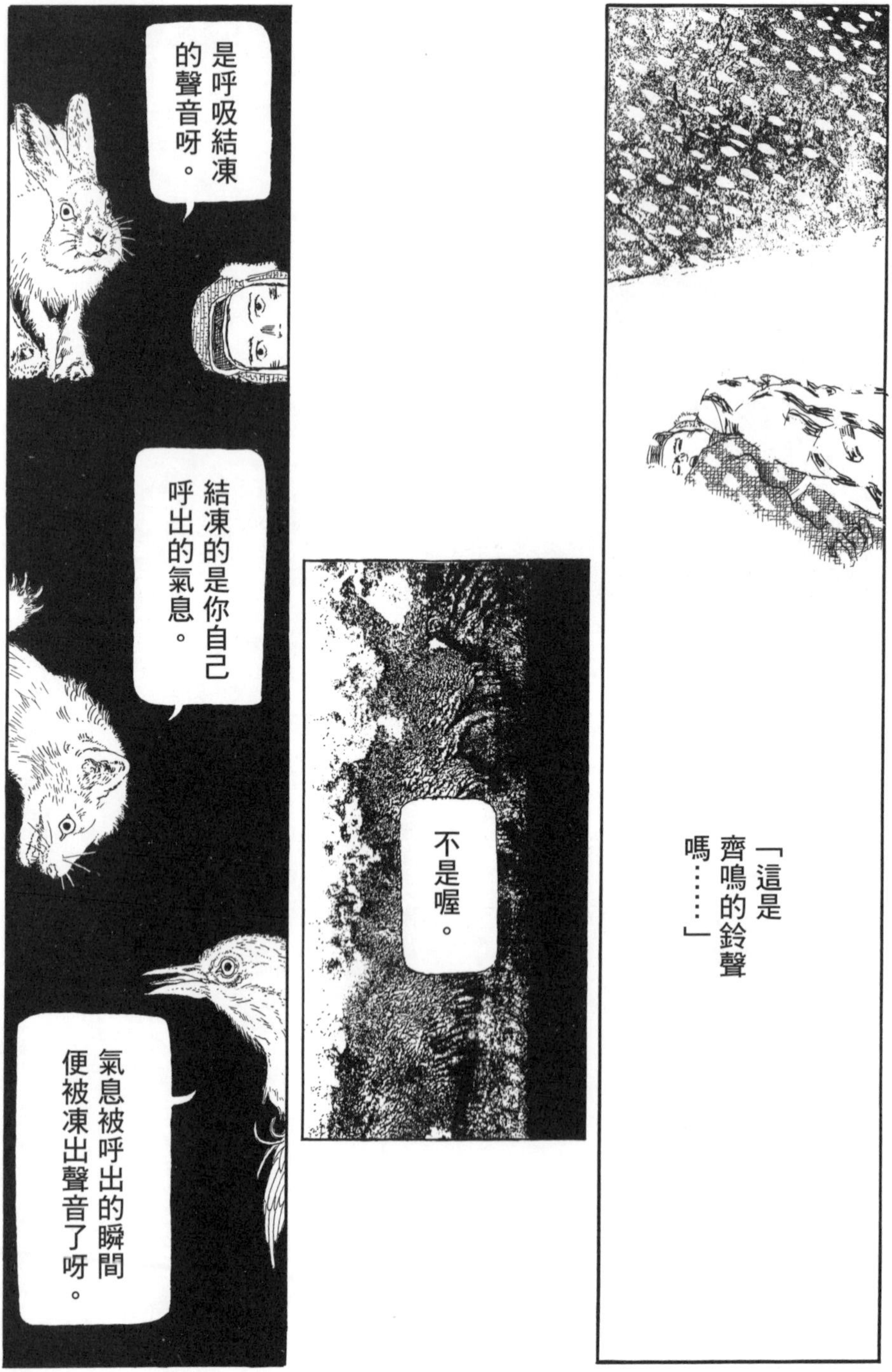
「這是齊鳴的鈴聲嗎……」
不是喔。
是呼吸結凍的聲音呀。
結凍的是你自己呼出的氣息。
氣息被呼出的瞬間便被凍出聲音了呀。

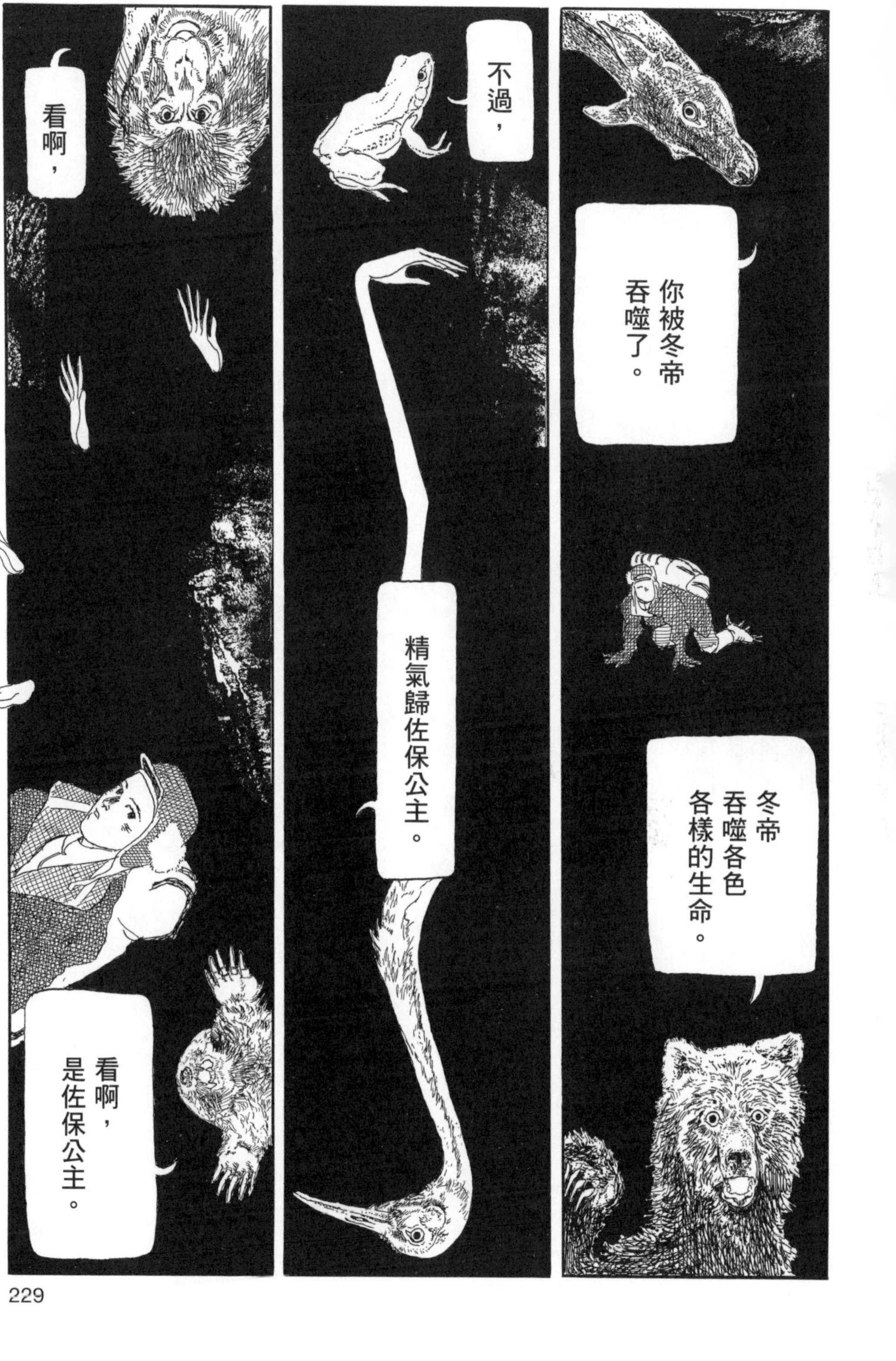
你被冬帝吞噬了。
冬帝吞噬各色各樣的生命。
不過，
精氣歸佐保公主。
看啊，
看啊，是佐保公主。

佐保公主
駕到。

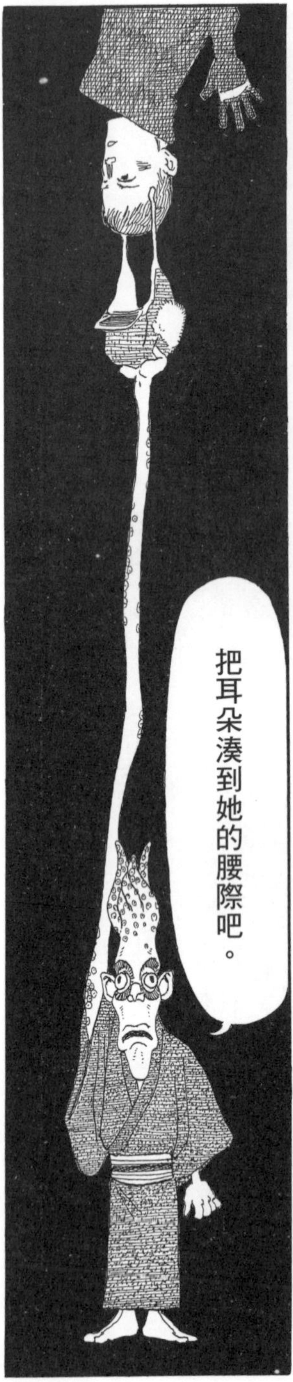
把耳朵湊到她的腰際吧。

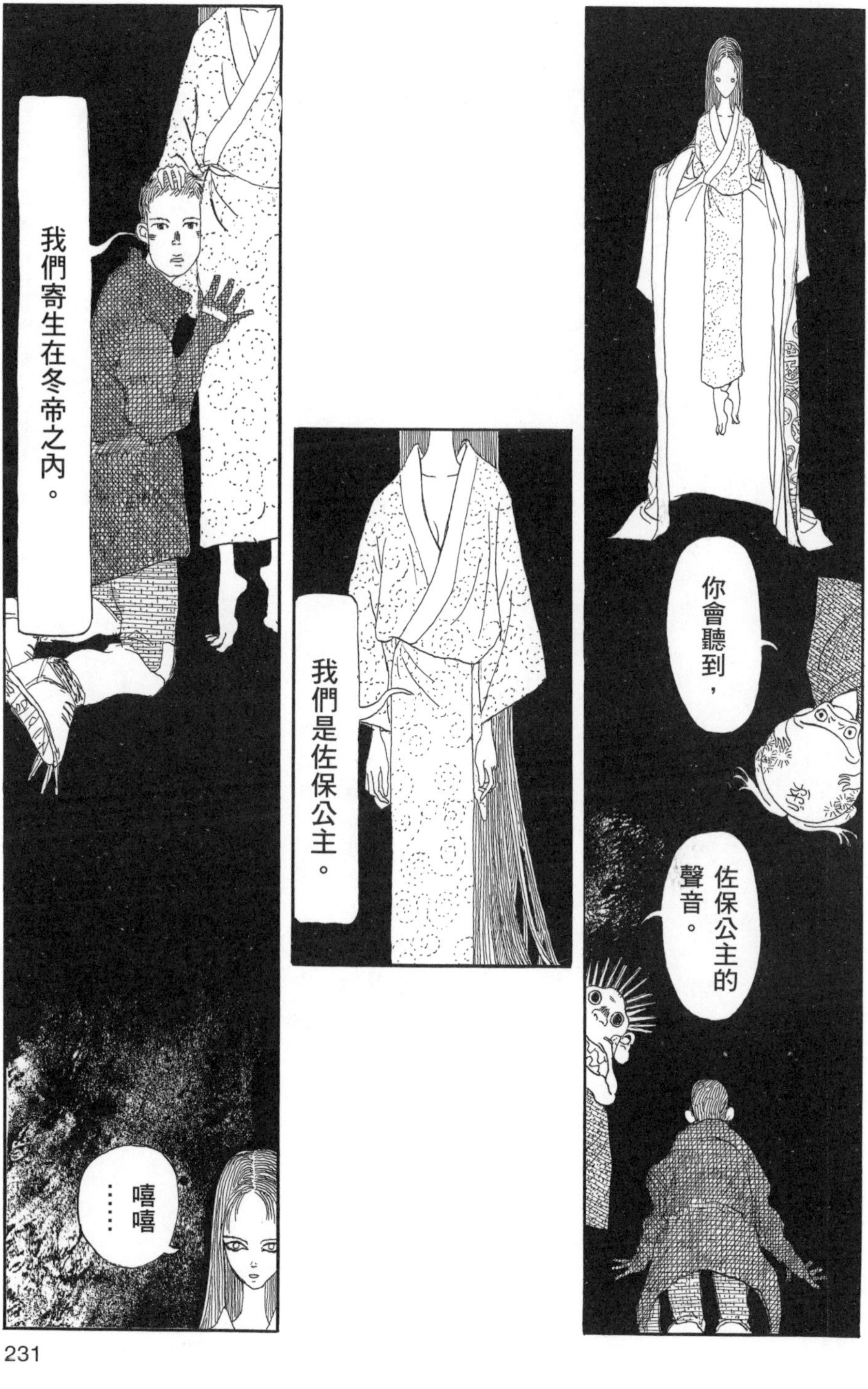
你會聽到，
佐保公主的聲音。
我們是佐保公主。
我們寄生在冬帝之內。
嘻嘻……

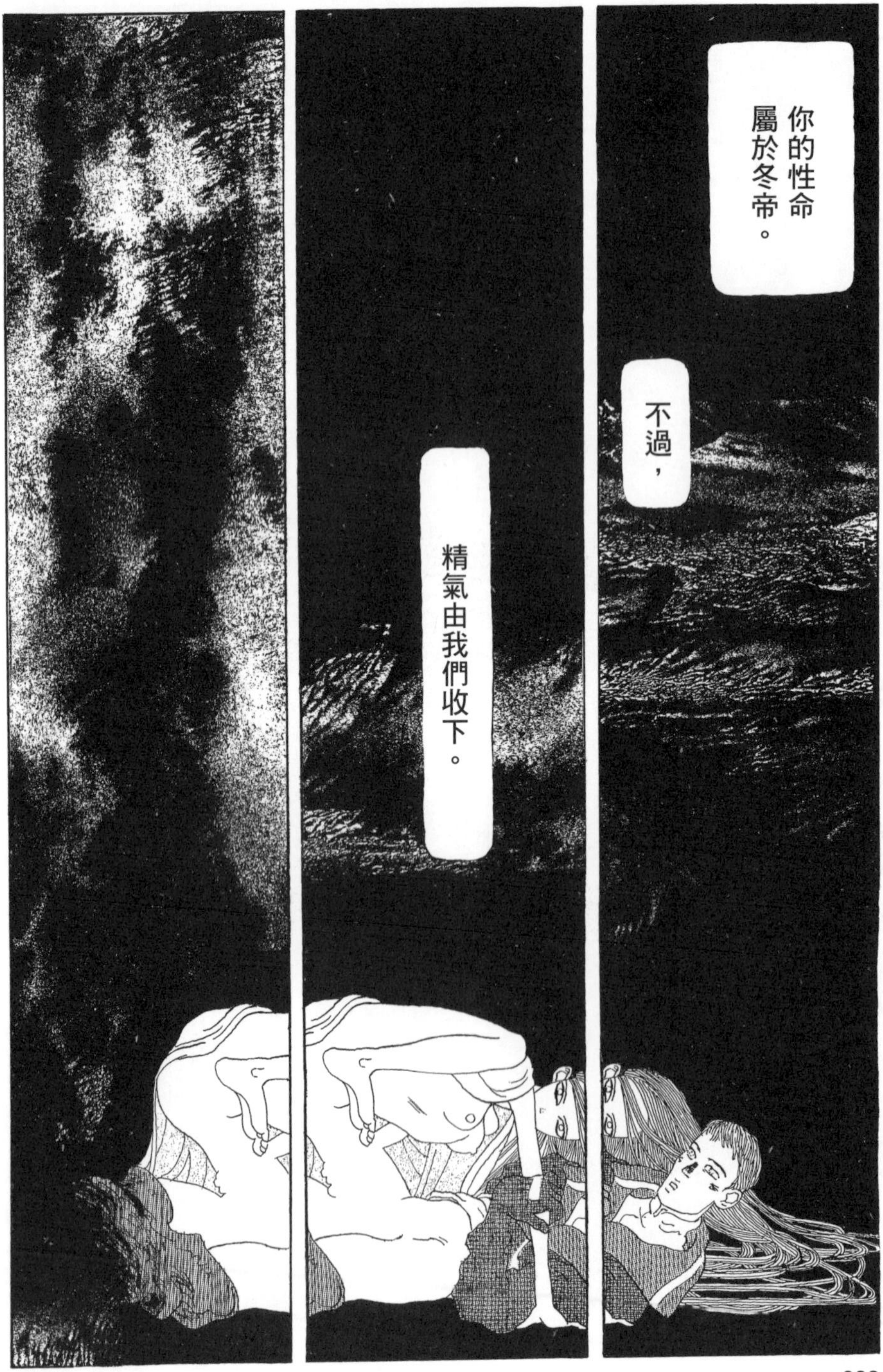
你的性命
屬於冬帝。
不過，
精氣由我們收下。

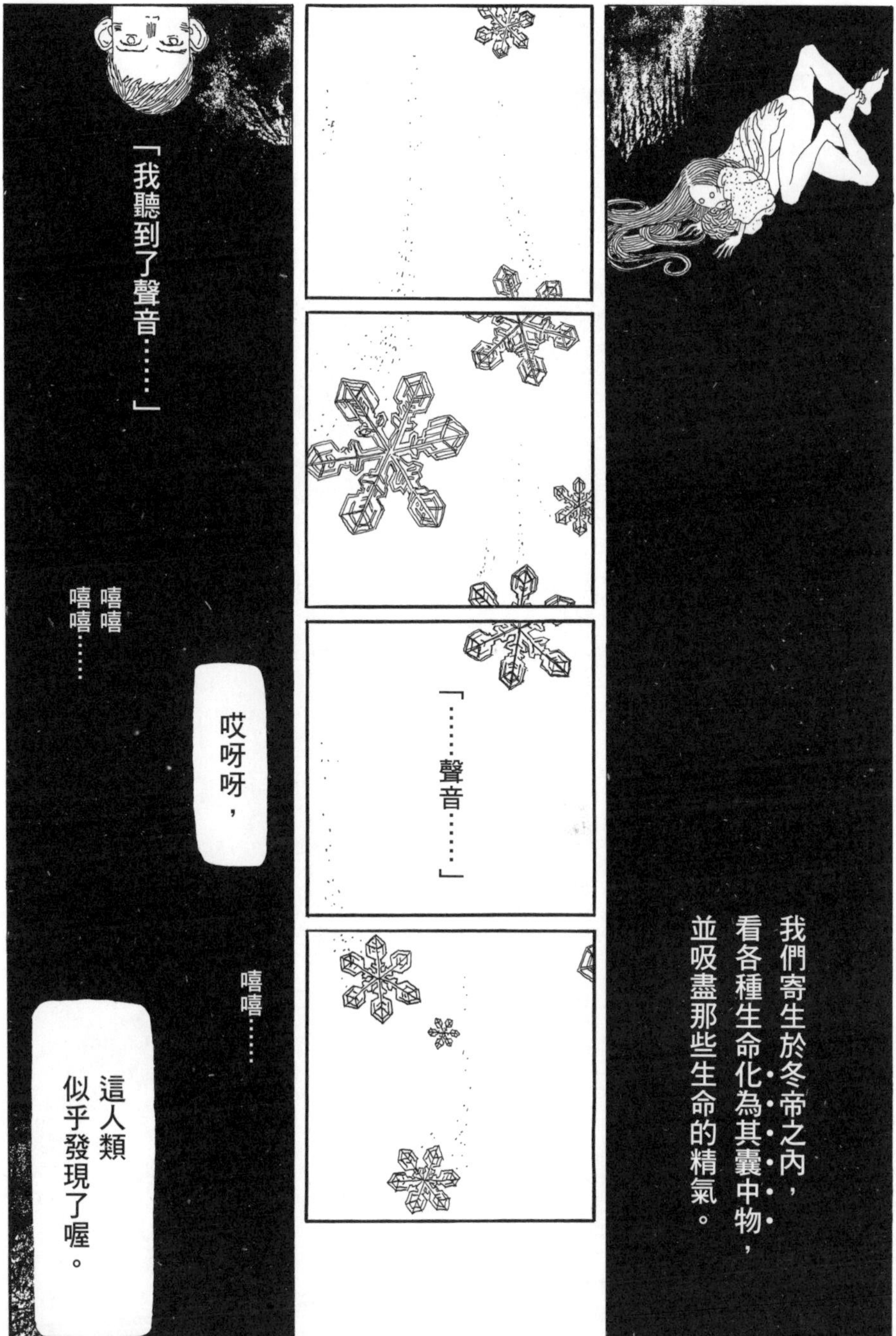
我們寄生於冬帝之內，
看各種生命化為其囊中物，
並吸盡那些生命的精氣。
「……聲音……」
「我聽到了聲音……」
嘻嘻
嘻嘻……
哎呀呀，
嘻嘻……
這人類
似乎發現了喔。

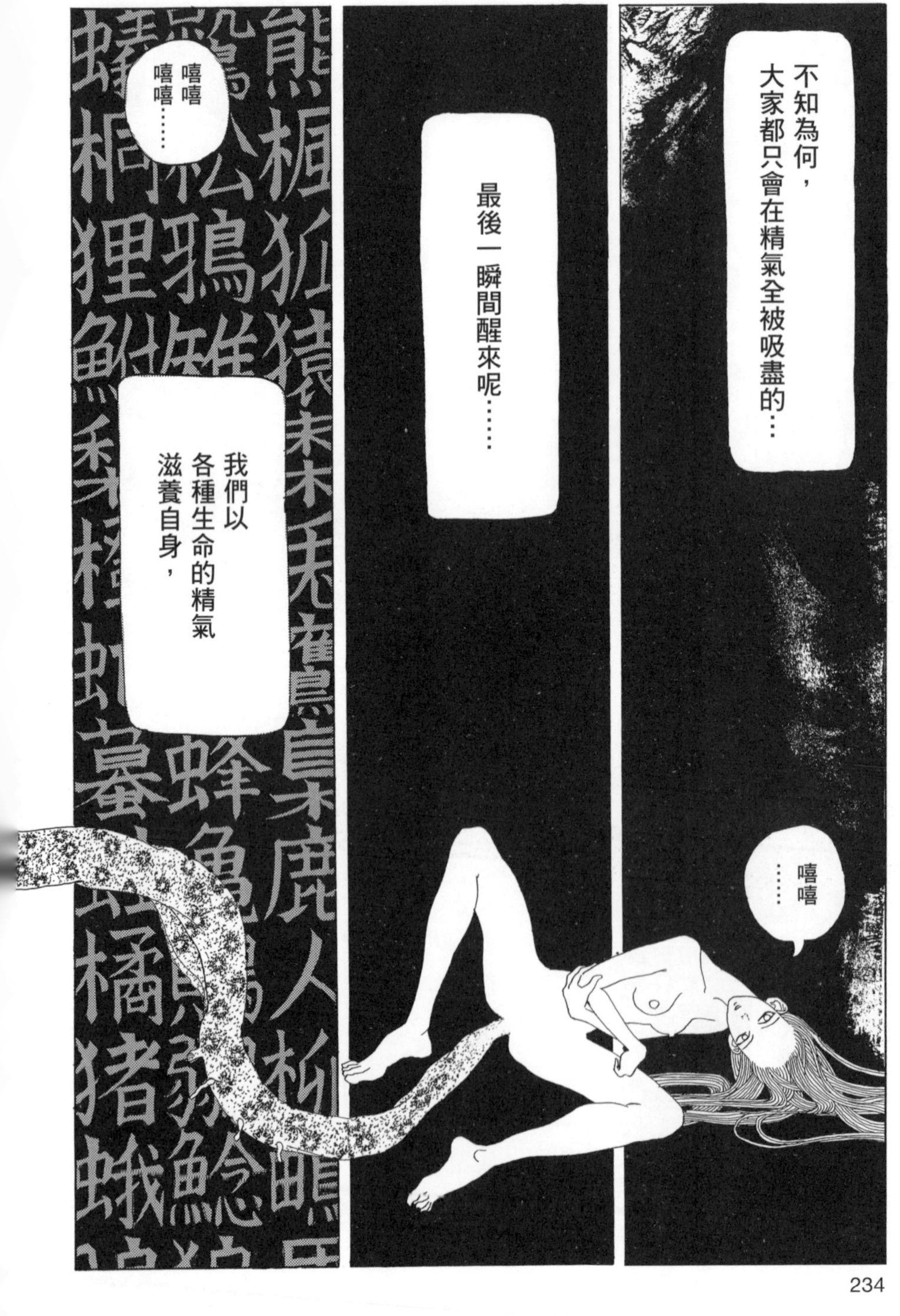

不知為何，大家都只會在精氣全被吸盡的……
最後一瞬間醒來呢……
嘻嘻……
嘻嘻嘻嘻……
我們以各種生命的精氣滋養自身，

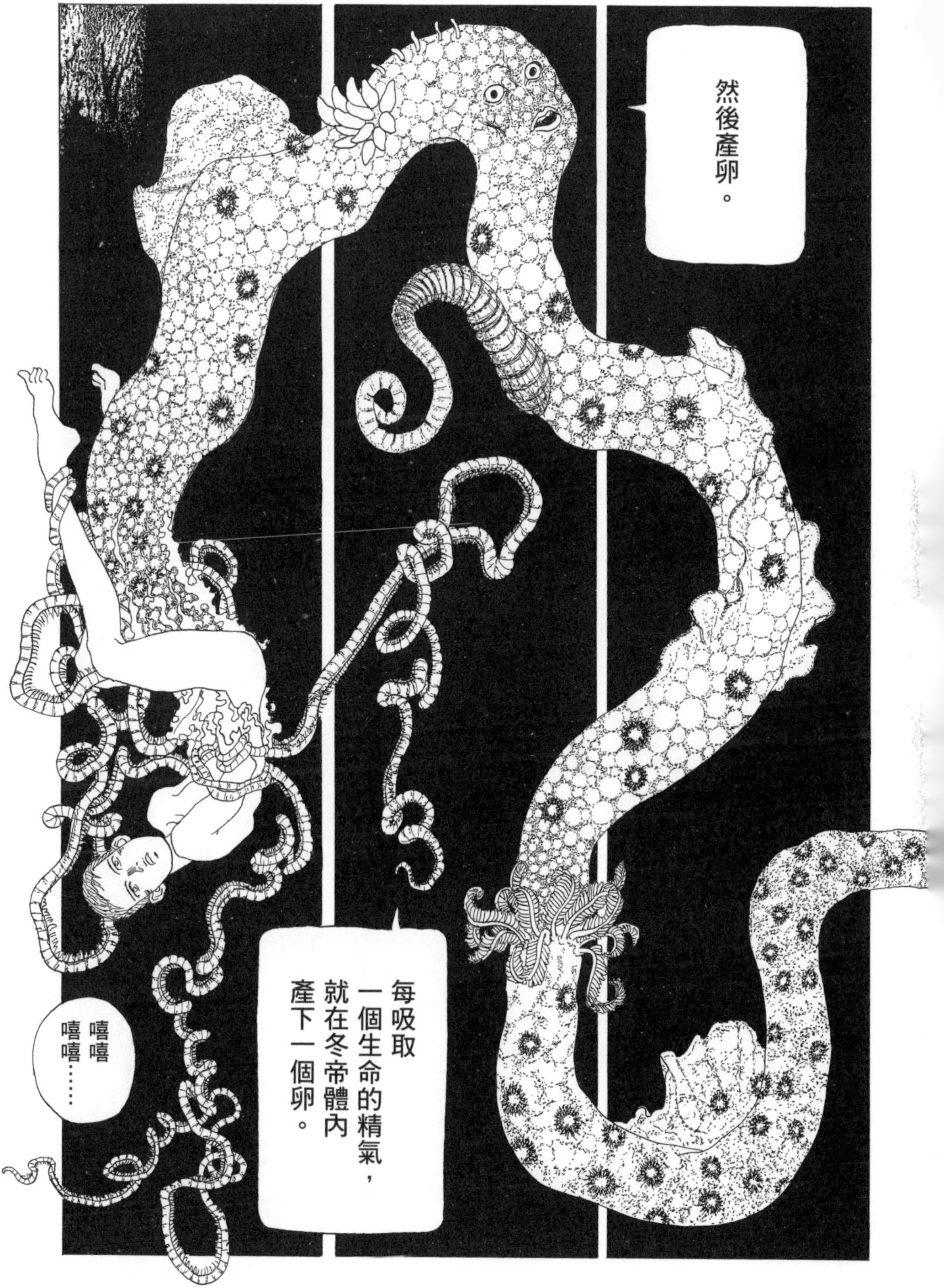
然後產卵。
每吸取一個生命的精氣，就在冬帝體內產下一個卵。
嘻嘻嘻嘻……

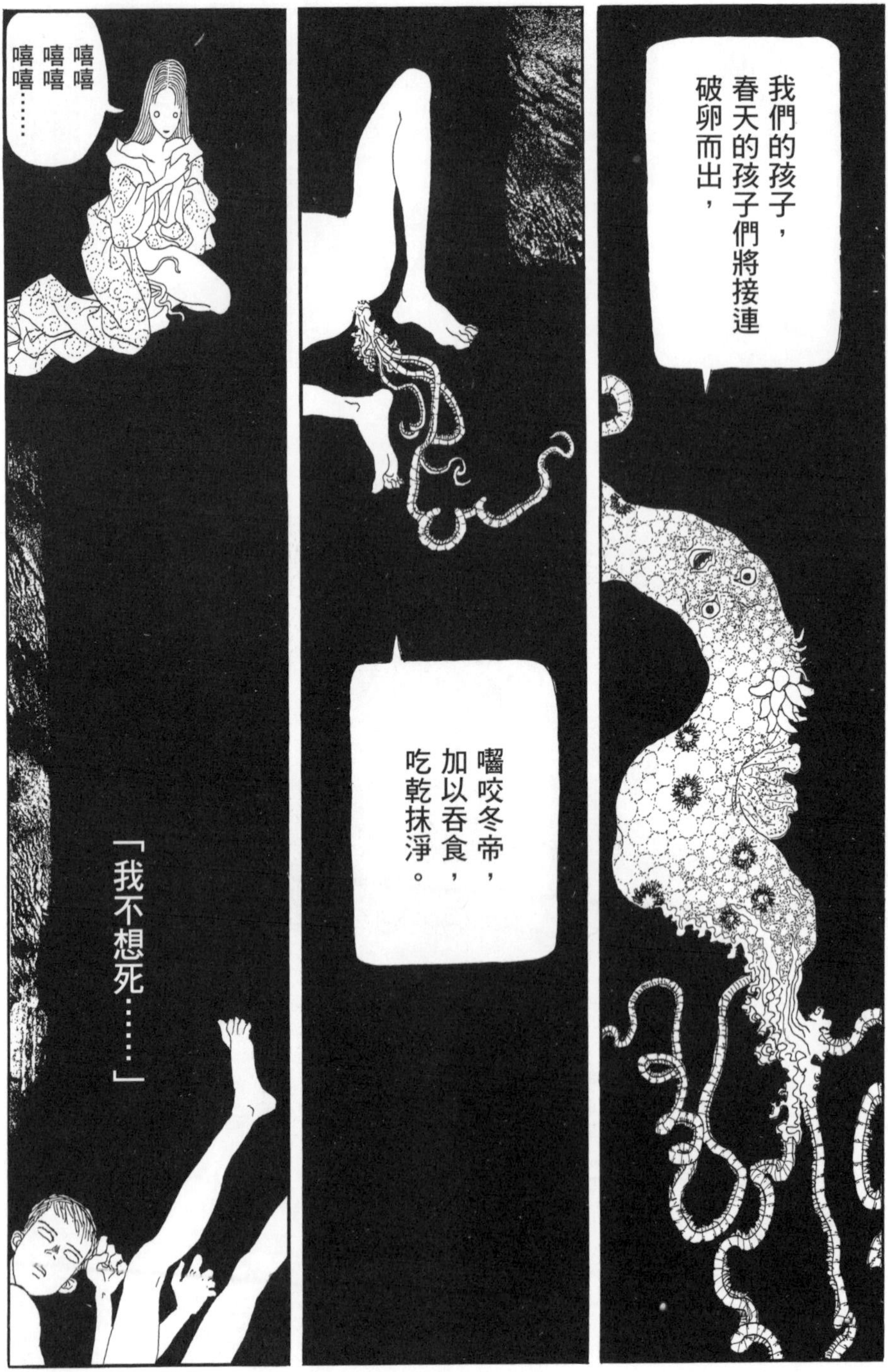
我們的孩子，春天的孩子們將接連破卵而出，
嚙咬冬帝，加以吞食，吃乾抹淨。
嘻嘻嘻嘻嘻嘻……
「我不想死……」

我不是說你的生命已歸冬帝嗎？
這事與我們無關。
你應該要把「化為春天的養分」視為一種榮耀。
嘻嘻嘻嘻……
再說呀，

「你早就已經死了啊……」

這是沉睡於冰下的男子，所作的夢。

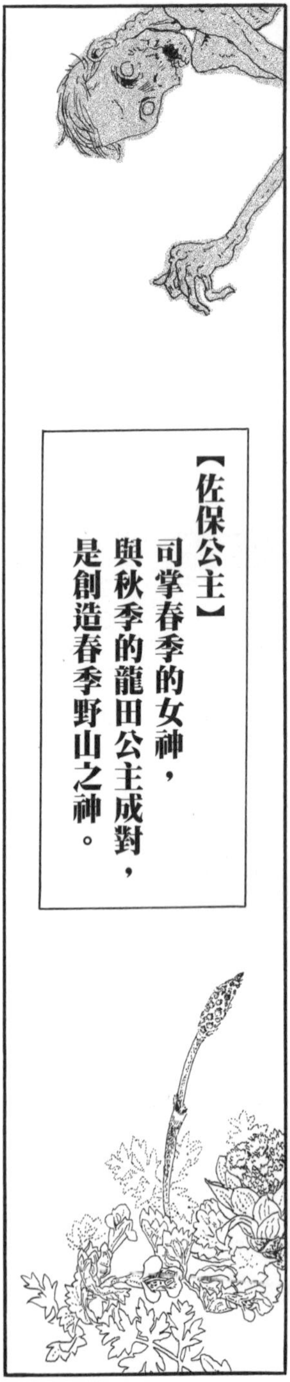
【佐保公主】
司掌春季的女神，
與秋季的龍田公主成對，
是創造春季野山之神。

完

冬末了
《Afternoon》四季賞 1993 年冬季四季大賞得獎作品／未曾於雜誌刊載

產土
為週刊《Morning》讀者贈品活動頁畫的作品，題目是《Morning》特別訂製的，以太陽為母題的陶器。我自己的設定是柳田國男《遠野物語》風。當時獲贈一個素燒啤酒杯，我現在還是當成筆筒使用，因為我不太喝酒。
凌空之魂
我的第一篇故事漫畫（應該是）。《故事説不停》連載結束後，我去台灣進行了一趟大吃之旅，回來之後畫的。故事中出現的料理就是我製作作品那陣子吃的東西，沒有加油添醋。所謂的「加蛋菜包」是我將前一天的剩菜塞進麵糰裡蒸出來的東西。
屠熊盜神者太郎的眼淚
我在〈凌空之魂〉當中描繪了城鎮後，莫名想畫山上的風景，於是就有了這篇。我並不是討厭肉的人，不過故事中出現的四腳動物中，我應該只吃過鹿、馬、豬、青蛙吧。

從「食物」出發的作品解說

五十嵐大介

撒沙

外頭的拉麵很好吃，所以我自己不太煮。燉豬肉時得先燙一次豬肉，而我會把燙過豬肉的水和豬脂保留下來，前者加入蔥、薑後煮一會兒，再拿碗公調和鹽、醬油、豬脂、市售的麵條。頂多就這樣吃吧，久久吃個一次。

麵包與貓

我曾做出不養動物宣言，結果還是撿到了一隻小貓。這陣子我徹底變成了「烤麵包的人」，旁人對我說：你要不要畫麵包和貓的漫畫？那就畫吧——契機大概就是這樣。我大約一週烤一次麵包，一次烤一週的份。甚至有人對我說：你比較適合開麵包店吧？

冬未了

夢幻的出道作。本作和〈聽得見廟會樂音的日子〉（東立版譯為〈聽故事的日子〉，收錄於《故事說不停》第一集）一同獲得月刊《Afternoon》四季大賞，不過刊載於雜誌上的是〈聽得見廟會樂音的日子〉，〈冬未了〉在此單行本才首度曝光。

當初我把男女性器官都直接畫了出來，這次刊載的是修正版。最後一格畫了杉菜、魁蒿、冬花（蜂斗菜）、連錢草，都可以吃。田裡的青菜尚未收成時，我常受上述這些野菜的照顧。

作者／五十嵐大介

日本指標性大獎「文化廳媒體藝術祭漫畫部門優秀賞」二度得主。1969年於埼玉縣熊谷市出生，現居神奈川縣鐮倉市。多摩美術大學美術學系繪畫科畢業。1993年獲得月刊《Afternoon》冬季四季大賞後於同月刊出道。1996年起停止發表新作，移居東北開始一邊作畫一邊務農的自給自足生活，而後於2002年以《小森食光》一作重啟連載。他以高超的作畫能力及對大自然纖細的描寫著稱。2004年及2009年分別以《魔女》及《海獸之子》兩度獲得日本文化廳媒體藝術祭漫畫部門優秀賞。臉譜已出版作品另有《南瓜與我的野放生活》、《小森食光》（1、2）、《凌空之魂：五十嵐大介作品集》。

譯者／黃鴻硯

公館漫畫私倉兼藝廊「Mangasick」副店長，文字工作者。翻譯、評介、獨立出版海內外另類漫畫或畫集，企畫相關展覽。漫畫譯作有《惡童當街》、《少女椿》、《荔枝光俱樂部》等，文字書譯作有《圈外編輯》、《二十四隻瞳》、沙林傑《九個故事》等。

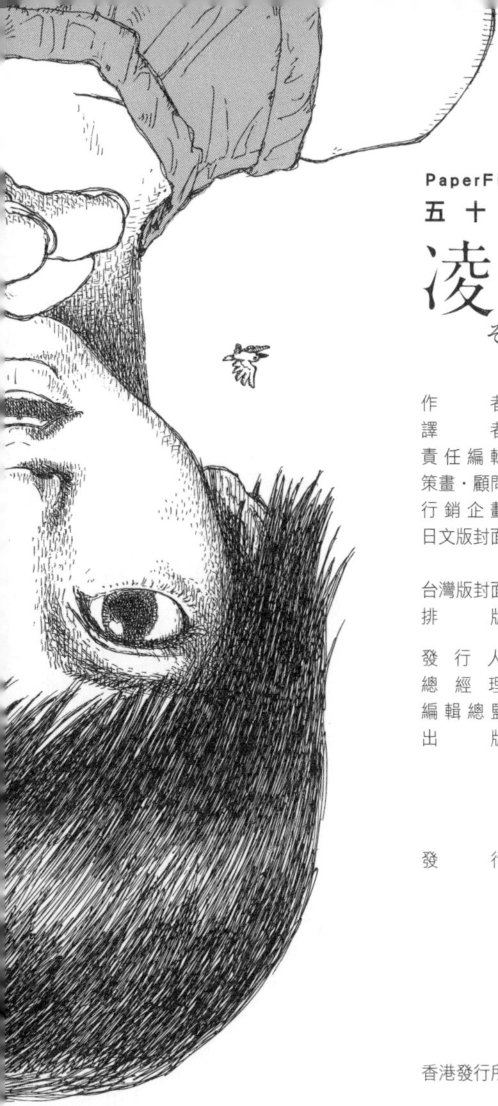

PaperFilm 視覺文學 FC2041

五 十 嵐 大 介 作 品 集

凌空之魂

そらトびタマシイ

作　　者／五十嵐大介
譯　　者／黃鴻硯
責任編輯／謝至平
策畫・顧問／鄭衍偉（Paper Film Festival 紙映企劃）
行銷企劃／陳彩玉、朱紹瑄、陳紫晴、薛綸
日文版封面設計／Akihito Sumiyoshi (fake graphics) &
Eiichiro Izumi (fake graphics)
台灣版封面改作／馮議徹
排　　版／漾格科技股份有限公司

發 行 人／涂玉雲
總 經 理／陳逸瑛
編輯總監／劉麗真
出　　版／臉譜出版
城邦文化事業股份有限公司
台北市民生東路二段141號5樓
電話：886-2-25007696　傳真：886-2-25001952

發　　行／英屬蓋曼群島商家庭傳媒股份有限公司城邦分公司
台北市中山區民生東路141號11樓
客服專線：02-25007718；25007719
24小時傳真專線：02-25001990；25001991
服務時間：週一至週五上午09:30-12:00；下午13:30-17:00
劃撥帳號：19863813　戶名：書虫股份有限公司
讀者服務信箱：service@readingclub.com.tw
城邦網址：http://www.cite.com.tw
香港發行所／城邦（香港）出版集團有限公司
香港灣仔駱克道193號東超商業中心1樓
電話：852-25086231　傳真：852-25789337
新馬發行所／城邦（新、馬）出版集團
Cite（M）Sdn. Bhd.（458372U）
41-3, Jalan Radin Anum, Bandar Baru Sri Petaling,
57000 Kuala Lumpur, Malaysia.
電話：+6(03)-90563833　傳真：+6(03)-90576622
電子信箱：services@cite.my

ISBN／978-986-235-779-8

售　　價／300 元
一版一刷／2019 年10月
一版六刷／2023 年3月

ありがとう